밥만 먹고 레벨업

박민규 게임 판타지 장편소설

WISHBOOKS GAME FANTASY STORY

16

박민규 게임 판타지 장편소설

초판 1쇄 찍은 날 | 2021년 2월 15일
초판 1쇄 펴낸 날 | 2021년 2월 22일

지은이 | 박민규
펴낸이 | 권태완 우천제

기획 | 위시북스
편집책임 | 한준만
편집 | 위시북스

펴낸곳 | ㈜케이더블유북스
등록번호 | 제25100-2015-43호
등록일자 | 2015. 5. 4
KFN | 제2-71호

주소 | 서울시 구로구 디지털로31길 38-9, 401호
전화 | 070-8892-7937 팩스 | 02-866-4627
E-mail | fantasy@kwbooks.co.kr

ISBN 979-11-293-7385-4 04810
      979-11-293-4001-6(set)

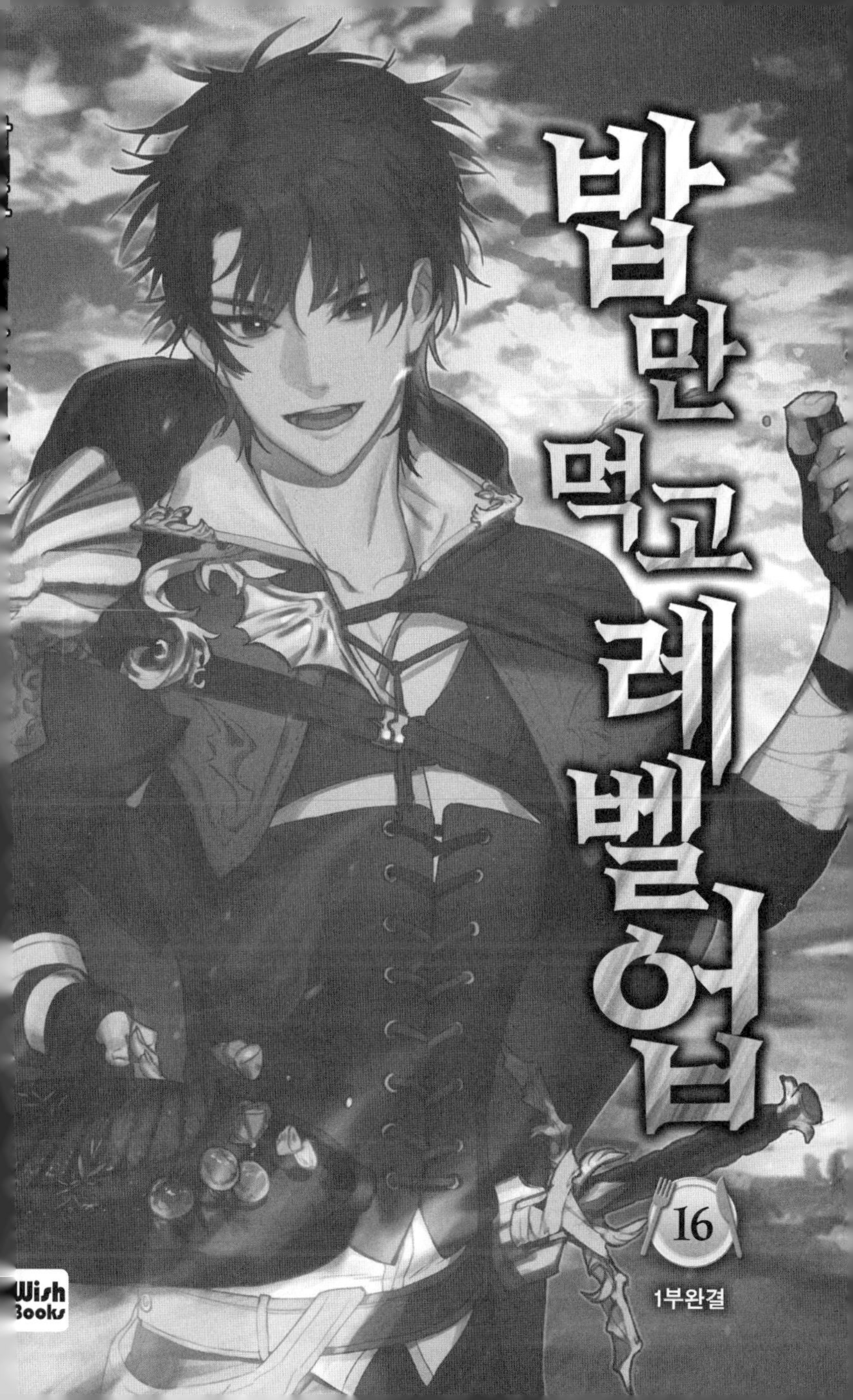
밥만 먹고 레벨업
16
1부완결
Wish Books

CONTENTS

1장
전세역전(2)

대한 수호 기지와 카이온 대륙 유저들의 치열한 전투가 절정에 이르렀다.

어느덧 육각형으로 구축된 기지 중 단 하나의 기지인 아피로 기지만이 남게 되었고 그 안에 잔존한 병력의 숫자는 고작해야 2천이었다. 반대로 적의 숫자는 여전히 4만 8천에 가까운 상황.

이에 세계 언론이 떠들기 시작한다.

미국.

[아스간 대륙 유저들이 지금까지 버텨준 것은 매우 놀라운 일이었습니다. 아테네 강국 3위라 불리는 카이온 대륙을 상대로 버텨내다니 말이지요. 그렇지만 앞으로의 희망은 일절 보이지 않는군요.]

중국.

[역시 예상처럼 우리 대륙이 승리를 거머쥘 것 같습니다. 대한 수호 기지를 함락하면 사실상 모든 전투가 끝난다고 봐야 하니까요. 중국 유저분들 고생 많으셨습니다.]

프랑스.

[대한민국이 보여준 선전에 아테네:세계전이 매우 기대되는 바입니다. 전쟁이 아닌 소수의 싸움에선 어쩌면 대한민국이 비상할지도 모를 노릇이죠.]

러시아.

[여전히 식신 유저는 모습을 드러내지 않고 있습니다. 하나, 확실히 말할 수 있는 건 지금 이 상황에서 식신 유저가 나타난다고 하더라도 달라질 것은 없어 보인다는 겁니다.]

어느덧, 각국의 초점이 '카이온 대륙과 아스간 대륙'이 아닌 식신에게 기울어지기 시작했다. 그 이유는 그들은 이미 카이온 대륙의 승리를 기정사실로 보고 있었기 때문이다.

각종 언론과 세계 랭커들이 이제까지의 식신에 대해서 입을 열기 시작했다.

[식신은 분명히 놀랍고 대단한 유저입니다. 아틀라스를 바로

몇 시간 전만 해도 구해냈으니까요.]

[하나, 식신은 세계적으로 본다면 무수히 많은 랭커 중 한 명일지도 모릅니다.]

[식신 민혁 유저는 분명 강하지만 세계 최강이라 불리는 '투신'이나 혹은 미친 사냥꾼 로스와 비교한다면 한없이 나약한 존재일지도 모릅니다. 당장 우리나라의 프랑스 랭킹 1위와 맞붙는다면 그는 바람 앞의 등불 같죠.]

[맞습니다. 우리 미국도 '식신'이라는 존재를 그리 위협적으로 보지 않고 있습니다.]

[애초에 식신은 비전투직 직업군. 그 한계가 명확합니다.]

[비전투직 직업군을 세계의 '정상급 랭커'라 불리는 자들과 함께 입에 올린다는 게 우습군요.]

[맞습니다. 그는 정상급 유저들과는 견줄 수 없는 존재. 결국, 일개 유저일지도 모릅니다.]

그런데 그때, 한 나라의 어떠한 유저만이 전혀 다른 표를 냈다.

[식신 민혁 유저는 '정상급 랭커'보다 더 높은 하늘의 유저입니다.]

정상급 랭커란 무엇인가? 세계 언론이 말하는 한 왕국의 힘을 내는 유저를 뜻한다. 이 정상급 랭커는 세계적으로도 다섯 명밖에 없었으며 이들을 '다섯의 정상'이라고 부른다.

그런데 이에 이의를 제기하고 그보다 더 위인 하늘이다?

그에 각국 언론이 그에게 주목했고 그는 일본에서 수십 대의 카메라 앞에 서서 이 말을 뱉어냈다. 그의 모습이 세계적으로 비친다.

그는 바로 일본의 무사시 켄타로였다.

무사시 켄타로. 과거에도 민혁과 친분이 있다고 말했던 적이 있는 그였다.

그는 얼마 전 일본을 놀라게 하였다. 일본의 정상급 랭커와 가장 가깝다는 사무라이 렌과의 전투에서 승리했기 때문이다. 또한, 그러함으로써 사무라이 렌의 길드인 '사무라이'를 흡수하였다.

사무라이는 일본 최고의 길드였으며 기존의 켄타로의 길드가 흡수하여 더욱더 강대해진 길드다.

그렇다. 지금 세계가 주목하는 여섯 번째 정상으로 거듭날 랭커가 바로 켄타로였다.

세계가 모두 주목하는 그때, 한 기자가 질문했다.

[어째서 그를 정상급 랭커보다 '위'라고 말씀하시는 겁니까?]

그에 켄타로가 기자들을 둘러보며 말했다.

[지금 세계인들은 식신을 '비전투직' 직업이라고 얕잡아 보고 있습니다. 그에 우습기 그지없더군요. 세계인 중 비전투직

직업인 식신을 이길 수 있는 분들이 참으로 많나 봅니다?]

그렇다. 켄타로는 비수를 찌르고 들어왔다.
세계가 말하는 다섯의 정상은 전부 전투직 직업군이다. 그
와 반면, 식신은 비전투직 직업군.
반대로 본다면 참으로 놀라운 일이다.

[또한, 저는 그가 세계인들 따위한테 분석 당한다는 게 어이
가 없습니다. 세계의 각 전문가는 항상 보지도 않고 자기들 멋
대로 블라블라대더군요. 맨날 예측이 빗겨 나가면 '예상외의
선전입니다!'라면서 나불거리고요. 거참. 창피한 줄 알아야지.]

순간 이 기사를 본 세계 랭커들과 언론인, 전문가들의 얼굴
이 화끈해졌다. 그리고 그들은 부끄러움에 되려 발끈했다.

[식신? 이 자리에 나타난다면 1시간도 채 버티지 못할 겁니다.]
[식신은 다추안과 흑룡단에게 무너질 겁니다. 엘레처럼요.]
[우리가 왜 별것도 아닌 그 때문에 논쟁을 벌이는지 모르겠
군요.]
[지금 이 순간 아피로 기지가 무너지는군요. 그런데 식신은
어딨죠? 켄타로가 말한 식신은 어딨냐는 겁니다.]
[아마도 도망쳤나 봅니다. 도망치는 모습을 떠올리니 웃음
이 나는군요.]

[차라리 그게 나을지도 모릅니다. 세계인이 보는 앞에서 그의 한계가 명확히 드러나게 될지도 모르니까요.]

5만의 대군 앞에서 식신이 싸워서 승리한다는 건 거의 불가능에 가깝다. 그렇기에 그들은 열심히 입을 놀려대고 있다.

아피로 기지가 무너진 후.

아스간 대륙의 잔존한 병력은 원을 형성하고 방어진을 꾸렸다.

중앙으로 사제, 그다음은 마법사, 그다음은 궁수, 그다음은 근접 직업군. 현재로서 짤 수 있는 최고의 방어진이며 최악의 방어진이었다.

스경-

선두에 선 카르가 적을 한 명 베어냈다.

원을 이루었다는 것. 그 원으로 5만의 적군들이 포위하고 있다는 것을 의미한다.

"빌어먹을, 빌어먹을!"

콰지익-

쉴 새 없이 몰려드는 적군들에 카르의 눈앞이 아찔해지고 있었다. 검이 피에 절어 내구도가 급격히 하락한 상황이기까지 했다.

'도저히 이길 승산이 보이지 않잖아!'

상황은 절망적이다. 베어내면 또 밀려오고 베어내면 또 밀려온다. 심지어 중국 하이랭커들과 다추안, 흑룡단은 후방에 빠졌다.

'우리의 힘이 빠지면 가볍게 잡아먹겠다는 건가?'

옹졸하고 치졸한 방법이었다.

"꺄아아아악!"

바로 옆에서 루시아가 숨을 헐떡이며 비명을 내질렀다.

카르가 루시아의 목을 치려는 유저의 목을 검 끝으로 힘껏 찔렀다.

푹-

"큽!"

그 순간, 카르의 어깨를 검이 관통했다.

"카르 님!"

루시아가 힘껏 단도를 던져 적을 물러냈다.

카르는 루시아가 어째서 자신을 구했는지 이해할 수 없다는 표정이었다.

"강한 랭커 한 명이라도 살아 있어야 더 죽이고 가지 않겠어?"

피에 절어 웃는 카르. 그것은 전우애였다.

카르는 아테네:한국전 이후 변하고 있었다.

스스로를 되돌아봤다. 전부 민혁에 의해서였다.

사실 그도 알고 있다. 중학교 시절 검도 대회에서 패배했을 때, 민혁이 내밀었던 손은 비웃음이 아니라, 라이벌로서의 '예의'였다. 하나, 자신은 그것을 비웃었다.

그리고 아테네:한국전. 그에게 호되게 한 방 맞아 전 국민에게 욕을 집어먹은 후 알았다. 나는 결국에 열등감에 찌든 ×신 새끼이다. 후회하고 후회하며, 항상 머뭇거렸다.

당장 민혁에게 귓속말을 보내어 사죄하고 싶었다. 그리고 그에 대한 죗값을 받고 싶었다. 하나 쉽지 않았다. 자신이 무슨 염치로? 또한, 아직 남아 있는 자존심이 그를 갈등하게 했다.

그렇지만 확실한 건 그가 변하고 있다는 사실이었다.

콰아악-

"크아아아아아악!"

옆쪽에서 창술사 밴의 비명이 들려왔다.

'민혁이의 사람.'

카르가 온몸을 내던졌다.

검 일곱 개가 동시에 쏘아져 들어온다. 세 개를 쳐내며 네 개를 몸으로 맞는다.

"크읍!"

비틀거리며 카르가 매의 눈으로 적들을 노려본다.

스킬도, MP도 그 무엇도 남지 않았다. 하나, 그는 올림픽 금메달리스트 카르. 화려한 기술로 적들을 노련하게 베어낸다.

그렇지만 끝내.

쿵!

한쪽 무릎을 꿇었다.

"자, 자네……."

귀신창 밴이 의아한 표정을 지어 보였다.

카르가 그를 돌아봤다.

"민혁이한테 전해줘, 내가 정말 미……."

그 말을 끝내기 전이었다.

[민혁: 괜찮냐?]

그놈으로부터 귓속말이 왔다.

카르는 한쪽 무릎을 꿇고 적들이 오는 와중에 눈을 끔뻑거렸다.

'갑자기 왜?'

그러고 보면 놈은 예전에도 이랬다. 자신이 그가 내민 손을 뿌리쳤을 때도 몇 번이고 연락이 왔었다. 그때마다 무참히 씹었지만.

그는 망설이다 답했다.

[카르: 미안하다.]

[민혁: 뭐가?]

[카르: 이제까지 전부.]

[민혁: 친구끼리 뭐가 미안하냐 ㅎㅎ, 얼레리 꼴레리.]

피식-

웃음이 나왔다. 그래 민혁은 항상 '친구'라 말해준 것 같았다.

그에 잠시 생각하던 카르가 다시 귓속말을 보내려고 했다.

'꼭 하고 싶었던 말'.

하지만 그전에 민혁이 귓속말을 보냈다.

[민혁: 부탁이 있어.]

[카르: 부탁?]

[민혁: 응, 지금 엄청 강한 영혼이 하나 있는데, 담아야 할 그릇이 필요해, 그리고 검을 잘 사용해야 하는 사람이고.]

[카르: 내 몸?]

[민혁: 응, 나쁘지 않을 거야. 영혼을 담지만 네가 제어하게 테니까.]

카르. 그는 오랜 시간 망설이지 않았다.

[카르: 그래.]

[민혁: 고맙다.]

그리고 방어진을 형성한 이들 중 주축인 카르를 향해 적군들이 몰려들기 시작했다.

"죽여라!"

"목만 따면 된다!"

"캬~ 대한민국 랭킹 1위, 목 따버리기!"

중국 유저들이 신나서 달려온다.

그리고 그 순간.

쐐에에에에에엑-

하늘에서 정체 모를 무언가가 카르의 몸속으로 빨려 들어왔다.

[저, 저게 뭔가요?]
[카르의 몸속으로 정체 모를 무언가가 빨려 들어갑니다!!]
[뭐, 뭐죠?]

해설자들이 당혹한 그때. 카르에게 알림이 들려왔다.

[코니르가 '빙의(憑依)'를 시도합니다. 수락하시겠습니까?]

그는 묵묵히 고개만을 끄덕이며 앞쪽에서 몰려오는 적들을 주시했다.

그 순간 카르의 온몸에 힘이 깃들기 시작했다. 그의 주변으로 칠흑 같은 어둠이 내려앉았다.

지쳤던 그가 희열했다. 입가의 미소는 놀람과 희열이 공존하고 있었다.

수백 명의 적이 한쪽 무릎을 꿇은 그의 목을 치기 위해 달려온다.

그가 천천히 몸을 일으켰다. 그의 눈동자는 흰자, 검은자 구분 없이 검기만 했다.

한쪽 무릎을 편 그가 다시 양쪽 무릎을 낮추며 전방을 주시한다. 빈틈없으며 위엄이 넘쳐흐른다.

올림픽 금메달리스트. 그가 전방을 주시하며 검의 그립에 손을 얹었다.

철컥-

호흡을 잠시 멈추고 그가 전방을 향해 빠르게 발검한다.

"발도(拔刀)."

그 순간.

콰콰콰콰콰콰콰콰콰콰콰콰콰쾅!

전방 30m의 적들의 몸을 강력한 베어내기가 강타한다.

그리고 적들에게 들려온 알람.

[강제 로그아웃 당하셨습니다.]

[강제 로그아웃 당하셨······.]

그치지 않았다. 그의 베어내기가 지나간 방향에서 폭발이 일어난다.

콰콰콰콰콰콰콰콰콰쾅!

참혹하다. 조금 전, 발도가 지나간 자리. 300명이 넘는 유저들이 소멸되어 사라졌다.

올림픽 당시 세계를 검 한 자루로 경악시켰던 카르. 그가 이번엔 아테네에서 온 세계인들을 경악시키고 있었다.

그의 입술이 달싹이자 모두 그의 입에 집중하고 있었다.

그리고 카르는 오래전부터 하고 싶었던 말을 뱉어냈다.

"민혁! 미안하다!"

카르가 전 세계인이 보는 앞에서 울부짖었다.

그리고 길게 말하지 않았다. 자신의 죗값을 씻기 위해 전 세계인이 보는 앞에서 선언했다.

"널 아테네 최초의 왕으로 만들고 말겠다! 네 부하가 되어 너를 왕으로 인도하겠다. 나. 너의 동료가 되겠다!!"

대한민국 공식 랭킹 1위 카르의 먹자교 길드의 가입 요청에 온 세계가 술렁이기 시작했다.

대한민국 랭킹 1위 카르의 돌발 선언. 그리고 식신을 최초의 왕으로 이끌고 말겠다는 굳은 의지.

[아, 아직 세상에 드러나지 않은 아테네의 '왕'으로 만들겠다며 카르가 선언했습니다.]

[언빌리버블!! 놀라운 일입니다. 대한민국 랭킹 1위 카르가 누군가의 휘하가 되어 움직이겠다고 말합니다!]

[식신 민혁은 도대체 어떠한 사람입니까? 어떠한 사람이기 때문에 대한민국 랭킹 1위 카르가 그의 부하를 자처합니까!!]

세계에서 식신에게 관심이 없던 사람들도 많았다. 아니, 정확히 말하자면 그의 존재 자체도 아예 몰랐던 사람들이 많다.

당연히 그렇다. 본디 많은 사람이 자신의 국가의 사람이 아니면 크게 관심이 없기 때문.

하나, 몇 년 전 열린 올림픽에서 우승했던 카르를 아는 세계인은 상당했으며 그러한 그의 발언에 충격을 먹었다.

그와 함께 카르가 앞으로 내달리기 시작했다.

코니르라는 소년이 빙의(憑依)되었을 때 이런 알림이 들려
왔다.

[완전한 힘을 가진 코니르가 빙의합니다.]
[빙의된 코니르는 현재 레벨 751입니다.]
[스킬 레벨이 5 상승합니다.]
[소드 마스터리가 한계를 넘어서 초월자의 영역에 들어섭니다.]
[HP와 MP가 모두 회복됩니다.]
[물리 방어력 및 마법 방어력이 250% 상승합니다.]
[검의 연계가 이어질수록 추가적인 대미지가 가해집니다.]

그렇다. 민혁이 카르를 선택한 이유. 그가 코니르의 힘을 컨
트롤하기에 가장 최적화된 사람이기 때문이었다.

특히나, '검의 연계'가 이어질수록 추가적인 대미지가 가해지
며 3초 안에 추가 연계가 이어져야 한다.

검의 연계를 연속적으로 발휘할 수 있는 유저들은 몇 안 된
다. 하나, 카르는 검의 천재였다. 그러한 검의 천재가, 코니르의
힘을 일시적 흡수하여 지존이 된다.

푹-

[검을 연계시킵니다.]
[추가 공격력 2%가 3초 동안 상승합니다.]

[총합 추가 공격력: 2%]

[검을 연계시킵니다.]

[추가 공격력 1.5%가 3초 동안 상승합니다.]

[총합 추가 공격력: 3.5%]

[검을 연계…….]

[10연속 연계!]

[추가 공격력 5%가 3초 동안 대폭 상승하며 스킬 레벨도 1 상승합니다.]

[15연속 연계!]

[추가 공격력 6%가 4초 동안 상승하며 스킬 쿨타임이 30% 감소합니다.]

[현재 총합 추가 공격력: 29%, 스킬 레벨+2, 스킬 쿨타임 30% 감소.]

그리고 민혁의 선택은 탁월했다. 그는 검의 연계를 자그마치 15연속을 해내는 놀라운 쾌거를 이룩했다.

그의 앞으로 몰려오는 적들이 속수무책으로 쓰러진다.

적들은 당황할 수밖에 없었다.

"아, 아니, 공격할 수가 없잖아!"

"뭐야, 어떻게 혼자인데, 공격 한 번을 성공 못 시켜!"

핏-

"크아아아악! 무, 무슨 평타 맞고 HP가 2% 남냐!!"

"대미지가 도대체 몇이 뜨는 거야!!"

카이온 대륙 유저들은 자신들의 안으로 파고든 카르에게 공격을 성공시키지 못하고 있었다. 분명히 수만 대군 사이에 있는 카르였지만, 그의 검술 실력과 코니르의 스피드가 더해졌기 때문이다.

그리고 카르가 또 다른 적을 베어냈을 때.

"동료오오오오오!"

"동료오오오오!"

"동료오오오오오!"

뒤에서 목소리가 들려왔다.

카르의 고개가 잠시 돌아갔다. 그곳에는 먹자교 길드원들이 있었다.

먹자교 길드원들은 카르가 먹자교 길드에 가입한다고 했을 때, 깜짝 놀랄 수밖에 없었다.

카르의 영입은 엄청난 전력 상승을 의미한다. 그에 한입 모아 열렬히 카르를 환영하고 있는 것이다.

"동료오오오오!!"

적들의 한복판에 있는 카르도 왼팔을 들어 올리며 소리쳤다.

그런 그의 볼이 작게 홍조로 물들었다.

'나도 사실 해보고 싶었다!!'

그렇다. 카르는 예전에 영상을 보면서 자신도 굉장히 해보고 싶었던 것!

그리고 어느 순간, 아직 생존한 대한민국 유저들이 적들의 함성 속에서 외친다.

"동료!!"

"동료오오오오!"

"너 내 동료가 되라!!"

"동료오오오오오오!"

그들의 목소리가 적들의 함성을 비집고 튀어나와 카르의 귓가에 들려온다.

자신도 드디어 먹자교 길드에 소속되었다, 이제 자신도 동료가 생긴다. 가슴이 뛴다.

묘한 흥분감, 설렘. 그리고 믿음.

'그래, 나도 이제 혼자가 아니야. 모두와 함께 싸우……!'

그런 생각을 하며 고개를 돌렸을 때, 카르는 갑자기 후퇴하는 아스간 대륙 병력을 볼 수 있었다.

"님 동료들 다 가는데요?"

카르는 갑자기 그들이 후퇴하자 당혹했다. 이 상황이 뭘까? 동료라면서 그들은 왜 멀어지는가!

자신도 모르게 욕이 튀어나왔다.

"야이 ×새끼들아!! 일로 안 와?"

심지어 카이온 대륙 유저들도 안타까워했다.

"님 버려짐? 헐……."

"……뒈졌!"

"쮂!"

카르가 자신을 동정하는 유저를 베어내고 머리가 아찔해졌다. 갑자기 그들이 왜 후퇴하는지 알 수 없는 노릇이었다.

그때, 후퇴하는 이들과 반대로 적들의 틈을 파고드는 한 명의 사내가 있었다.

　[시, 식신입니다!!]
　[식신 민혁이 카르 선수를 향해 맹렬한 기세로 파고들기 시작합니다!!]
　[그의 몸 주변으로 수백여 개의 칼날이 춤을 추며 적들을 유린합니다. 그가 빛의 속도로 단숨에 수만 대군 사이를 뚫고 들어갑니다!!]
　[환상적인 광경입니다!! 수만 대군의 사이를 홀로 묵묵히 파고드는 사내!!]
　[먹자교 길드 가입을 요청한 카르에게 응답하고 있는 것입니다!!]
　[카르의 말대로라면 아테네 최초의 왕이 될지도 모르는 사내! 그가 그를 향해 달려가고 있습니다!!]
　[대한민국이 기다리던, 세계가 기다리던 식신이 등장합니다!!]
　[하나 식신은 현재 세계 랭커들과 아테네 전문가들의 예측에 따르면 1시간도 채 버티지 못할 거라고 내다보고 있는 상황입니다!]
　[갑작스러운 카르의 각성. 어쩌면 카르가 훨씬 더 활약을 보일지도 모르는 노릇입니다!]

　민혁이 카르의 인근에 당도하고, 두 사람은 등을 맞대고 적들을 베어내기 시작했다.

[아주 멋진 광경입니다. 카르는 세계적인 올림픽 금메달리스트! 식신은 그런 카르를 꺾은 유저! 그러한 두 사람이 등을 맞대고 싸우고 있습니다!!]

[지금 이 영상이 올해 최고의 영상으로 자리매김하지 않을까 합니다.]

[두 사람의 검의 움직임이 보이십니까? 마치 춤을 추는 것 같습니다.]

[검이 한없이 정교하고 날카롭습니다! 아테네의 그 어떠한 유저들도 이러한 환상적인 검술 실력을 보이진 못할 겁니다!!]

[세계인들이 지금 등을 맞대고 함께 싸우는 두 사람에게 열광하고 있습니다!]

[두 사람의 검이 나비처럼 춤추며 벌처럼 날카롭게 공격합니다!!]

그리고 두 사람이 거의 동시에 주변의 적들을 떨쳐냈다.

"피어나는 검."

콰콰콰콰콰콰콰콰쾅!

수만 대군인 만큼 그들에겐 취약한 점이 있었다. 밀집되어 있는 만큼 광역 스킬의 경우 피해를 받는 이들이 훨씬 많아진다는 것.

"황제의 쾌검."

피피피피피피피팟-

카르의 주변에서 뻗어나간 춤추듯 한 빠른 쾌검들이 적들을 순식간에 베어냈다.

그리고 두 사람이 서로를 돌아보더니 피식 하고 웃었다.

먼저 손을 내민 건 민혁이었다.

카르가 그 손을 힘껏 맞잡았다.

전 세계 시청자들의 가슴이 뜨거워지기 시작했다.

[아아아아아아! 어제의 적은 오늘의 동지라 했습니다!!]

[정말 멋진 광경입니다!!]

[뜨거운 우정! 뜨거운 실력! 그리고 두 사람의 뜨거운 외모까지!]

[키가 180㎝를 훌쩍 넘고 조각 같이 생긴 두 사람이 함께 서서 손을 맞잡고 있는 장면! 그리고 주변의 수만 대군. 마치 영화의 한 장면 같습니다!!]

[식신 민혁은 우리나라 배우 중 강동원빈과 흡사하다면 카르 선수는 소간지와 흡사한 느낌입니다!]

[캬! 라는 감탄사가 절로 터져 나오는 명장면입니다!!]

[두 사람이 무언가 이야기를 나누고 있습니다.]

[잘 들리지 않고 있군요.]

순간, 모두가 그들의 대화에 집중했다. 카이온 대륙 병력도 엉거주춤하면서도 그들의 대화에 집중했다.

어느새 그들의 목소리가 들리기 시작한다.

"우리 둘이서?"

끄덕.

"우리 둘이서 5만 대군을 막는다고?"

끄덕.

그들의 목소리가 들려오자 세계인들이 또 한 번 경악과 함께, 당혹했다.

[뭐, 뭐라고요?]

[두, 두 명이서 5만 대군을 막는다고요?]

그리고 카르가 그들의 심정을 대변했다.

"너 미쳤냐……?"

카르는 당혹스러움을 감추지 못했다.

갑작스러운 아스간 대륙 유저들의 후퇴 이유가 드러난 것이다. 바로 민혁이 그들을 철수시킨 것! 민혁은 자신과 둘이서 이 5만 대군을 상대할 거라고 한다.

"너 미쳤냐……?"

이런 말이 안 나오는 것이 이상할 터이다. 그 정도로 너무도 황당하여 목이 막힐 지경이었다.

민혁이 귓속말을 시작했다.

[민혁: 후퇴한 병력은 지금 바로 길을 우회해서 빈집털이들을 시작할 거야, 우리가 여길 막아낸다면 아스간 대륙이 승리를 가져갈 수 있어.]

[카르: 그게 상식적으로 가능하다고 생각하는 거냐?]

카르가 황당하단 표정으로 보자 민혁이 활기차고 발랄하게 고개를 끄덕였다.

"응!!"

카르는 갑자기 먹자고 길드 가입을 취소하고 싶어졌다. 이 새끼, 쓸데없이 해맑다.

그리고 갑자기 민혁이 거리를 좁혀오는 적들을 보며 귓속말 한다.

[민혁: 스킬 하나 시전하려고 하는데, 시간 좀 벌어줘. 아 그리고 작전도 하나 있어. 작전은…… 중얼중얼…….]

[카르: ……나, 나보고 그걸 하라고?]

"응!!"

이번에도 민혁은 해맑았다.

'죽여 버릴까 그냥…….'

카르는 잠시 고민했다.

그리고 민혁이 스킬을 시전 준비하기 시작했다.

"막아!!"

"식신이 뭔가를 준비한다!"

"공격해!!"

카이온 대륙 유저들이 다시 몰려들기 시작한다.

민혁이 준비하는 스킬 '필살검(必殺劍)'이다.

한데, 그냥 필살검이 아니다. 현재 의지 스킬 버프, 설렁탕 버프 그리고 폭주가 결합된 최고의 필살검이다.

시전 시간을 위해 필요한 시간은 약 40초.

카르가 주변의 적들을 쳐내기 시작했다.

피피피피핏-

그가 화려한 춤을 추며 민혁의 주변으로 몰려드는 적들을 막아냈다.

한 번씩 무방비 상태로 몸에서 짙은 붉은 기류를 흘리기 시작하는 민혁을 카이온 대륙 유저들이 공격에 성공한다.

하나.

탱!!

민혁의 방어력에 피해를 거의 주지 못하거나.

[공격이 실패합니다.]

공격 miss가 뜨고 있었다.

그때 마법사들의 마법이 민혁과 카르 사이에서 화염을 피어 올리기 시작했다.

화르르르르륵-

하나 그 상태에서도 민혁은 커다란 대미지를 입지 않은 모습으로 스킬을 시전하고 있었다.

콰직!

또 한 명의 적을 베어낸 카르가 심상치 않은 느낌을 받았다.

'위, 위압감이⋯⋯.'

주변으로 짙은 살기가 뻗어나가는 느낌이다. 그 살기는 점차 적들의 목을 조여간다.

그리고 스킬 시전 시간이 끝났을 때, 민혁이 중얼거린다.

"폭주."

[폭주]

[모든 능력치가 16%, 스킬들이 2 상승합니다.]

[HP가 초당 3%씩 하락하고 스킬이 끝났을 시 HP가 10% 미만으로, 방어력이 20% 미만으로 하락합니다.]

그의 머리 위로 거대한 악마의 형상이 떠올랐다가 그의 몸속으로 빨려 들어갔다.

"키헤에에에에에엑."

그리고 몸 주변에서 흐르던 붉은 기류와 새로이 뻗어나가는 검은 기류가 공존하며 이질적인 색감을 냈다.

민혁이 카르의 반대쪽을 향해 스킬을 시전했다.

"필살검(必殺儉)."

[필살검(必殺儉)]

[다양한 버프 효과에 따라 스킬이 강화됩니다.]

[전방 8m 내의 적에게 첫 번째 검기가 100% 확률로 적중하

며 1,600%의 추가 대미지를 입힙니다. 첫 번째 검기에 당한 이
에게 연속 13번 타격이 800%의 추가 대미지로 입혀지며 3초간
스턴 상태에 빠지게 합니다.]

[연이어 쏘아 보내는 검기들의 주변으로 수백여 개의 칼날들
이 춤을 추며 적들을 800% 추가 대미지로 유린합니다. 또한, 그
치지 않고 직격 시 1,000%의 강력한 폭발을 일으킵니다.]

첫 번째 검기는 어지간해선 어떠한 적이든 잡을 수 있다.

민혁이 인근의 유저 중 가장 강력해 보이는 유저를 공격했
다. 그는 중국의 탱커 계의 태양이라 불리는 아오스였다. 아오
스는 혼자서 수십 명의 랭커들의 공격도 감당해 낸다고 알려
진 유저이다. 하지만 곧.

푹-

[강제 로그아웃 당하셨습니다.]

잠시 정적이 지나가고 민혁의 검에서 수백개의 기다란 검기
가 뻗어나간다.

현재, 폭주와 스킬 의지, 그 외의 버프에 따라 스킬 능력이
비약적으로 상승한 상태!

그런 검기에 직격당하는 유저들이 맥없이 죽음을 맞이한
다. 심지어 검기의 주변에서 춤추는 수백여 개의 칼날에도 유
저들이 죽어나간다.

순식간에 앞에 있는 유저들이 쓸린다.

그치지 않고.

콰콰콰콰콰콰콰콰콰쾅!

거대한 폭발이 주변을 집어삼키며 쓸어버린다.

순식간. 말 그대로 순식간이었다. 전방으로 1,800명의 유저가 쓰러져 있었다.

"……히익!"

"미, 미쳤어……!"

"사람의 범주가 아니잖아!!"

카이온 대륙 유저들이 겁을 집어먹었다.

카르 또한 놀라서 민혁을 돌아본다.

'미친……!'

이런 말도 안 되는 스킬은 처음 본다. 아니, 이것의 반의 위력만 내도 경악할 지경이다.

세계 해설자들과 전문가들은 아까까지만 해도 다섯의 정상에 대해서 운운하며 민혁이 1시간도 버티지 못할 거라 말했다. 한데, 지금의 상황에 무슨 말을 해야 할지 몰라 꿀 먹은 벙어리가 되었다.

그런데 그때.

풀썩-

민혁이 쓰러져 버렸다.

그러자 당혹했던 해설자들의 얼굴에 이채가 서렸다. 이때가 기회다 싶은 것.

그들이 마음대로 해석하고 판단한다.

[아아아아! 저, 정말 놀라운 스킬이었습니다.]

[세계 어떤 유저의 스킬보다도 강력할지도 모를 스킬이었죠!]

[하, 하지만 페널티가 있었나 봅니다. 스킬 사용 시 HP 모두 소진 같은 페널티요! 역시 저런 스킬이 그러한 페널티가 없다는 게 말이 안 되죠.]

[역시 제 예상처럼 1시간도 못 버텼습니다. 그, 그렇죠? 어때요? 제 예상이 적중했죠?]

해설자들은 구차하게 1시간을 운운해 댔다.

그리고 그때. 카르가 미리 민혁과 짜두었던 작전을 실행했다.

그는 민혁에게 달려가 그를 껴안으며 발 연기를 시작했다.

"아닛. 나의 친구야. 그 스킬을 사용해 버리다닛? 그 스킬을 사용하면 모든 HP가 1만 남게 되고 방어력이 0이 된다 하지 않았니? 이제 한 대만 쳐도 넌 죽는 거 아니야? 죽. 지. 마. 라. 사랑하는 친. 구. 야!"

국어책 읽기 수준의 대단한 연기!

'연기 드럽게 못하네……'

민혁이 생각했다.

하지만 카르는 자신만만했다.

'올해 남우주연상은 바로 나다!!'

그리고 애드리브를 친다.

"크. 흐. 흐. 흐. 흑! 어서 일어나서 함께 싸우자 친구야! 우리의 피 끓는 전투를 보여주자, 자, 일어나랏! 나의 친구야!!"

하지만 혼란 속, 아무도 그의 발 연기를 알아채지 못했다. 그저 그 목소리만 들었을 뿐.

"HP가 1만 남았다고? 심지어 방어력 0?"

"시, 식신을 잡을 기회잖아?"

"오, 오오오오오오!!"

그리고 그들이 밀려 들어오기 시작했다.

카르는 민혁의 앞을 막아섰다.

"내 친구, 민혁아. 내가 지켜줄게. 받아랏! 나의 정의의 검을!!"

"저 새끼, 대사가 왜 저래!!"

"몰라, 식신부터 조져!!"

카르가 혼신의 힘을 다해 막는 연기를 한다. 그에 의해 유저들이 첩첩산중으로 계속 밀집되어 들어온다.

그들이 서로 죽이겠다며 밀집되었을 때, 카르는 무아지경의 연기 속에 빠져들고 있었다.

"내 친구는 건드릴 수 없다. 죽어랏!"

[결국 민혁 유저는 한 번의 놀라움과 한 번의 실망감으로 끝났습니다.]

[두 명이서 막는다고 하지 않았나요?]

[역시 그건 말도 안 되는 허세였나 봅니다.]

[카르 유저만 불쌍하게 됐군요.]

해설자들은 신랄하게 까고 있었다.

그리고 그들이 열심히 욕할 때 쓰러졌던 민혁이 갑자기 벌떡 일어선 후 입을 열었다.

"필살검(必殺劍)."

푹!

피피피피피피피피피핏-

촤촤촤촤촤촤촤촤촤촤촤촥!

콰콰콰콰콰콰콰콰콰콰쾅!

스킬 '저장'에 의해 축적한 스킬이 발동. 그와 함께, 이번엔 밀집된 유저들 약 3천명이 한 번에 죽어나갔다. 즉, 두 사람의 함정에 걸려든 것이다.

'캬……! 내 연기 개쩌네? 하핫, 이러다가 영화계에서 연락 오는 거 아닌가?'

모든 게 자신의 연기 실력이라고 믿는 카르!

두 사람이 함께 순식간에 5천을 잡아낸 것이다.

그리고 카이온 대륙 유저들이 둘을 보며 물었다.

"나, 낚시한 거냐!!"

"거짓말이었어?"

"저 남자의 연기가 너무 뛰어나서 알아채지 못했는데!!"

집중된 시선에 민혁과 카르, 두 사람이 한없이 해맑고, 한없이 순수한 표정으로 고개를 힘차게 한번 끄덕인다.

"응!!"

"웅!!"

카이온 대륙 유저들은 얄미워서 두 사람을 쥐어 패고 싶은 심정이었다.

[5천 명의 병력을 손실하였습니다.]
[병사들의 사기가 급격히 감소합니다.]

"5천이라……."

전설 중 한 명인 다추안. 그는 지금 들려온 알림에 다소 믿기가 힘들었다.

새까맣게 진격하는 5만의 아군들. 그리고 아군들 사이에서 강력한 힘이 느껴졌다.

그 힘이 '극의(極意)'라는 사실을 다추안은 알 수 있었다.

'도대체 어떤 극의인가.'

다추안은 흥미를 가졌다.

문득 얼마 전 '검은 마법사' 알리라는 자가 했던 말이 생각났다.

'곧 나의 동료가 너희들을 죽이기 위해 갈 것이다.'

그를 떠올린 다추안은 걸음을 옮겨 전장이 한눈에 들어오는 곳으로 올라갔다.

그리고 그곳에서 보였다. 단 두 명의 사내가 적들을 유린하고 있었다.

'재밌구나……!'

다추안은 저들 중 한 명. 즉, 극의를 펼친 자가 알리가 말했던 이임을 확신할 수 있었다.

곧 웃음 짓던 다추안이 명령을 내렸다.

"진격하라!! 물러서지 마라! 적들의 목을 베어라!! 물러서는 자는 내가 직접 목을 치리라!!"

다추안은 홍미를 느꼈으나, 잠깐이었다. 그들은 자신에게 닿지도 못할 터였다. 또한, 방금 전 완전한 극의(極意)에 올랐던 힘이 사르르 사라졌다.

반쪽짜리의 극의의 힘은 남아 있지만, 그 정도로 자신에게 닿을 수 있을까? 아니, 닿지도 못하고 죽음을 맞이할 것이다.

그런데 그때.

"응?"

다추안의 눈에 한 정체 모를 가면을 쓴 여인이 시야에 들어왔다.

그녀는 빛처럼 달려서 민혁의 앞으로 무언가를 내밀었다.

그것은 '빵과 우유'였다.

"……???"

전투 중에 빵과 우유를 건네다니?

그리고 그 모습을 본 몇몇 유저들이 외쳤다.

"빠, 빵 셔틀이다!!"

"빵 셔틀!!"

'빵 셔틀……?'

그는 새로운 이름에 의아한 표정으로 유저들을 돌아보았다.

현재 총사령관 직책을 맡고 있는 다추안이 질문했다.

"빵 셔틀이 뭐지?"

"아, 빵 셔틀은 아스간 대륙 유저들의 비속어 중 하나입니다."

어떻게 설명할지 고민하던 유저가 곧 답했다.

"강한 힘을 가진 자가 가장 약한 자에게 빵을 사 오라고 심
부름을 시키는 일입니다."

"호오?"

약육강식! 어떠한 세상에도 무리 중 정상에 선 자와 가장 밑
에 선 자가 있는 법이었다. 그리고 빵 셔틀은 그 최하위에 선 자!

'신경 쓸 가치도 없는 여인이로군.'

다추안이 혀를 차며 고개를 절레절레 저었다.

그 순간, 빵 셔틀이 투명화가 되어 그의 눈앞에서 사라졌다.

'잡 기술을 익힌 빵 셔틀이구나.'

다추안은 크게 신경 쓰지 않았다.

그렇다. 신경 쓰지 않았다는 것. 그게 문제가 되기 시작했다.

발키리 메이웨이. 세계 공식 랭킹 1위!

그런 그녀는 다른 이들과 다르게 빈집털이를 위해 움직이지

않았다. 그녀는 이곳에서 해야 할 막대한 임무가 있었기 때문이다.

그것은 빵 배달!

이 빵과 우유는 한참 전에 힘들게 얻었던 귀한 재료로 만든 것이다. 그 때문에 민혁과 만나자마자 누구보다 빠르게, 남들과는 다르게 빵과 우유를 민혁에게 건네줬다.

민혁은 '흡수 전환' 스킬을 보유하고 있기에 어찌 보면 최상급 '포션'을 준 것과 다름없다.

그리고 그녀는 기뻤다.

'헤헤, 민혁 님한테 빵과 우유를 전달하면 또다시 맛있는 것을 해주신다고 했어!'

그렇다. 그녀는 빵 셔틀(?)의 절정에 이르렀다는 사실에 기뻐하는 지경에 이르렀던 것이다.

그리고 그녀가 맡은 중책. 바로 하이랭커들과 수뇌부들을 제거하는 일이다.

그녀는 은신 스킬을 이용해 발 빠르게 수뇌부들이 있는 곳을 향해 걸음을 옮겼다.

아직 병력의 숫자 약 4만 5천을 웃돈다.

이 어마어마한 숫자의 적 중, 수뇌부들은 대부분 NPC들로 구축되어 있다. 즉, 병력의 통솔 자체는 NPC들이 맡은 상황이라는 거였다.

수뇌부를 무너뜨리게 되면 병력은 혼란에 빠지고 사기가 급격히 저하할 터.

그리고 먼 곳에서 말 위에 올라 병사들을 지휘하는 카이온 대륙 아파스 제국의 룬달 후작이 있었다.

"크하하하하! 쥐새끼 두 마리가 미쳐 날뛰는구나!!"

룬달 후작은 두 명의 사내가 날뛰는 모습에 두렵기보다는 웃음이 날 수밖에 없었다.

그 둘의 강함이 상상 이상인 것은 기정사실이었다.

하나! 4만 5천의 대군 앞에 고작 두 명의 적군밖에 남지 아니했다. 또한, 나머지 적들은 모두 도망치게 된 상황이라는 거다. 대한 수호 기지의 함락이 바로 코앞이었다. 그리고 룬달 후작은 상당한 힘을 발휘하는 마법사였다.

바로 그때였다.

빈 공간이 녹아내리며 한 여인이 모습을 드러냈다.

"빵 셔틀?"

룬달 후작 역시도 빵 셔틀에 관한 이야기를 들었다. 남들과는 다르게, 누구보다 빠르게 빵을 배달하는 여인! 그런데, 그런 그녀가 바로 지금 룬달 후작의 앞에 있었다.

"빵 셔틀 따위가 제 발로 오다니!"

룬달 후작은 6클래스 마법을 부릴 수 있는 자.

그의 온몸에서 마나가 휘몰아쳤다. 그리고 그녀에게 강력한 얼음의 창을 선사하려 한 순간.

푹-

털썩-

룬달 후작이 그녀의 검에 목이 뚫려 단 한 수에 땅으로 떨어져 내렸다.

"뭐, 뭐야?"

"후, 후작님!!"

"죽여라!!"

[여신의 느림]

[민첩 40%가 하락합니다.]

[물리 방어력 30%가 하락합니다.]

디버프가 순식간에 룬달 후작의 인근에 모여 있던 기사들과 병사들을 휘감았다. 마치 다리에 수십 킬로그램짜리 철근 하나씩을 단 듯 몸이 무거워졌고, 그런 그들은 한없이 느려 터진 존재들로밖에 보이지 않았다.

피피피피피피피피피핏-

그녀가 가뿐히 적들 수십을 유린하고 또다시 은신하여 나아간다.

빵 서틀 메이웨이가 발 빠르게 수뇌부를 타격하기 시작한 것이다.

치열한 전쟁터.

카르와 민혁은 서로 먼 곳에서 치열하게 싸우고 있었다.

그들이 멀어진 이유는 간단했다. 집중 타격을 피하기 위함이었다.

두 사람이 함께 있다면 마법 공격이 대량으로 집중되어 떨어진다. 마법 공격은 대부분 단일 공격이라 할지라도 주변에도 영향을 끼친다. 때문에 서로가 떨어진 것이다.

중국 유저들이 쉴 새 없이 민혁에게 공격을 가한다.

태태태태탱-

하나, 놀라운 일이 벌어진다.

"크, 크아아아아아아악!"

공격을 가했던 병력이 되려 비명을 지르며 쓰러지고 있었다. 심지어 그가 입은 '군주의 갑옷'이 얼마나 단단한지 공격을 성공시켜도 되려 이러한 알림이 들려온다.

[검의 내구도가 하락합니다.]

또한, 비처럼 떨어지는 화살은 어떠한가?

태태태태태태태탱-

맥없이 갑옷을 관통하지 못하고 후두둑 땅에 떨어져 내리고 있었다.

하나, 그렇다고 피해를 완전히 입지 않는 것은 아니다.

"X발! 무슨 방어력이 이따위야!! 님 HP 몇?"

한 유저의 말에 민혁이 그를 베어내며 말했다.

"98%. 님 빠염!!"

푹!

"끄아아아악, 이거 완전 사기 캐 아냐!!"

한 유저가 경악하며 강제 로그아웃되었다.

이에 대해 세계가 놀라움을 감추지 못하고 있었다.

[민혁 유저와 카르 유저의 방어력이 사기적입니다.]

[심지어 민혁 유저는 어쩌나 높은 회피율을 가진 건지 공격의 반절 이상을 피해 버립니다.]

[허어, 정말이지 어마어마하군요.]

[심지어 그 둘은 대부분의 공격이 평타라는 사실입니다.]

[화려한 검술로 수만의 적들 틈에서 나아가고 있습니다.]

[하나, 그들은 결국 지치게 될 것입니다.]

[맞습니다. 베고, 베고 또 베어도 고작 몇백, 몇천입니다. 반대로 적의 숫자는 몇만.]

[몇만의 적을 상대로 승리한다는 건 불가능해 보입니다.]

세계 커뮤니티 사이트도 이와 같은 의견을 내놓고 있다.

[아무리 강한 유저이고 높은 방어력을 가졌다고 한들, 수만의 대군을 상대로 승리한다는 건 절대적 불가능한 사실임.]

[ㅇㅈ. 결국에 스태미나는 한계치에 도달할 테고 스텟 하락, MP 고갈, 스킬 쿨타임의 벽에 막히게 될 겁니다.]

이는 누가 봐도 그래 보이는 게 사실이었다. 이길 수 있는 확률이 현저히 적어 보인다.

하나, 수백 대의 카메라가 움직이는 이 와중에도, 적들의 수뇌부들이 쓸려 나가고 있다는 사실을 그들은 모르고 있다는 것. 민혁이 아직 스킬을 사용하지 않고 평타 공격으로 맞서고 있다는 점. 또한, 그의 검과 갑옷은 상상을 초월한다는 점. 그러한 것들이 곧 만들어낼 상황을 그들은 예측하지 못하고 있었다.

그런 그를 제지하기 위해 랭커 여럿이 힘을 합쳐서 공격해 들어가기 시작했다.

"붐 스피어."

"드래곤 소드!"

"파이어 필드!!"

콰아아아아아아앙- 콰자아아아악-

화르르르르르르르르륵!

기다란 창의 창극이 민혁의 가슴을 공격하며, 드래곤 형상으로 변화한 검이 그를 내려친다. 그리고 바닥에서 거대한 화염이 피어오른다.

하나, 곧 놀라운 일이 벌어진다.

발끝을 비틂과 동시에 창을 피해내며 위에서 내려쳐지는 드래곤 소드를 검을 들어 올려 막아선다. 그리고 마치, 엘레가 그랬던 것처럼 번쩍 하늘로 점프하고 하늘을 또 한 번 밟고 '바람 같은'을 사용한다.

타앗-

하늘 높이 땅을 밟고 이동한 민혁은 어느덧 맷돌을 안고 돌리고 있었다.

드르르르르르륵-

"······?"

"이 새끼 이상한 짓 한다!"

"지금이다!! 랭커들 공격해!!"

민혁의 '맷돌'에 대해 모르는 그들은 그가 장비 스왑을 잘못했다 판단한 것. 수많은 이들 사이에 숨어서 기습을 노리던 랭커들 열댓 명이 바로 그 밑에 포진했다.

그들이 스킬을 준비하며 그가 떨어지길 기대한 순간이었다.

[낙뢰지옥(落賴地獄)]
[추가 대미지 120%를 내는 강력한 번개가 무차별적으로 반경 20m 앞으로 1분 동안 내리쳐집니다.]

콰콰콰콰콰콰콰콰콰콰쾅!

"크하아아악!"

"끄아아아아악!"

"으아아아아아악!"

낙뢰지옥은 120%의 대미지를 내며 반경 20m를 낙뢰로 강타하는 스킬이었다.

사실상 랭커들에게 대미지 120%의 공격은 큰 딜량이 아니다. 하나, 그것이 민혁의 공격력에서 120%의 대미지가 되는 건 엄청난 것. 심지어 반경 20m라고 한다면 1m에 사람 세 명씩이 들어와 있다고만 해도 주변으로 약 100명 이상의 유저가 강타를 당하는 것이다.

콰지지지지지지지짓-

심지어 낙뢰지옥은 타격하는 순간, 스턴 상태에 빠지게 된다.

땅에 내려선 민혁. 그가 바람처럼 움직이며 랭커들 열 몇 명을 순식간에 베어냈다.

[세, 세상에나!!]

[중국의 랭커들이 한순간에 쓸려 나갑니다!]

[지금 민혁 유저가 보여주는 힘은 가히 세계 최강이라고 해도 될 정도입니다!]

[얼마 전까지 그는 이 정도까지의 힘을 발휘하진 못했습니다!]

[도대체 그동안 무슨 일이 있었던 걸까요!]

민혁의 적절한 스킬 활용 능력과 전투 능력에 세계가 연신 감탄한다.

그리고 민혁은 한 가지 작전을 또 한 번 짜놓은 바.

[메이웨이: 준비 완료.]

민혁의 지시대로 다추안을 찾아낸 메이웨이, 그녀가 귓속말과 함께 스킬을 발현했다.

촤아아아아아아아아아아아아앙-

빛의 피스톨! 전방 100m. 일자의 형태로 적들을 추가 대미지 1,000%로 공격할 수 있는 최강의 스킬. 이 스킬은 적들이 몰려 있을 때 유용한 스킬이었다.

가운데에 길이 뚫렸다.

그리고 민혁의 시야에 그 길 사이가 보이기 시작했다.

높은 곳에 서서 자신을 바라보는 다추안.

타타타타타타타타타탓-

민혁이 발 빠르게 달리기 시작했다. 그와 함께, 어느덧 적들의 사이에서 합류한 카르가 함께 내달린다.

다시 한번, 적들이 빈틈을 메우려는 그 순간.

촤아아아아아아아앙-

빛의 피스톨이 연계되어 발사된다.

빛의 피스톨은 3연속 연계가 가능한 사기적인 스킬. 자신들을 향해 뻗어 오는 빛의 피스톨을 번쩍 날아올라 피해낸 카르와 민혁이 계속 달린다.

[카르가 앞장서서 민혁 유저의 앞길을 막는 적들을 쳐냅니다!!]

[그 뒤를 신속하게 민혁 유저가 따르고 있습니다!]

[미쳤다! 이 말밖에 나오질 않습니다!! 심지어 저 여인은 어디에 숨어 보이지 않았던 겁니까?]

[저 여인은 도대체 누구입니까?]

[빵 셔틀. 사람들은 그녀를 빵 셔틀이라는 이름으로 부른다고 합니다!]

[……이름이 독특하네요.]

[지금 민혁 유저와 카르 유저의 포지션이 예측됩니다. 다추안의 인근에 이르러 카르 유저가 주변 방어를, 민혁 유저가 다추안을 공격할 생각인 게 분명합니다!!]

민혁이 번쩍 하늘 위로 날아올랐다.

촤아아아아아아아아-

그 순간, 메이웨이의 손에서 뻗어나간 빛의 채찍이 민혁을 힘껏 감싼다.

"네, 네년……!!"

다추안. 그가 놀라고 있었다. 전혀 걱정하지 않았던 여인이었건만!

민혁의 허리를 채찍으로 감싸 쥔 메이웨이.

쫘아아악-

그녀가 채찍을 힘껏 쥐고 민혁을 끌어당겼다. 그의 몸에 가속도가 붙어 새처럼 하강하기 시작한다.

날아오는 동안, 민혁은 스킬을 발현했다.

그리고 다추안의 단도가 메이웨이를 공격하며 그녀를 공격하려는 순간.

채채채채채채챙-

그녀의 앞을 빛의 방패가 막아선다.

방패에 단도가 직격하는 순간.

[멈춤의 방패를 공격하셨습니다.]
[2초 동안 스턴 상태에 빠집니다.]

"……!"

다추안. 그가 누구이던가. 과거의 전설이라고는 하나 전설
이라는 이름은 변함없다. 또한, 엘레를 극한까지 몰아붙였으
며 암살자의 극의를 가진 그가 암살한 적들의 수가 약 2만에
가깝다고 전해진다. 그런 그가 지금 스턴 상태에 빠졌다.

그리고 현재. 어지간해선 욕을 입에 담지 않는 민혁은 분노
로 끓어오르고 있었다.

그런 민혁을 본 다추안은 놀라고 있었다.

'바, 반쪽짜리 극의가……'

너무도 강대한 힘을 품고 있다. 애초에 스킬도 사용자의 공
격력과 아티팩트에 크게 영향을 받기 때문이다.

분노한 민혁이 발현한 스킬. 폭주하는 검.

[급소 찌르기에 성공할 시 400%의 추가 대미지를 내며 여섯
번 연속 타격이 들어가며 타격당 100%의 힘을 냅니다. 또한, 급
소 찌르기에 성공할 시 반경 5m에 들어온 적은 연속 여섯 번 타
격을 100%의 대미지로 받게 됩니다.]

푹-

잠시 스턴 상태에 빠져 있던 다추안의 가슴뼈를 부수며 검이 들어온다.

400%의 대미지가 먼저 그를 강타. 그리고 여섯 번 연속 100%의 추가 대미지!

파파파파파팟-

"크하아아아악!"

몸이 갈기갈기 찢기며 비명을 토한다.

그런 다추안을 구하기 위해 적군들이 달려들었다.

하나, 폭주하는 검의 부가 능력에 있는 효과. 반경 5m 내에 들어온 적들을 연속 여섯 번 타격. 100% 대미지를 입힌다.

피피피피핏-

5m 내의 적들의 몸에서 피가 분수처럼 솟구친다.

그치지 않고 특수 효과가 발동.

[무형검]

[방어력을 무시하는 검.]

[낙뢰(落雷)]

[5% 확률로 2~4연속 낙뢰가 내려칩니다.]

[4연속.]

콰콰콰쾅!

"크하아아아아아아악!"

온몸에서 피를 분수처럼 흩뿌리며 비명을 내지르는 다추안. 그가 믿을 수 없다는 눈빛으로 온몸을 벌벌 떨며 그를 보았다.

그를 향해 민혁이 양손으로 검을 쥐고 횡으로 베어냈다.

"엘레가 내 누나다, 이 ×펄 새끼야!"

콰자악-

2장
블랙 드래곤 사냥(1)

뜨겁게 피어올랐던 카이온 대륙 병력의 함성이 잦아지고 침묵이 찾아왔다. 이 모습을 지켜보고 있는 세계의 해설자, 세계의 시청자들 또한 마찬가지였다.

세계의 모든 TV 프로그램은 이미 다추안에 대해서 소개한 바가 있다. 과거에 현존했던 '전설'이라고.

실제로 '신'이나 '전설' 중에서 현재에 활동하는 경우는 극히 드물었다. 대부분 그들의 힘은 후예나 유저가 계승하는 게 대부분이고, 전설이나 신과 같은 이들이 모습을 드러내는 게 드문 이유가 밸런스 조절을 위해서라는 것을 모르는 이들은 없었다.

때문에 세계인들은 이번 다추안의 등장이, 대륙 전쟁을 위한 카이온 대륙의 비장의 카드라고 보고 있었다.

물론 아스간 대륙도 비장의 카드가 있었고 그것이 어쩌면 흑염룡의 4천 대군일지도 모른다.

다추안의 레벨은 현재 유저가 어찌할 수 없는 수준이라는 평가였다. 그리고 아테네 기획팀은 그가 대륙운에서의 활약을 끝내고 다시 은닉할 것으로 스토리를 잡았었다.

한데, 지금.

푸화아아아아아악!

"크하아아악!!"

유저에 의해 다추안의 가슴이 횡으로 베어지며 피가 분수처럼 솟구쳤다. 추정 레벨 최소 700 이상의 엄청난 네임드 NPC인 그가 비명을 내지른 것이다.

세계는 뭐라고 하였던가? '식신이란 존재는 오자마자 1시간도 버티지 못하고 강제 로그아웃을 당할 것이다', '식신은 세계에 있는 진짜 강자들과 비한다면 한낱 조무래기에 불과하다', '비전투직 식신? 어딜 감히 전투직으로 구축된 다섯의 정상 앞에서 깝치느냐'라고 하였다. 하지만 그들은 지금 꿀 먹은 벙어리가 되어 말문을 잃고 있었다.

그리고 그들 중 대다수는 가슴이 뜨거워지기 시작했다.

다른 나라 강자의 등장은 위협적인 것이었다. 하나, 새로운 강자가 보여줄 새로운 개척에 대한 기대와 앞으로 그가 보여줄 강력한 힘에 열광하게 된다는 거다.

많은 해설자들은 더 이상 '희망'이 없음을 보이지 않았다. 그저 그 힘에 '열광'할 뿐이다.

[미쳤습니다!! 식신은 미쳤습니다. 지금 세계 다섯의 정상보다 그가 훨씬 더 높은 곳에 있다고 저는 자신 있게 말할 수 있습니다!!]

[보셨습니다? 다추안의 갑옷을 무시하고 공격해 들어간 검이, 또 한 번 네 번 연속 벼락을 내리치고 빠르게 연계시켜 검을 횡으로 베어내는 민혁 유저의 놀라운 실력을요!]

[다추안의 입에서 터져 나오는 비명에 새로운 세상이 열렸음을 알게 됩니다!]

[식신 민혁! 세계가 통합된다면 그는 그 세계 안에서 새로운 역사를 써 내려갈 겁니다!]

[대한민국의 식신 유저가 온 세계를 뜨겁게 달구고 있습니다!]

[지금 세계 곳곳의 포털 사이트에서 식신의 이름이 검색되고 있을 것입니다!]

[자랑스럽습니다! 너무도 자랑스럽습니다! 저 유저, 식신 민혁 유저가 바로 우리나라의 국민이라는 사실이 말입니다!!]

그리고 민혁은 알지 못했지만, 우리나라 곳곳에서 이 화면을 생중계로 보고 있던 대한민국 국민이 환호성을 터뜨리고 있었다.

발 빠르게 후퇴했던 대한 수호 기지의 잔존 병력은 총 다섯 개로 분산되어 빈집털이를 위해 움직이고 있었다.

살아남은 병력 대부분이 높은 레벨을 보유한 자들이었다.

하지만 대부분의 중국 진영 기지들은 현재 최소한의 병력만이 남게 된 상황.

먼저 달의 암살자 루시아가 기지로 들어가, 핵심 수뇌부들을 타격하고 성문을 열었다.

곧 그 안으로 병력이 물밀 듯이 들어왔다.

달의 암살자 루시아는 계속해서 반복적인 스킬을 사용했다.

[그림자 이동술]

그림자 이동술은 상대방의 그림자에 GPS 같은 위치 추적과 그 위치로 이동할 수 있는 능력으로 달의 암살자인 그녀만이 가진 고유 능력이다.

사실상 기지를 파고드는 게 힘든 이유는 성벽을 부숴야 하기 때문이다. 하나, 달의 암살자 루시아가 먼저 성안으로 기습해 들어가 적들을 암살하고 성문을 열어버리니, 적들은 속수무책이 될 수밖에 없었다.

[에드니크 방어 기지 함락에 성공하셨습니다.]
[에드니크 방어 기지에 남아 있던 특별한 포션과 아티팩트들을 획득합니다.]

[카이드런 공격 기지 함락에 성공하셨습니다.]

[카이드런 공격 기지에 남아 있던 특별한 포션과 아티팩트들을 획득합니다.]

[에드렌 방어 기지를…….]

다섯 개로 분산된 팀이 단숨에 다섯 개의 기지를 탈환. 그치지 않고 병력 최소한만이 남은 상태로, 또 다른 기지들을 점령해 나간다.

본래 대륙운(大戮雲)의 지도에서 아스간 대륙의 점령 기지는 붉은색으로, 카이온 대륙 유저들의 점령 기지는 푸른색으로 표기되어 있었다. 그리고 그 70%를 카이온 대륙의 푸른 점들이 잠식하고 있었던 상황.

하나, 그들의 빈집털이에 의해서 붉은색 점들이 점차 대륙운(大戮雲) 지도를 뒤덮어가고 있다.

이것이 가능하게 해준 것은 민혁과 카르가 5만의 대군을 막아서고 있기 때문이었다.

어느덧 기지 함락을 어느 정도 끝낸 루시아와 알리샤. 두 사람의 시선이 너나 할 것 없이 마주쳤다.

"돌아가야 해요."

"네."

민혁과 카르는 외로운 싸움을 벌이고 있는 중이었다. 자신들이 서둘러 돌아가야 했다.

또한, 방어 기지와 공격 기지 획득을 끝냈기에 최소한의 병력으로 그곳을 지킬 수 있을 터다.

"랭커들은 서둘러 대한 수호 기지로 복귀합니다."

"예!!"

그리고 알리샤와 루시아. 두 사람은 한 사람에 대해 뜨거운 마음을 가지고 있었다.

'기다려요, 민혁 님.'

'우리가 갈게요.'

같은 시각.

"허억허억허억."

"크흐으으윽!"

수만의 적들이 땅에 쓰러져 있었다.

그 틈에 검은 갑옷을 입은 사내와 그를 필두로 무수히 많은 용족 전사들이 도열해 있고, 지니를 비롯해 먹자교 길드의 핵심 병력도 살아남아 있었다.

베르드크 공격 기지를 두고 벌어진 격렬한 전투는 흑염룡의 등장으로 새로운 역사를 써 내려갈 수 있었다.

하나, 아직 남은 게 있었다.

"우리 민혁이가 수만 대군과 싸우고 있다고?"

"예, 아버님."

"허어……."

흑염룡의 눈에 잠시 어둠이 스치고 지나갔다. 하지만 그는 곧 자신의 아들이 자랑스러워졌다.

"녀석."

흑염룡은 민혁이 모든 병력에게 '빈집털이'를 하라는 명령을 지시했다는 것도 들었다. 패배할지도 모르며, 수만의 대군이 앞에서 버티고 있지만 '승리'의 길을 향해 인도한 것이다.

그는 자신을 희생할 줄을 안다.

높은 곳에 선 통치자는 있지만 좋은 통치자는 없다. 라는 말은 항상 나오게 마련이다. 하나, 그러한 말 중 유일하게 '좋은 통치자이며 가장 높은 곳에 선 사람이다'라고 회자되는 게 바로 흑염룡이다.

민혁 또한 그러한 말을 들을 수 있을 것 같았다.

'역시 내 아들이구나.'

그는 발걸음을 지체하지 않기로 했다.

"어서 가시게나."

"예."

잔존한 용족의 숫자는 고작해야 천이백.

이윽고 베르드크 공격 기지에 위치해 있던 이들도 대한 수호 기지를 향해 출발했다.

천공의 도시 아틀라스는 현재 대한 수호 기지를 향해 비행하고 있는 중이었다.

"우리 사랑이, 소망이, 행복이 몸에 상처 났잖아, 아고고~ 많이 아팠쪄용?"

로크가 켈베로스의 몸에 난 상처에 카이스트라에게 약을 빌려 발라주고 있었고 검은 마법사 알리는 양 팔짱을 끼고 지상을 내려다보고 있던 바로 그때.

띠링!

[돌발 퀘스트: 뱀들의 왕]
등급: SSS
제한: 대마법사 멀더런의 후예
보상: 마지막 황금 왕관 조각
실패 시 페널티: 황금 왕관 조각 획득 불가, 뱀들의 왕이 될 수 없음
설명: 신수의 주인 중 한 명인 당신은 뱀들의 왕이 될 자격이 있는지 시험할 필요가 있다. 포식뱀을 통해 '뱀들의 세상'으로 넘어가 왕의 자격을 인정받아라.

엄청난 퀘스트에 검은 마법사 알리는 의아한 표정을 지어 보일 수밖에 없었다.

보상 중에는 마지막 황금 왕관이라고 적혀져 있었다.

'이 황금 왕관 조각은…….'

알리도 민혁에게 얼핏 들은 적이 있었다. 절대 신수 콩이를 각성시킬 진정한 힘이 깃든 것이라고.

그런데 문제는 그러한 것이 아니었다.

'이렇게 갑자기?'

돌발 퀘스트는 현재 벌어졌거나 벌어질 상황에 따라 발발된다.

어떠한 상황이 벌어질지는 알 수 없었지만 알리는 앞으로 벌어질 상황에 대비해, 자신이 그 힘을 손에 넣어야 한다는 것만을 알 뿐이었다.

아틀라스 내의 사람들에게 말한 알리는 발 빠르게 포식뱀을 이용해서 뱀들의 세상으로 넘어갈 수 있는 공간을 열었다.

그리고 알리가 그 공간을 향해 한 걸음을 내디더 사라졌다.

㈜즐거움. 아테네라는 희대의 게임을 제작해 낸 회사! 그 회사 내가 분주해지기 시작했다. 복도나, 엘리베이터로 곳곳에서 달리거나 다급하게 움직이는 이들이 속출했다.

그리고 그중에 한 명. 바로 오늘 아침에 워싱턴에서 돌아온 박민규 팀장 또한 다급하게 달리고 있었다.

박민규 팀장은 어느덧 자신의 옆에서 이석훈 팀장도 달리고 있는 걸 볼 수 있었다.

벌컥-

문을 열자 거친 숨을 몰아쉬는 임원들이 보였다. 그리고 사장 강태훈이 매우 심각한 표정으로 모니터를 바라보고 있었다.

이 자리의 임원들은 방금까지만 해도 민혁이 다추안을 베어 내는 것을 보며 열광하던 이들. 그러던 중 갑자기 비상소집이 떨어진 것이다.

박민규 팀장이 물었다.

"사실입니까? 블랙 드래곤 보르몬이 지금 대륙운(大戮雲)에 난입하는 겁니까?"

그 경악스러운 질문에 천천히 강태훈 사장의 고개가 끄덕여졌다.

"그럴 것 같군."

블랙 드래곤 보르몬은 본래 대륙운이라는 통행로를 열고 양 대륙에 불씨를 지펴놓는 역할을 할 뿐이다. 직접적인 난입을 하는 것으로는 안 되어 있었다.

그렇다는 건, 누군가 임의로 이를 손댔다는 사실이 된다.

"도, 도대체 누가……!"

"미치광이 지배자 아칸."

들려온 말에 회의실 내의 이들이 경악했다.

운영진들이 가장 꺼려 하는 인물. 뿐만 아니라 세계의 모든 이들이 꺼려 하는 인물이다.

그는 본래 아스간 대륙의 유저가 아니다.

"아칸이 의도적으로 타 대륙으로 넘어갈 수 있는 통행권을 획득해서 보르몬을 폭주시켜 버렸어. 바로 지금. 대한 수호 기지를 향해 날아가고 있네."

그 말에 박 팀장이 의자에 털썩 주저앉았다.

보르몬의 레벨은 현재 감당할 수 없는 수준이다. 앞으로 몇 년 후에 또 한 번 에피소드로 쓰이고 사냥될 존재였다. 한데, 그런 존재가 지금 나타나고야 말았다. 심지어 대륙운 한복판으로.

그곳에는 수만의 유저가 밀집되어 있고, 블랙 드래곤 보르몬은 아스간 대륙과 카이온 대륙 유저들을 구분하지 않고 학살할 것이다. 대륙운 에피소드가 완전히 망가지는 것이다.

그뿐만이 아니다. 아무도 죽일 수 없는 존재가 아스간 대륙이든, 카이온 대륙이든. 어디서 무엇을 할지 몰랐다.

범접불가의 존재가 난입해서 모두가 죽는다면 무수히 많은 유저들이 비난할 것이다. 아테네 운영진들은 입이 열 개라도 할 말이 없다.

문제는 그 비난의 도가 이제까지 보았던 것들과 차원이 다를 정도라는 거다. 현재 전 세계인이 지켜보고 있었으니까.

바로 그때 박 팀장이 아차 하며 말했다.

"보르몬을…… 누군가 죽인다면요……?"

"전화위복(轉禍爲福)."

화가 바뀌어 오히려 복이 된다는 뜻. 세계인들은 재앙보다는 그를 죽인 이에 대한 '찬양'으로 바뀔 테고 저절로 아테네에 드리워진 어둠을 걷어낼 거다.

하지만 문제는.

"도대체 누가? 누가 말일세. 응?"

강태훈 사장의 말에 박민규 팀장이 커다란 한숨을 뱉어내며 눈을 감아버렸다.

꿀꺽꿀꺽-

한 여인이 서둘러 수저를 움직인다.

허겁지겁 뚝배기에 든 그것을 먹어치우던 그녀가 결국에는 뚝배기를 아예 들어 마셔 버리기 시작했다.

모두 마셔낸 순간. 그녀의 검버섯이 핀 듯한 얼굴색이 다시 본래의 색으로 돌아오기 시작한다. 그리고 그녀의 말라비틀어진 듯한 푸석푸석한 머리카락이 은빛으로 아름답게 찰랑이기 시작했다.

그녀는 바로 검의 대제 엘레였다.

"후아!"

맛있는 숨을 토해낸 그녀가 천천히 몸을 일으켰다.

한쪽에 걸려 있는 검집에 손을 뻗자, 그녀의 손으로 착! 하고 감겨 들어왔다.

"루스 보좌관."

"예. 폐하!"

"민혁이한테 고맙다고 인사하러 가자."

그녀가 이를 드러내 싱긋 웃었다.

대륙 황제 엘레. 절대지존 NPC. 그녀가 대한 수호 기지를 향해 출발하려 하고 있었다.

세계가 다추안을 베어낸 민혁을 보며 열광하고 있을 때,

정작 당사자인 다추안은 경탄하고 있었다.

'어찌 이 시대에 이러한 천재가 있는가……!'

온몸에서 피를 분수처럼 흩뿌리면서도 그러한 생각이 들 정도였다.

한 제국의 황제조차도 암살했다는 전설의 암살자인 다추안. 그러한 그가 지금 이러한 생각을 할 수 있는 이유는 간단했다. 극의(極意)를 배운 아녹스가 있었기 때문이다.

아녹스는 저번의 엘레와의 전투에서도 믿기지 않는 놀라운 힘을 보여줌으로써 세계를 경악시켰다. 그때 당시 아녹스가 없었다면 정말 주검이 된 이들은 자신들이었을 터다.

이번에도 또다시.

[인형술의 극의(極意)]
[온전한 육체와 바꿔치기를 시도합니다.]

숨겨져 있는 비장의 패를 이용해 온몸이 녹아내리며 회생을 준비한다.

바로 그때였다.

"흩날리는 검."

앞에 선 민혁의 주변에서 강력한 바람이 휘몰아쳤다. 그리고 그 바람은 주변에 있는 낙엽들을 자신의 몸 주위로 소용돌이치게 만들었다.

이어서 카르가 천천히 검집에 들어간 검의 그립을 꽉 쥐고 뱉어낸다.

"연속 발도!!"

촤촤촤촤촤촤촤촤촹!

순식간에 다추안을 구하기 위해 몰려들었던 수백 명의 적이 양단되어 쓰러져 내렸다.

그리고 민혁이 사용한 흩날리는 검. 황금빛으로 번쩍이는 낙엽들이 검기가 되어 적들을 베어낸다.

피피피피피피피피피피핏-

또다시 수백의 적들이 쓰러졌다.

형체를 꾸물꾸물 구축하고 있던 다추안.

'내가 죽었다고 생각하나?'

그들이 자신을 신경 쓰지 않는 건가? 라는 생각이 문득 스쳤다. 그들은 과거 엘레와의 전투에서 자신들의 이 회생 능력을 보지 못한 건가?

마침내, 목 부위까지 재생을 끝낸 다추안이 피식 웃음 지었다.

'강하나 멍청하다.'

지금 당장 주변의 적들밖에 보지 못하는 그 눈이 아둔하기 그지없다.

어느덧 눈까지 구축이 완성된 다추안이 자신의 단도를 힘껏 쥐었다.

'이제 곧이군.'

그리고 카르와 민혁은 여전히 주변을 향해 강력한 힘을 발산하며 적들을 베어내고 있었다. 스킬을 아끼지 않고 있는 중이라는 거다. 이는 그 '빵 셔틀'이라는 여인도 마찬가지였다.

그런데 그때.

"찾았다."

들려온 말에 다추안이 의아한 표정을 지어 보였다.

찾았다니, 무엇을 말인가? 그가 무엇을 찾았다는 건지 다추안은 이해할 수 없었다.

그리고 천천히 고개를 돌렸다가 보았다.

"……!"

먼 곳에 우두커니 서서 살아남아 있는 한 존재를.

다추안은 그 존재가 누구인지 아주 잘 알았다. 바로 '아녹스'가 극의의 인형술로 만들어낸 '자신'이었다. 정확히는 죽음을 맞이하였을 때, 육체를 바꿈으로써 회생할 수 있게 하는 인형.

죽음 후에, 저 인형을 아녹스가 다시 만들어내면 또다시 살아날 수 있었다. 하나, 저 인형이 파괴된다면 이야기는 달라진다.

다추안의 동공이 확대되었다. 이해할 수 없었기 때문이었다.

'어, 어떻게……?'

극의의 인형술을 이용해 되살아난 것은 엘레와의 전투 때이다.

그리고 보면.

'엘레도 이 힘을 간파했었다. 엘레가 말해준 것인가? 아니, 그녀는 지금 몸을 가눌 수 없는 상태.'

그렇다는 의미는 무엇일까?

'저자도 한 번에 간파했다는 건가!'

민혁은 흑룡단과 엘레의 전투 영상을 수십 번을 더 넘게 반복해서 돌려보았다. 그리고 엘레가 '찾았다'라고 하였을 때, 그들이 되살아나는 이유가 주변에 있음을 깨달았다.

때문에 일부러 주변의 적들을 집중해서 쳐냈다. 이러한 스킬류의 경우 인형이 사용자의 주변에 있을 확률이 높을 터.

주변의 적을 쓸어낸다면? 단 한 명만 남게 될 것이다. 인형은 쉽게 부서질 수 없게 설계되어 있을 테니까. 분명 방어력이 월등히 높거나 HP량이 엄청나게 높을 터. 또한, 투구나 가면을 쓰고 적들 사이에 숨어 있을 확률이 매우 높다.

거의 온몸이 재생된 다추안. 하나, 이미 민혁은 인형의 다추안의 투구를 벗겨내고 있었다.

"아, 안 돼!!"

초점 없는 눈을 가진 다추안의 얼굴이 모습을 드러냈다.

민혁의 검이 힘껏 휘둘러졌다.

서걱-

그 순간, 형체의 완성이 거의 끝나가던 다추안의 온몸이 다시 녹아내리기 시작했다.

[극의(極意)에 오른 다추안을 사냥하셨습니다.]
[칭호. 극의(極意)를 이겨낸 자를 획득합니다.]
[명성 500을 획득합니다.]
[경험치 500,000,000을 획득합니다.]
[사골의 힘에 의해 경험치 3배 버프가 적용됩니다.]
[경험치 1,000,000,000을 추가 획득합니다.]

[레벨업 하셨습니다.]

[레벨업······.]

[다추안의 핏빛 단도를 획득하셨습니다.]

[다추안의 암살자의 단도술에 대해 기록되어 있는 '극의의 단도술이란?'을 획득합니다.]

[845플래티넘을 획득합니다.]

(극의(極意)를 이겨낸 자)

유일 칭호

칭호 효과:

- 극의(極意)를 익힌 자와의 전투에서 공격력 및 방어력 12% 상승
- 자신보다 200레벨 이상 강한 적과의 전투에서 공격력 및 방어력 15% 상승
- 진짜 극의에 오를 수 있는 육체를 가지게 됩니다.

(다추안의 핏빛 단도)

등급: 전설

제한: 암살자 클래스

내구도: 5,000/5,000

공격력: 818

특수 능력:

- 방어력 무시 60%
- 급소 공격 성공 시 2배 대미지

• 이동 속도 1.5배 상승

• 엑티브 스킬 일격필살

설명: 과거의 전설이었던 다추안이 오랜 시간 동안 지니고 다녔던 단도이다. 오랜 시간 동안 적의 피를 묻혀 핏빛으로 물들었다는 소문이 있다. 암살자 클래스들에게는 최고의 아티팩트다.

과연 전설인 다추안다운 아티팩트였다.

특히나 단도 착용자는 이동 속도가 자그마치 1.5배가 상승한다.

'흐흐, 아벨 님한테 드리고 맛있는 거 받아먹어야지.'

민혁은 역시나 평소와 비슷한 생각을 하고 있다.

물론 이는 오래가는 생각은 아니었다. 그러한 생각을 오래하기에는 아직 적들의 숫자가 너무도 많았기 때문이다.

하나, 적들에겐 이러한 알림이 강타했다.

[총사령관 다추안이 적에 의해 죽음을 맞이했습니다.]

[사기가 크게 저하됩니다.]

[모든 스텟 15%가 하락합니다.]

[스킬 쿨타임 시간이 15% 증가합니다.]

[공격 성공률이 10% 하락합니다.]

적들은 혼란에 빠질 수밖에 없었다.

절대적으로 보였던 다추안의 사망!

심지어 민혁은 곧바로 근방에 숨어 있던 아눅스 또한 찾아내 가뿐히 베어버렸다. 즉, 식신에 의해서 '흑룡단'이 완전히 붕괴된 것이나 다름이 없었다.

　[세 사람이 상대하는 것이라고는 믿기지 않을 만큼 놀랍습니다.]
　[저 유저들은 대한민국의 최고라 불려도 손색이 없는 자들. 아, 정정합니다. 지금 이 순간 세계 최고라 불려도 손색이 없겠군요.]

　한 해설자의 말은 정확했다.
　본래 대한민국 공식 랭킹 1위 카르에게 코니르가 빙의함으로써 엄청난 힘을 거머쥐었다. 빵 서틀 메이웨이는 어떠한가. 세계 공식 랭킹 1위의 여인이다.
　그리고 민혁. 바로 그들을 밑에 둔 수장이었다.
　하나, 적들의 수가 너무 많았다.

　[이제 3만이 남았습니다.]
　[며칠을 꼬박 베어도 힘들어 보입니다.]
　[3만의 병력이 100의 대미지씩만 입혀도 사실상 그들이 받는 대미지량은 어마어마한 수준이라고 할 수 있지요.]

　이는 일반적인 시청자들도 같은 의견이었다.

[저 세 사람은 제 몫을 다 해주었다. 다추안과 흑룡단을 무너뜨리고 2만의 대군을 사냥했으니까.]

[이제 식신이 다섯의 정상과 동급, 어쩌면 그 이상일지도 모른다는 사실을 부정할 수 있는 사람은 없겠네요.]

[먹자교 길드 가입하고 싶다……]

[저도 먹자교 가입하고 싶네요.]

사실상 민혁이 세계적으로 주목을 받게 된 이때 그가 '먹자교 왕국'을 건설한다는 관심사는 당연히 대중에게 크게 퍼져 나가고 있었다.

그런데, 바로 그때.

[응? 저기 이상한 검은색 비행 물체 날아오는데?]

[엉? 저거 뭐냐? 와, 눈썰미도 좋네. 저게 보이냐?]

먼 곳의 아주 작은 점이었다. 마치 종이 위로 볼펜 자국 하나를 쿡 찍은 듯한 점. 한데, 그 점이 점점 더 그 크기를 키워 가고 있었다.

그에 온 세계의 카메라들이 돌아가기 시작하며, 세계 각국의 방송사들이 분주히 움직이기 시작한다.

"5번 카메라!! 하늘! 하늘을 찍어!!"

"8번 카메라! 아직 정체불명의 비행 물체에 대해서 확인 불가한가?"

"저거 도대체 뭐야? 갈수록 거대해지잖아!"

사실상 세계 방송국의 시청률이 조금 하락하려던 때였다.

그 이유는 3만 대군과 싸우는 세 사람을 보기 위해선 며칠이 꼬박 걸릴 것 같았기에 추후 '결과'만 확인하려고 했기 때문이다.

하나, 정체불명 비행 물체의 등장. 그에 의해서 시청률이 다시 가파르게 상승할 것으로 보였다.

각국 방송사들은 저 비행 물체가 자신들의 기대에 부응하기를 바랐다. 그리고 그들의 바람처럼, 그 비행 물체는 그들에게 부흥했다. 절망은 시청률을 정점을 찍게 만든다.

어느덧 그 점이 커다래져 윤곽을 드러냈다. 거대한 날개, 산 하나라고 해도 될 정도의 엄청난 크기. 그리고 포효성!

[크하아아아아아아아아악!!]

그 포효성은 대한 수호 기지에 퍼져 있던 모든 유저들이 귀를 막게 만들었다.

[크으으으윽!]

[커허어어억!]

[끄아아아아악, 귀, 귀가 안 들려!!]

고막이 터지고 피가 흘러나온다. 몇몇 한계에 부딪힌 병력은 땅에 쓰러져 절명을 금치 못했다.

그 존재의 포효에 의해 땅이 진동하고 있었다.

그리고 카이온 대륙, 아스간 대륙의 모든 이들에게 알림이
강타한다.

[블랙 드래곤 보르몬의 강림!]
[블랙 드래곤 보르몬이 폭주 상태에 들어섭니다.]
[블랙 드래곤 보르몬의 폭주를 막지 못할 시, 각 대륙이 황무
지가 될지도 모릅니다.]
[블랙 드래곤 보르몬을 사냥한 자는 이제껏 얻을 수 없었던 보
상을 얻게 될 것입니다.]
[블랙 드래곤 보르몬을 사냥한 자는 그의 '레어'로 가는 길을
안내받을 수 있게 될 것입니다.]

그리고 그와 함께 공포가 주변을 잠식한다.
"드, 드래곤……!!"
"미친 거야?"
"드래곤 난입 예정 없다며!!"
"야, 정신 좀 차려 인마!!"
병력 상당수가 바닥을 구르고 있었다. 그리고 선 자들은 공
포에 오금이 저려오고 있었다.
어떠한 세계관에서든 중간계의 최고의 존재로 군림하는 존
재인 드래곤. 또한, 블랙 드래곤 보르몬은 드래곤 로드보다도
강하다고 알려져 있다.
그렇다. 아테네 운영진들은 블랙 드래곤의 직접적인 난입은

없을 것이라 공표했다.

하나, 지금의 상황은 전혀 이해할 수 없는 일.

블랙 드래곤 보르몬의 등 위로 한 존재가 타고 있었다.

"미, 미치광이 지배자 아칸!"

"미미미, 미치광이다!!"

아테네에서 미국 전역을 공포로 물들인 한 존재가 그 위에 올라타 있었다. 그는 해골 가면을 쓰고 있었으며 검은 로브를 두르고 낫을 들고 있었다.

미치광이 지배자 아칸이라 알고 있으나 그 누구도 정확한 정보는 알지 못하는 존재. 그저 '공포'인 존재.

그가 귀신이 빙의된 이의 목소리처럼 음침하고 사악하게 중얼거렸다.

"재앙이다."

그와 함께, 사르르르하고 사라져 버렸다.

그리고 남은 것은 블랙 드래곤 보르몬뿐이었다.

[미친 저걸 어떻게 잡아!]

[아니, 해도 정도껏 해야지, 지금 유저가 드래곤을 어떻게 잡냐? 아놔, 우리 민혁 님이 3만 대군 쓸어버릴 수 있었을 텐데!]

[아테네 운영자들은 이에 대해서 확실히 공지하고 보상하라!!]

그리고 해설자들.

[지금 눈앞에 재앙이 나타났습니다……!]

[블랙 드래곤 보르몬은 카이온 대륙과 아스간 대륙 사이를 넘나들 수 있는 존재입니다. 저 존재를 막지 못한다면 중국 서버와 대한민국 서버는 끝일지도 모릅니다.]

[애초에 드래곤을 사냥할 수 있는 유저가 있을 리 없습니다.]

[이는 미치광이 지배자 아칸이 벌인 일이 분명합니다.]

[미치광이 지배자 아칸은 이제까지 계속하여서 아테네 운영진들의 기획을 붕괴시켜 왔습니다.]

[어쩌면 이번이 가장 큰 재앙입니다. 두 개의 서버의 운명이 달려 있습니다.]

[막을 수 있는 겁니까? 이대로 대륙운 에피소드가 허무하게 종료되는 겁니까?]

그 순간. 대한민국 ATV 방송국은 시청률 60%의 정점을 일구어냈다.

그리고 전 국민의 60%가 보는 그때.

"절망하라."

마법의 왕이라 불리는 존재. 블랙 드래곤 보르몬의 주위로 수천여 개의 마법이 생성되었다.

두 번 다시 볼 수 없는 놀라운 광경.

콰콰콰콰콰콰콰콰콰콰콰콰콰쾅!

3만의 대군 위에 마법이 떨어져 내리고 유저들이 알림을 듣는다.

[마법 방어력이 무용지물이 됩니다.]
[HP가 0이 되어 강제 로그아웃…….]

순식간이었다. 6천의 유저가 10초도 안 돼서 전멸했다.
소름 끼칠 정도로 강력한 힘에 온 세계가 공포에 떨기 시작했다.

세계 곳곳에서 무수히도 많은 아테네 유저들, 시청자들 그리고 전문가들은 블랙 드래곤 보르몬의 등장에 경악하고 두려워하고 있었다.
집 안에서 TV를 보던 사람들의 손에 흥건한 땀이 맺힌다. 길을 걸으며 휴대폰으로 보고 있던 이들은 일제히 걸음을 멈추고 바라본다. '컴퓨터 판매'라고 써져 있는 가게 앞에 세워져 있는 TV 앞으로 사람들은 몰려든다. 지하철. 옆자리에 앉아 있는 사람의 동영상을 몰래 훔쳐보면서 자신도 모르게 긴장하게 된다.
"이, 이게 뭐야?"
"한 번의 공격에 수천 명이 죽었어……."
"저걸 어떻게 잡아? 아테네 운영진들 미친 거야?"
어떠한 해설자가 말하였다. 블랙 드래곤 보르몬을 막지 못한다면 카이온 대륙과 아스간 대륙은 끝일지도 모른다고.

사실일지도 모른다. 저러한 강력한 존재는 황제를 가뿐히 누를 수 있는 권력자였다.

때문에 지금 이 순간, 중국과 한국을 구분하지 않고 말하고 있다.

"누가 저 괴물 같은 자식 좀 잡아라."

"저거 못 잡으면 이번 대륙운 에피소드도 끝이잖아?"

"그런데 도대체 누가?"

"누가 저걸 잡을 수 있는 건데?"

그렇다. 누가 블랙 드래곤 보르몬을 사냥할 수 있는가?

아직 아테네의 모든 콘텐츠는 풀리지 않았으며 추후에나 등장해 사냥될 보르몬이었다. 지금 유저들 수준으로는 불가능이라는 거였다.

그리고 전 세계의 카메라가 단 한 사람을 클로즈업한다.

불가능하다. 하지만 어쩌면 그나마 이 사람만이 가능할지도 모른다.

바로 식신 민혁.

지금 전 세계의 랭커들과 사람들, 모두가 화면에 나타난 식신을 바라보고 있었다.

각국의 해설자들이 공황 상태에 빠져들었다. 너무 놀라 어떠한 말을 해야 할지 모르겠다는 듯 말문을 잃은 것이다.

한 번의 공격에 5천 명가량의 유저들이 형체도 없이 소멸되었다.

블랙 드래곤 보르몬의 주변으로 떠 있던 마법들은 보통 2~4클래스 마법을 웃도는 것들이었다. 하나, 그를 시전한 자가 블랙 드래곤 보르몬이라는 사실이 달랐다.

블랙 드래곤 보르몬은 마법의 최정점을 찍은 존재다. 그러한 그의 마법 대미지는 상상을 초월할 것이며 심지어 다른 이들의 마법 방어력을 무력화시켜 버렸다.

침묵에 빠졌던 이 중 한 해설자가 그나마 정신을 차리고 뱉어냈다.

[5천이 넘는 카이온 대륙 유저들이 형체도 없이 사라졌습니다.]

[남은 2만 5천의 병력, 그리고 아스간 대륙의 세 명의 유저. 이들이 지금의 재앙을 해결할 수 있는 유일한 자들입니다.]

[막아낸다면 그들은 아테네에서 영웅으로 기억될 것입니다.]

[하지만 막아내지 못한다면 지옥이 펼쳐지게 되겠지요.]

[사실상 각국의 전문가들과 랭커들은 지금 이 상황을 아스간 대륙과 카이온 대륙에 내려진 재앙이라고 보고 있습니다.]

[그들은 불가능하다고 소견을 내리고 있습니다. 물론 세계 각국에 뿔뿔이 흩어져 있는 랭커들이 힘을 합친다면 가능할지도 모릅니다.]

[하나, 지금 대륙운 안에 있는 자들은 카이온 대륙 유저들과 아스간 대륙의 유저들뿐입니다.]

[그들이 어떠한 전략을 펼칠지도 매우 궁금해지는 한편, 카이온 대륙은 총사령관인 다추안을 잃었습니다. 가뜩이나 혼란 상태에 빠져 있던 그들에게 보르몬이라는 존재 자체가 중첩되어 절망으로 다가옵니다.]

[어떤 식으로 사냥을 시도할지 매우 궁금합니다.]

쏴아아아아아아아아-

자욱한 흙먼지가 피어오른다. 지상에 서서 하늘을 올려다보는 모든 유저들은 패닉 상태에 빠져 있었다.

꿀꺽-

누군가 마른침을 삼키는 소리가 전장에 울려 퍼질 정도.

그리고 그들이 내린 판단, 정확하게는 중국의 하이랭커들이 내린 판단은 간단했다.

"식신! 명령을 내려라!!"

"정신 차려!! 여기서 넋 놓고 있으면 모두 죽는다!"

"식신, 명령을!!"

"명령을 내려라!!"

"믿고 따르겠다!!"

[노, 놀라운 일이 벌어지고 있습니다.]

[방금까지 식신에게 검을 겨누고 그의 목을 노렸던 카이온 대륙 하이랭커들이 식신에게 청합니다.]

[그들은 지금 총사령관으로 식신을 지목하고 있습니다.]

[옳은 판단입니다. 이제부터 이 싸움은 카이온 대륙과 아스간 대륙의 싸움이 아닙니다. 보르몬을 두고 카이온 대륙과 아스간 대륙이 사냥에 성공한다면 이는 아테네 역사상 길이길이 남을 전설이 될 터입니다.]

[두렵다. 하나, 그들은 지금 다른 이유로 전율하고 있습니다.]

[그것은 자신들이 새로운 역사를 써 내려가는 것. 그리고 그들은 그 역사에서 자신들을 이끌 영웅이 식신이라 믿어 의심치 않고 있습니다.]

그렇다. 많은 유저들은 두려웠으나 전율하고 있었다.

새로운 존재, 새로운 몬스터, 인간이 사냥할 수 없는 영역. 하지만 그것을 사냥할 수 있을지도 모른다는 희열.

때론, 어떠한 던전에서 너무도 강력하고 지고한 몬스터를 만나 죽게 되더라도 자신이 이 '몬스터'를 최초 발견했다는 사실에 기뻐하는 게 유저라는 이름이다.

2만 5천의 대군의 목소리에 잠시 공황 상태에 빠져 있던 민혁이 정신을 차렸다.

주변을 둘러보자 수만의 병력이 자신만을 바라보며 믿고 있었다.

그들의 배신?

말도 안 된다. 모두가 죽을지도 모르는 상황에서 자신의 뒤를 치려는 자는 없을 터. 또한, 자신들의 승부는 보르몬을 베고 나서 펼치는 게 맞다.

호흡을 추스른 민혁이 검을 힘껏 쥐고 굳은 눈빛으로 하늘로 검을 치켜들었다.

"와아아아아아아!"

쩌렁쩌렁한 함성이 대한 수호 기지로 퍼져 나갔다. 잠시 패닉에 빠졌던 유저들의 초월의 존재 사냥에 닿고자 하는 의지가 하늘을 찌른다.

"빵 셔틀! 카르!"

"예!"

"빵 셔틀은 힘을 개방하라!!"

"……예!"

빵 셔틀이라 메이웨이를 부른 이유는 그녀의 정체를 일부 숨기기 위해서였다.

어쩌면 이곳에서 정체가 드러날지도 모른다. 그러나 메이웨이는 후회는 없었다.

모든 중국의 국민들이 자신을 질타해도, 모두가 자신을 욕해도 괜찮다.

그래도 자신은 식신을 사랑하고 아끼며 존중한다. 그는 자신의 왕이다. 세계 공식 랭킹 1위의 왕.

그리고 메이웨이 또한 사골을 먹었다. 하나, 장기적인 5만 대군과의 싸움을 앞두고 민혁과 카르, 자신에게만 버프의 힘을 사용했다.

그리고 사골을 먹고 들은 알림.

[남아 있는 특별한 사골을 이용해 설렁탕을 드셨습니다.]
[MP량이 2.5배 증가합니다.]
[버프 관련 스킬 쿨타임 시간이 70% 감소합니다.]
[버프 관련 스킬 마나 소모량이 40% 감소합니다.]
[광역 버프의 반경이 40% 증가합니다.]
[버프 지속 시간이 40% 증가합니다.]
[디버프의 효과가 30% 증가합니다.]
[마법 방어력이 30% 상승합니다.]
[치명타 확률이 300% 상승합니다.]
[회피율이 300% 상승합니다.]
[경험치 획득률이 300% 증가합니다.]
[보유하고 계신 모든 스킬들이 평소보다 훨씬 더 비약적인 힘을 발휘할 것입니다.]
[버프 유지 기간은 3일입니다.]

메이웨이는 디버프도 사용할 수 있지만, 버프 능력에 최적화된 힘을 부릴 수 있는 최고의 버퍼였다. 당연히 사골로 버프 능력이 뛰어나질 수밖에 없을 터.

"랭커들은 앞으로 나오세요!"

이미 대부분의 랭커들이 민혁의 인근에 몰려들어 명령을 기다리고 있던 상황.

메이웨이의 스킬이 발현되었다.

순간적으로 메이웨이의 손에서 하얀빛이 뿜어져 나가며 하늘 위로 빛의 갑옷을 입고 거대한 창을 들고 투구를 쓴 거대한 여인이 만들어진다.

전쟁의 여신이 외친다.

[전군, 진격하라!!]

그리고 빛 가루가 되어 유저들의 몸속에 스며든다.

[전쟁의 여신의 함성]
[반경 9m 내에 위치해 있는 이들의 물리 공격력 및 마법 공격력이 30% 상승합니다.]
[민첩이 30% 상승합니다.]
[공격 적중률이 50% 상승합니다.]
[치명타 확률이 200% 상승합니다.]

"허어어억!"
"커허억?"
"이, 이럴 수가······!"
반경 9m 내에 위치해 있던 유저들이 경악한다. 특히나 버퍼 능력자들은 이 능력이 얼마나 경악스럽고 놀라운지 알 수 있었다.
그리고 그중, 메이웨이의 버프를 한 번쯤은 받아본 이가 있게 마련.

"다, 당신 메이웨이……?"

이제까지 메이웨이는 중국 유저들을 상대할 때 그들에게 버프를 쓴 적이 없다. 디버프도 자제했다.

메이웨이가 가장 크게 알려진 부분은 버프 능력. 그녀의 버프 능력을 받은 유저들 중 그를 눈치챌 수 있기 때문이었다. 그를 감안하고 민혁의 명령에 사용한 것이다.

"메이웨이라고?"

"세계 랭킹 1위 메이웨이?"

"우리 중국의 자랑이잖아……."

"세계 최고의 미녀!!"

웅성거림에서 메이웨이는 자신의 가면을 벗었다.

그녀의 얼굴이 드러난 순간 세상이 경악했다.

어차피 숨길 수 없음을 알았다. 단지, 지금 자신의 등장이 식신을 못 미더워하는 이들의 마음을 돌릴 수 있음을 안다.

"진짜 메이웨이다!"

"빵 셔틀이 메이웨이였어……?"

"어째서 당신이……."

메이웨이가 말했다.

"저는 한없이 부족하나 저 또한 여러분들에게 힘이 되어 드리겠습니다. 믿고 따라주십시오."

그때 한 유저가 물었다.

"다, 당신이 어째서 식신의 밑에 있는 겁니까? 왜 대륙운에서 우리를 위해 싸우지 않은 겁니까!"

메이웨이는 세계적으로 많은 봉사 활동과 기부 활동을 벌이는 것으로 유명하다. 누군가는 그녀를 신격화하기도 한다.

그러한 그녀가 말한다.

"식신은 저의 왕이십니다."

메이웨이의 말에 세계가 경악하고 해설자들이 술렁인다. 세계 랭킹 1위의 발언이기 때문이다.

그리고 중국 유저들은 지금 그것이 중요한 것이 아님을 알았다. 그들이 힘껏 검을 쥔다.

쫘아아아아아악-

"메이웨이가 있다면 해볼 만하다."

"메이웨이!!"

"우리를 이끌어주십시오!"

그녀가 그들을 둘러보며 뱉어낸다.

"식신을 믿고 따라라, 그렇다면 승리할 수 있을 것이다!"

"와아아아아아아아!"

함성이 하늘을 찌른다.

그리고 또 다른 곳.

"카르, 예전부터 당신의 팬이었습니다."

"올림픽 금메달리스트 카르!"

대한민국 공식 랭킹 1위이자 검도 금메달리스트 카르. 그는 세계적으로 무수히 많은 팬을 보유하고 있다.

또한, 올림픽에서 결승전 상대가 중국의 사내였다. 하나 압도적인 카르의 실력에 중국인들은 그를 욕할 수도 없게 되었다.

그런 그들에게 카르가 하늘 높이 검을 치켜들고 말한다.

"검을 들어 식신을 수호하라. 그가 이 싸움을 승리로 이끌 것이다. 우리는 승리할 것이다!!"

"와아아아아아아아아아아!"

세 명의 지휘관이 2만 5천 대군을 움직인다.

[세, 세 명의 적이 가장 든든한 아군이자 지휘관이 되었습니다.]

[세계 랭킹 1위 메이웨이! 대한민국 랭킹 1위이자 올림픽 금메달리스트 카르! 그리고 그들의 왕 식신까지!]

[2만 5천의 대군이 단합되었습니다! 어쩌면 승산이 있을지 모릅니다!]

그리고 민혁이 총지휘권을 잡고 명령한다.

"산개하라! 마법사 유저들은 가장 강력한 마법을 캐스팅하고 축적해 둬라, 보르몬이 마법을 발현할 시 곧바로 허공에서 격추시킨다!"

"예!!"

"궁수 유저들은 집중적으로 보르몬의 눈을 노려라! 아무리 피부가 단단하다 한들, 어떠한 존재든 눈이 단단하진 않다!"

"예!"

"근접 딜러들은 주변의 마법사 궁수 사제를 보호할 것이며 때를 노리고 강력한 스킬들을 계속 보르몬을 향해 사용하라."

"예!"

"암살자들은 보르몬이 지상에 내려오는 순간 녀석의 몸에 올라타 계속 공격하라! 몸에 붙어 있다면 마법을 사용하는 보르몬이 자신의 몸을 공격하진 않을 터!"

"예!"

"사제들은 보르몬의 인근에 붙은 자들에게 계속된 힐을 아끼지 마라, 또한 주변의 아군을 챙기며 근접 딜러들의 보호를 받아라!"

"예!"

세계가 경악하고 있었다. 이러한 상황 속에서 식신은 능숙하게 지시를 내리고 있었고, 그 명령들이 하나같이 실용적이기까지 했기 때문! 이에 모든 세계인이 감탄하고 또 감탄한다.

2만 5천의 새까만 대군. 그 틈에서 식신 민혁이 검은빛 예기를 발현하는 악마 심판의 검을 들어 올린다.

"보르몬 사냥을 시작한다!"

그 위엄 있는 목소리가 세계를 전율시키고 2만 5천의 대군이 그의 명령에 따라 발 빠르게 산개하기 시작했다.

지금처럼 밀집되어 있다면 입는 피해는 더욱더 커질 수밖에 없다. 보르몬의 첫 공격이 5천 이상의 유저를 앗아간 이유가 그것이다.

최대한 산개한 유저들.

"재밌구나."

하늘 위에서 이 모습을 바라보는 보르몬에게서 웃음이 스쳐 지나갔다.

고작 일개 인간들 따위가 지상의 지고한 존재인 자신에게
대항하려 한다는 사실에 말이다.

그와 함께.

콰르르르르르륵- 콰르르르르르르르르르륵-

거대한 불기둥이 곳곳에서 솟구치며 유저들을 집어삼키기
시작했다.

"크아아아아아아아악!"

"으아아아아아아악!"

"커허어어억!"

일곱 개의 불기둥! 불기둥에 닿는 병력이 형체도 없이 소멸
되어 사라졌다. 그리고 또 한 번, 보르몬의 수천 개의 마법이
하늘을 잠식한다.

그와 함께 민혁이 외쳤다.

"궁수 및 딜러들!!"

"예!"

"모두 날아오른 나를 향해 화살과 공격 스킬을 집중 사용해라!"

"예?"

"두 번 말하지 않는다. 신호를 보내는 순간 집중 타격한다!"

"예!"

"예!"

지금 그들이 할 수 있는 일은 식신을 온전히 믿는 일뿐이었다.

세계 해설자들이 의아해했다.

[자신을 향해 집중 타격하다니요?]

[이해할 수 없는 이야기입니다.]

[하지만 딜러들과 궁수들이 스킬을 준비합니다.]

[그들이 지금 식신을 누구보다 믿고 있다는 대목을 보여주고 있습니다.]

[현재 유저들이 산개해 있기 때문에 방금 전보다는 피해량이 대폭 감소할 것으로 보여집니다.]

[그렇다고 한들 최소한 3천 명 이상의 유저들이 죽음을 면치 못할 것입니다.]

그 순간, 보르몬의 몸 주변에서 넘실거리던 수천 개의 마법들이 지상을 향해 쏟아지려 하고 있었다.

그때 민혁이 번쩍 날아올랐다. 그리고 메이웨이가 순간적으로 그에게 '빛의 날개'를 사용, 민혁의 날개뼈 죽지에서 빛으로 만들어진 날개가 솟아났다.

펄러억-

발 빠르게 하늘로 날아오르는 민혁이 재빠르게 무기를 스왑한다.

그가 꺼낸 무기는 헤파스의 전설의 프라이팬이었다.

이 프라이팬은 한 번 강화된 적이 있었다. 그리고 이 프라이팬은 1천을 넘는 방어력과 마법 방어력 +200, 마법 방어력 효과 2배, 마법 반사 확률+50%가 붙어 있다. 마법을 사용하는 자를 상대로 할 때 가장 강력한 힘을 발휘하는 무기인 것이다.

그리고 그 순간.

[프라이팬 거대화]
[마력량에 따라 프라이팬 크기를 조절할 수 있습니다.]

프라이팬이 민혁의 몸보다도 훨씬 더 거대해졌다.
하나, 거기서 그치지 않았다.
또 한 번 커진다.
프라이팬 거대화는 사용자가 불어넣은 MP량에 따라 크기
가 계속 커질 수 있다.

[프라이팬 거대화]
[마력량에 따라 프라이팬 크기를 조절할 수 있습니다.]
[경고. 프라이팬의 크기가 제어할 수 없을 정도로 커지고 있습
니다.]

프라이팬의 크기가 지상에 거대한 그림자를 드리우게 할 정
도였다. 하나, 민혁은 계속하여 프라이팬의 크기를 키워갔다.

[프라이팬 거대화]

이윽고 프라이팬의 크기는 반경 40m를 덮을 정도로 어마어
마하게 커졌다.

하나, 문제가 있었다. 경고에서 들었던 것처럼 프라이팬을 조종할 수 없을 정도로 거대해졌다는 거다.

"끄으으으으으으……."

기껏 버티고 있지만 버틸 수 없을 정도의 압력이 밀려온다. 또한, 공기의 저항 때문에 이 프라이팬을 휘두를 수 있는가 하는 의문이 세계인들을 잠식한다.

그리고 그 순간.

쐐에에에에에에에엑-

보르몬이 쏘아 보낸 수천 개의 강력한 마법이 지상을 향해 하강한다.

그리고 그때.

"지금!!"

민혁의 외침과 함께 지상에 있던 유저들이 각기 스킬을 발현한다.

"검의 질주!!"

"그레이트 애로우!!"

"검기난무!"

"멀티 샷!!"

수천 개가 넘는 공격들이 일제히 뻗어나간다.

민혁을 향해서? 아니었다. 그들의 공격은 일제히 프라이팬의 밑면을 향하고 있었다.

그렇다. 민혁이 노린 것. 그들의 스킬 수천 개의 힘을 이용하여 프라이팬을 움직이는 것이다.

콰콰콰콰콰콰콰콰콰콰쾅!

거대한 프라이팬을 수천 개의 스킬이 타격한다. 강력한 진동이 민혁을 잠식한다.

그 순간, 위에서 떨어지는 마법을 향해 프라이팬이 움직이기 시작한다.

이윽고, 모든 스킬이 동시에 프라이팬을 가격하는 순간.

"흐으으으으으으읍!"

민혁이 한 번 더 날아오른다. 프라이팬에 스킬들의 힘이 실려 절로 회전하려 한다.

그리고 그 힘을 이용해, 떨어져 내리던 수천 개의 마법 다발을 힘껏 쳐냈다.

태태태태태태태태태태탱-

수천 개의 마법이 일제히 프라이팬에 튕겨 나가거나 혹은 프라이팬을 타격하고 뚫어내지 못한다.

민혁의 마법 방어력은 평소보다 2배 가까이 상승했다. 또한, 프라이팬 자체의 방어력은 상상을 초월한다.

그치지 않는다.

[마법 반사]
[마법 공격을 적에게 돌려줍니다.]
[마법 반사]
[마법 공격을…….]

혜파스의 전설의 프라이팬은 마법 반사 확률이 자그마치 50%에 해당한다.

보르몬이 쏘아 보냈던 마법들 절반이 프라이팬을 맞고 튕겨 나가 다시 그에게 향한다.

"……!"

보르몬의 눈이 부릅떠졌다.

그 순간.

콰콰콰콰콰콰콰콰콰쾅!

자신이 쏘아 보낸 강력한 마법들이 보르몬을 집중 타격했다.

그리고 때를 노린 마법사 유저들이 캐스팅 중이던 마법을 발현.

"파이어 필드!!"

보르몬의 몸 위에서 파이어 필드를 시전하며.

"라이트닝!"

"윈드 커터!"

"파이어월!"

"그레이트 붐!"

수백 개의 마법이 발현되어 그를 또 한 번 잠식한다.

"크아아아아아아아악!"

그리고 블랙 드래곤 보르몬의 입에서 비명이 터져 나왔다.

[미, 미친……!]

세계인들이 놀라고 있었다.

[기상천외한 방법입니다. 세상에! 수천 개의 마법을 반사시킬 생각을 누가 할 수 있겠습니까!]
[또한, 유저들의 스킬 힘을 빌려 프라이팬에 힘을 실어 휘둘렀습니다.]
[어떻게 이런 급박한 상황에서 저런 생각을 할 수 있는 겁니까?]

"미쳤어……."
"시, 식신…… 대단해."
"저런 판단력을 내렸다는 게 놀라워."
"아스간 대륙은 우리들의 적이지만 인정할 건 해야겠어."
"식신은 갓식신이다……."
"진짜 쩐다……."

그리고 그를 따르는 수만 대군 또한 전율하고 있었다. 중국의 유저들이 식신에게 매료되고 있는 것이다.

그들이 경악하는 이유 중 하나는 지금의 상황이다.

지금의 상황은 그 누구도 침착할 수 없는 때이다. 그런데, 식신은 그런 상황 속에서 빠르게 분석하고 빠르게 실현했다. 머리가 하얘진 일반 유저들과는 격이 다른 것이다.

그리고 식신은 여전히 하늘에 있었다.

다시 작아진 프라이팬을 재빠르게 악마 심판의 검으로 스왑. 날아오르는 민혁이 폭주하는 검을 시전 준비한다.

 94 16

그리고 보르몬의 인근에 도달했을 때, 메이웨이가 기가 막힌 타이밍에 버프를 건다.

[전쟁 여신의 일격]
[4.5초 동안 성공시키는 모든 공격이 2.5배의 대미지가 되며 타 스킬의 대미지와 중첩됩니다.]

전쟁 여신의 일격은 과거 그림리퍼를 사냥할 때에 받았던 버프이다. 그때 당시 2.5초 정도라는 시간 안에 모든 공격을 해내야 했었다.

하나, 사골을 먹은 메이웨이의 힘은 대폭 강화되었으며 시전 시간과 심지어 스킬 능력까지 강해졌다.

4.5초. 그 짧은 시간 동안 공격에 성공하면 대미지는 2.5배 되며 스킬 대미지는 중첩된다.

민혁이 그대로 날아가 여전히 마법의 폭격을 받으며 비명을 터뜨리는 보르몬을 향해 폭주하는 검을 발현한다.

[폭주하는 검]

이 스킬은 분노하는 검의 진화 형태이며 반의 극의이다.

심지어 민혁 역시 사골국 버프를 받은 상태로 급소 찌르기에 성공할 시 600%의 추가 대미지. 거기에 더해져 여덟 번 연속 타격이 120% 대미지를 낸다.

그러한 상황에서 메이웨이의 2.5배 공격력 증가의 버프를 받은 상태라면?

콰아아아아아아아아악-

민혁의 검이 하늘을 찌른다. 공기를 매섭게 가르며 포효하는 보르몬의 가슴팍을 향해 그의 검이 움직인다.

뿌드드드드드득-

보르몬의 단단한 피부를 꿰뚫고 민혁의 검이 깊이 파고들었다.

그 순간, 보르몬은 살면서 느껴본 적 없는 격렬한 고통을 느꼈다.

"크, 크아아아아아아아악!"

놈의 거친 비명이 터져 나온다.

그치지 않는다.

파파파파파파파파팟-

여덟 번 연속! 그의 몸이 계속 타격되며 민혁의 주변으로 수백여 개의 칼날이 뻗어나간다.

주변의 적들까지 쳐내는 폭주하는 검. 거기에 이어.

[무형검]
[방어력을 무시하는 검.]
[낙뢰]
[3연속!]

콰콰쾅!

거대한 낙뢰가 내리쳐 보르몬을 집어삼켰다.

그리고 다시 한번 무기를 스왑. 프라이팬을 거대화시킨 민혁이 있는 힘을 다해 휘둘렀다.

태에에에에에에에엥-

경쾌한 소리가 울려 퍼지며 보르몬이 지상으로 추락한다.

[놀라운 장면이 눈앞에서 펼쳐지고 있습니다!]

[식신 민혁 유저가 이렇게 영웅이 되는 겁니까?]

[세상에! 그 누구도 잡지 못할 거라고 생각했던 보르몬이 지상으로 하락합니다!]

하나, 그리 쉽지만은 않은 일이었다.

"감히……!"

분노한 보르몬의 음성이 쇠젓가락으로 쇠그릇을 긁듯, 이질적으로 퍼져 나간다.

"감히 인간 따위가!"

그 목소리와 함께 추락하던 보르몬의 거대한 날개가 활짝 펼쳐졌다.

그와 함께.

푸화아아아아아아아아악-

거대한 독 마법이 발산되며 지상에 서 있던 모든 유저들의 호흡기를 잠식했다.

보르몬의 독 마법이 뻗어나가는 반경은 상상을 초월했다.

"커허어억!"
"크허어억!"

[맹독에 당하셨습니다.]
[거대한 독이 폐부 깊숙한 곳을 녹이기 시작합니다.]
[피부가 녹아내리기 시작합니다.]
[HP가 50% 미만으로 하락합니다.]

"크아아아아아악!"

대군이 목을 부여잡고 비명을 지르기 시작하였다.

그리고 그 순간, 보르몬의 몸에 났던 상처들이 꾸물꾸물 재생하기 시작했다.

"……!"

그 모습을 본 민혁이 경악했다. 아니, 정확히는 허탈해진 것이다.

프라이팬 거대화는 두 번 다시 사용할 수 없다. 보르몬이 더 이상 튕겨낼 수 있는 마법을 사용하지 않을 테니까.

그리고 그때.

쫘드드드드드드득-

땅에서 솟아난 거대한 나무줄기들이 민혁의 몸을 옭아매었다.

"끄으으읍!"

그리고 마치 아나콘다처럼 민혁의 몸을 칭칭 휘어 감기 시작했다.

힘을 주었지만 벗어날 수 없었다. 너무도 그 힘이 강대했기 때문이다.

나무줄기는 보르몬의 바로 앞으로 민혁을 인도했다.

"인간 따위가 대항할 수 있다 생각했는가?"

보르몬의 눈동자가 공포로 다가왔다.

뿌드드드드득-

"크아아아아악!"

[HP가 70% 미만으로 하락합니다.]

몸의 뼈가 으스러진다. 거대한 줄기가 갈수록 그의 몸을 조여온다. 끝내는, 그의 몸을 터뜨려 버릴 것이다.

"아, 안 돼!"

"식신, 벗어나라! 빨리!"

"공격하라!!"

독에 당한 유저들이 비틀거리면서도 민혁을 사수하기 위해 공격 스킬을 전개한다. 하나, 보르몬의 눈짓 한 번에 허공으로 수백 개의 실드가 생성.

콰콰콰콰콰콰콰쾅!

가뿐하게 그를 막아냈다.

보르몬이 속삭인다.

"절망하라, 그리고 보아라. 파멸을."

보르몬은 자신의 공포가 인간에게 어찌 다가갈지 아주 잘 알았다. 그는 이제 오금이 저리고 자신이 계속 생각날 것이다. 지금 이 순간이 악몽으로 다가올 것이다.

하나.

"카악퉷! 도마뱀 고기 먹고 싶다!!"

민혁이 이죽거리며 웃었다. 분노한 보르몬이 그를 감싼 줄기를 더욱더 조였다.

"크아아아아아악!"

[HP가 20% 미만으로 하락합니다.]
[HP가 10% 미만으로 하락합니다.]
[HP가 6% 미만으로…….]

세계가 절망한다.

[끝입니다.]
[더 이상 희망이 없습니다.]
[하지만 이 정도라면 충분히 잘해주었습니다.]
[이제 각 대륙이 병력을 소집하여 보르몬을 소탕하는 방법밖에 없을 것입니다.]

"져, 졌다……."

"결국에 불가능이었나?"

"……그래도 우리 잘 싸우지 않았냐?"

"웅."

모두가 절망하고 있었다.

바로 그때, 그들의 이야기 소리 틈에 한 목소리가 있었다.

"우리 아들…… 아니, 영주님을……."

그 목소리는 분노에 격렬히 떨리고 있었다.

"감히……!"

그리고 그가 뱉어낸다.

"절대극창."

그에 민혁은 머리가 하얘지는 와중에도 말했다.

"아, 안 돼……!"

절대극창이란 스킬을 가진 이를 잘 알았다.

절대극창은 사용하는 순간 몸의 HP와 MP가 모두 0이 되어 버리는 극악의 페널티 스킬이다. 하나, 순간적으로 공격력을 3,500%까지 끌어올리는 일점타격 스킬이다.

민혁은 이 스킬을 가진 자에게 말했다.

'어르신. 커피 타기 싫다고 절대극창 사용하고 그러시면 안 됩니다. 아셨죠?'

'허허허, 우리 아들…… 아니, 영주님도 걱정이 많구먼!'

그런 그가 지금 그 힘을 발현했다.

쐐에에에에에에에엑-

그 순간, 세상이 진동하기 시작했다.

땅이 흔들리며 천지가 격동한다.

총알처럼 빠른 무언가, 그 무언가의 온몸에서 거대한 빛이 뿜어져 나가 절망에 물든 세상을 밝힌다.

"저, 저건 뭐야?"

"허어어억!"

거대한 빛, 정확히는 빛에 휩싸인 귀신창 밴이 단단한 보르몬의 피부를 뚫고 그의 목을 관통한다.

뿌드드드드드드득-

목이 꿰뚫리며 주변의 살점들이 찢겨 나간다.

그와 함께, 유저들을 잠식한 독이 사라지며 민혁을 감쌌던 줄기들이 스르르 풀려났다.

쿠우우우웅-

보르몬이 거대한 소리와 함께 땅에 널브러져 비명을 지른다.

"키에에에에에에에엑!"

그리고 그 거대한 존재를 등진 노인. 그가 바닥에 쓰러진 민혁의 손을 잡아 일으켜 세우며 인자한 미소로 말한다.

"포기하지 마십시오. 왕이시여."

귀신창 밴이 몸을 돌려 자신의 창을 땅속 깊이 박아 넣는다. 그리고 양 팔짱을 낀 채 한 치 물러섬 없이 보르몬을 노려보며 마주 섰다.

이윽고, 밴은 선 채로 잿빛이 되어 스르륵 사라지기 시작했다.

㈜즐거움의 회의실.

아테네 운영진들의 가슴이 뜨거워졌다.

절체절명의 순간 빛처럼 날아온 노인. 그 노인이 민혁을 구하고 그를 일으켜 세운 뒤 몸을 돌려 보르몬을 매섭게 노려보며 죽음을 맞이했다.

물론 그것은 실제 죽음이 아니다.

대륙운 안에서 NPC들의 사망은 적용되지 않는다. 그들은 다시 아스간 대륙에서 되살아날 것이다.

하나, 그가 보여준 힘. 그리고 지키고자 하는 마음. 거기에 마지막 그 순간까지 보르몬을 돌아보며 적에게 등을 보이지 않는 모습까지!

"대단해……."

강태훈의 입에서 감탄사가 터져 나왔다.

자신이 기획하고 자신이 만들어낸 게임이었다. 그 게임 안에서 인공 지능들이 새로운 생각을 하고 새로운 감정을 쌓으며 새로운 세상을 만들어낸다.

그의 심장이 쿵쾅쿵쾅 뛴다.

그리고 귀신창 밴의 그러한 희생에 온 세계가 환호하고 있었다.

[미쳤다, 미쳤어. 저 노인, 검은 머리카락을 매일 빗던 그 이상한 노인 네잖아?]

[와. 소름 돋았다. 진짜 개 소름 돋았다…… 이 장면 영원히 잊지 못할 것 같다.]

[들었습니까? 포기하지 마십시오. 왕이시여. 나 이 부분에서 울었다.]

[귀신창 밴. 아스간 대륙 창술사들의 아버지라 불리는 인물입니다. 실제로 그 또한 전설 중의 한 명입니다.]

[전설이 식신을 구하기 위해 자신을 희생하다니…….]

[아, 님들 대륙운 안에선 완전히 죽는 거 아닌 건 아시죠?]

세계 커뮤니티 사이트가 뜨겁게 달아오르고 있었다.

그리고 박민규 팀장이 양손을 깍지 끼고 모니터를 보았다.

"지원군이 도착했습니다."

그렇다. 귀신창 밴과 함께 다른 지원군들이 왔다는 거다.

"이 절망적인 상황에 아직 희망은 있습니다."

박 팀장의 말에 강태훈 사장은 고개를 끄덕였다.

지금 그들은 실패했을 시에 이어질 사람들의 '비난'을 두려워하는 게 아니었다. 실패했을 시의 유저들의 좌절감을 두려워하는 것이다.

만약 성공한다면? 성공했을 시의 파급력이란 가히 상상을 초월할 터였다.

"저 여인도 곧 도달할 겁니다."

여러 개의 모니터 속 하나. 은빛 머리카락을 휘날리는 한 여인이 빛과 같은 속도로 대륙운을 가로지르고 있다.

또한.

"검은 마법사 알리도 절대신수를 깨우기 위해 고군분투하고 있죠."

마지막 남은 황금 왕관 조각. 그 조각을 얻어낸다면 진정한 절대신수가 깨어날 것이다.

그렇다. 아직 싸움은 끝난 게 아니다.

고통에 몸부림치는 블랙 드래곤 보르몬. 그 앞에서 한 치 흔들림 없는 표정으로 양 팔짱을 낀 채 그를 노려보며 잿빛이 되어 스르르 사라지는 노인.

이를 지켜보는 자리에 있는 모든 이들이 식신과 귀신창 밴을 바라봤다.

민혁이 자신의 검을 꽉 쥐었다.

물론 그 또한 알고 있다. 대륙운 안에서의 죽음은 실제 죽음이 아니다. 돌아간다면 그를 다시 만날 것이며 그는 이리 말할 것이다.

'허허허, 우리 아들…… 아니, 영주님. 커피 스무 잔을 원샷 때리십니까?'

하나, 귀신창 밴은 자신의 할아버지 같은 사람이다.

폭식 결여증에 걸리고 친구 하나 없던 민혁. 그런 그에게 때론 조언도 해주며 농담도 해주고 힘이 되어주는 존재.

그가 자신을 구하기 위해 희생했다.

'포기하지 않겠습니다.'

사르르르르르-

귀신창 밴이 완전히 사라졌다.

그리고 귀신창 밴이 왔다는 이야기는 지원군이 도착했다는 사실이었다.

"민혁아!"

"괜찮으십니까?"

민혁의 앞으로 먹자교 길드원들이 몰려들었다.

[먹자교 길드의 길드원들이 도착했습니다.]

[절망적인 상황에 작은 희망이 싹트고 있습니다.]

[크레이지 프리스트 로크, 격투가 칸, 홍염의 격투가 에이스, 달의 암살자 루시아, 정보꾼 아벨, 채찍의 여전사 지니, 번뇌의 기사 알리샤, 신수의 주인 카이스트라, 베스트셀러 작가 아르벨, 사냥꾼 크로우 등 쟁쟁한 이들이 도착했습니다.]

[그뿐만이 아닙니다.]

"키헤에에에에에에엑-"

한 해설자의 말과 함께였다.

하늘 위를 검은 새들이 점령했다. 아니, 정확히는 용족들이 그를 점령하고 있었다.

그와 함께 한 사내가 하강해 민혁의 앞에 섰다.

"아들아, 괜찮으냐?"

검은색 비늘로 구축된 갑옷을 두르고 있는 사내, 바로 흑염 룡이었다.

"네, 괜찮아요."

흑염룡은 안도의 한숨을 쉬었다.

혹시나 너무도 강력한 상대를 만나 좌절했으면 어쩌지 했다. 그러나 자신의 아들의 눈은 여전히 총명하게 빛나고 있었다.

'그래, 이래야 내 아들놈이지!'

살다 보면 자신이 상대할 수 없는 강한 상대를 만나게 마련 이다. 하나, 그런 상대에게 쓰러져도 덤벼들고 쓰러져도 덤벼 들면 결국에 손을 들어 올리는 이는 그 강한 자일 거라고 흑염 룡은 생각했다.

그때 민혁의 시선이 다시 보르몬에게 돌아갔다.

꾸물꾸물-

다시 목의 상처가 빠르게 재생하고 있었다.

쓰러진 놈을 향해 살아남은 병력이 무수히도 많은 공격을 쏟아붓고 있었다. 하지만.

탱 탱탱탱 탱탱탱!

보르몬의 방어력은 상상을 초월했다. 커다란 타격을 입히지 못했다.

심지어 보르몬의 주변으로 반투명한 실드가 수백여 개 생 성. 그 실드들이 그 공격을 방어해 낸다.

"크아아아아아악!"

보르몬이 하늘 높이 날개를 펼치고 도약해 올랐다.

"산개하라!!"

또 한 번 민혁의 명령에 모두가 발 빠르게 움직인다.

그리고 이제야 도착한 먹자교 길드. 그들 또한 전투 준비를 끝마친 상황이었으나, 그들은 도착하자마자 절망적인 상황과 마주할 수밖에 없었다.

보르몬의 입이 주변의 마나를 빨아들이기 시작했다.

[보르몬에 의해 MP 10%를 빼앗깁니다.]

병력의 몸에서 빠져나간 푸른 기운이 보르몬의 입에서 검은 기운으로 전환된다.

그리고 누구라고 할지라도 녀석이 무엇을 준비하는지 알 수 있었다.

"브, 브레스!"

"막아! 이건 막아야 돼!"

대군이 경악한다.

흑염룡이 용의 눈물 검을 힘껏 내던졌다.

쐐헤에에에에에엑-

이기어검이 보르몬을 공격하려 하지만 주변에서 생겨난 거대한 실드가 그를 가로막았다.

째재재재재쟁-

심지어 그 실드들이 얼마나 견고한지 뚫리지 않을 지경이었다.

촤아아아아아아악-

지니의 채찍이 화염을 머금고 보르몬을 강타하려 한다. 하지만 이 역시 실드에 가로막힌다. 심지어.

[실드 반사]
[실드 반사가 당신에게 공격을 돌려줍니다.]

화르르르르륵-

"꺄아아아아아아악!"

지니가 비명을 터뜨리며 온몸에 붙은 불을 서둘러 진압했다.

정보꾼 아벨이 번쩍 도약하고 카이스트라가 탄 펜루스가 빛의 브레스를 뿜어냈다.

"마룡창술 3장 폭주창!!"

콰콰콰콰콰콰콰콰쾅!

베스트셀러 작가 아르벨 또한 힘을 보탠다.

하나, 무용지물이었다. 대부분이 실드에 가로막히거나 혹은 실드를 뚫더라도 보르몬에게 유의미한 타격을 주지 못했다.

결국에 보르몬이 그 거대한 힘을 뱉어냈다.

쿠화아아아아아아아아악-

검은 브레스가 지상에 있는 대군을 뒤덮는다. 먹자고 길드원들은 서둘러 발을 빼는 것밖에 할 수 없었다.

브레스에 직격당한 이들은 그대로 소멸되어 사라져 버렸다. 검은 브레스의 기운이 전장을 잠식한다.

8천 명. 순식간에 사망한 병력의 숫자였다.

"히이이이이이익……!"

바로 방금 전까지 옆에 있던 이의 소멸에 병력이 두려움을 지레 집어먹는다. 8천 명이라는 대군이 한 번에 죽어나가자 전의를 상실한 이들이 넘쳐난다.

또한, 보르몬의 재생 능력에 놈의 상처는 모두 회복되어 있었다.

"끝났어……."

"이건 못 이겨."

"젠장! 젠장!!"

[보르몬의 공포]

[방어력이 30% 하락하며, 공격 적중률, 치명타율이 20% 하락합니다.]

보르몬의 공포가 디버프가 되어 병력을 잠식한다.

독과 이번 브레스로 인해 고작해야 남은 병력은 약 9천 남짓이었다.

그러나 그들의 좌절 앞에서 여전히 고군분투 싸우는 자들이 있었다.

"로크야!!"

"오케이!!"

칸이 로크를 향해 내달린다. 그리고 칸이 번쩍 날아오른 순간, 로크가 그의 발목을 잡아채 그 상태에서 몸을 회전시킨다.

부우우우우웅-

그에 따라 발목이 잡힌 칸도 허공에서 회전한다.

로크가 손을 놓는 순간, 칸이 그 힘을 얻어 속도를 높여 보르몬을 향해 하늘 높이 비상했다.

"작은 거인의 거센 주먹!"

콰콰콰콰콰콰콰콰쾅!

실드가 생성될 수도 없을 만큼의 빠른 비행 속도! 또한, 그가 사용한 스킬은 방어력을 50% 무시한다.

"크하아아아악!"

보르몬이 비명을 터뜨리고 아르벨이 어느덧 펜루스의 등 뒤에 카이스트라와 함께 올라타 있었다.

타아아아앗-

아르벨이 번쩍 날아오른다.

그리고 뱉어낸다.

"얼마 전 드래곤 바로이는 첫사랑 드래곤과 다시 만나게 되었다네, 꿈만 같던 5천 년 만의 재회. 그리고 두 사람이 산맥에서 쿵쾅쿵쾅 짝짓기를 맺게 되었으나 알고 보니 그녀 케로이는 드래곤 로드의 수장 파트냐의 암컷이었던 것이었다!!"

아르벨이 이 위험한 상황에서 그냥 뱉어내는가?

아니었다. 그의 목소리에는 적의 시선을 돌리는 힘이 있다.

"크하아아악! 바로이라는 드래곤이 드래곤 수장의 암컷을 건드렸다고?"

그가 관심을 보인다.

블랙 드래곤도 피해갈 수 없는 야설에 대한 관심!

그 틈을 타 바로 뒤에서 공격을 준비 중이던 아벨, 크로우, 아스갈이 움직인다.

"아베에에에엘!"

달리는 민혁이 아벨에게 한 자루 단검을 던져준다.

허공에서 낚아챈 아벨이 씨익 웃었다.

"감사합니다!"

다추안이 드랍한 핏빛 단검.

"필멸자의 단검!!"

푸화아아악-

단일 공격 스킬 필멸자의 단검이 발현되며 블랙 드래곤 보르몬의 뒷목에 꽂힌다.

"크하아아아아아악!"

크로우가 토네이도 스피어를, 아스갈이 춤추는 이도류를 발현

그들이 절망에서도 싸워내는 모습에 좌절하던 중국 랭커들이 무기를 꽉 쥔다.

"대한민국에 밀려선 안 되지!"

"가자!!"

"우오오오오오오오!"

그들이 전장에 합류한다.

[사기를 잃었던 중국 랭커들이 다시 진격합니다.]

[맞습니다. 아스간 대륙에 카이온 대륙이 밀려선 안 되겠지요.]

[그 선두로 민혁 유저가 날아오릅니다.]

민혁의 검에서 강력한 힘이 넘실거린다.
도약한 그는 블랙 드래곤 보르몬과 마주하고 있었다. 그리고 그의 힘이 뻗어나간다.

[하늘 찢는 검]
[반경으로 추가 대미지 350%를 내는 붉은색 검기를 쏘아 보내며 적에게 직격 시 20% 치명타 확률에 따라 600%의 추가 대미지를 내며 폭발합니다.]

거대한 붉은 검기가 보르몬에게 날아가 그를 공격한다.
차차차차차차차차차창-

[무형검]
[방어력을 무시하는 검.]

"크하아아아아악!"
놈이 비명을 토해내며 놈의 피부가 찢어진다.
연이어 붉은 검기가 연속으로 보르몬을 타격한다.
피피피피피핏-
그리고 직격하는 순간, 600%의 추가 대미지의 폭발을 일으킨다.

콰콰콰콰콰콰콰쾅!

또 한 번의 비명.

"크하아아아악!"

하나, 곧 놈의 몸에서 거대한 화염이 분출되었다.

푸화아아아아아악-

"끄으으읍!"

"크하아아아악!"

"으, 으아아아!"

유저들이 서둘러 몸을 빼냈다. 그러나, 화염을 피하지 못한 아스갈이 재가 되어 사라진다.

지니가 미처 피하지 못한 그녀에게 손을 뻗었다.

"아, 아스갈……!!"

"모두…… 이겨내…….."

그녀가 마지막 뱉어낸 말.

하지만 그와 다르게 보르몬은 절망으로 다가온다.

[보르몬의 분노]

[보르몬이 숨겨둔 힘을 개방합니다.]

[보르몬의 방어력이 1.4배 상승합니다.]

[보르몬의 재생력이 1.4배 빨라집니다.]

[보르몬의 마법 대미지가 30% 증가합니다.]

[보르몬이 절망의 군단을 소환합니다.]

허공이 찢어지기 시작했다. 그리고 모습을 드러낸 것은 3천 마리의 이족 보행 도마뱀들이었다.

그들은 각가지 무기를 착용하고 있었다. 검, 창, 활, 도끼, 또는 마법사로 보이는 놈들은 지팡이를. 또한, 검은빛 풀 플레이트 아머를 일제히 두르고 있다.

그런 그들의 레벨은.

[절망의 전사. Lv547]

상상을 초월했다.

보르몬이 또 한 번 강력해졌으며 대군을 이끌고 왔다.

모두의 얼굴이 일그러지고 있었다.

검은 마법사 알리. 그는 무사히 황금 왕관 조각을 얻어낼 수 있었다.

그가 이를 위해 도달한 곳은 멀더런의 안식처였다. 이 안식처는 갖은 시련이 존재하며 멀더런의 후예인 알리를 위한 다양한 퀘스트도 존재한다.

하나, 알리는 황금 왕관 조각을 얻고 곧바로 돌아가지 않았다.

그는 황금 왕관 조각을 전해줘야 할 만큼 급한 일이 생겨 잠깐 로그아웃했다가 보았다.

TV 속에서 보르몬이 분노하며 능력치를 추가 개방하고 절망의 군단을 소환한다. 병력이 그를 당해내지 못하고 있었다.

그는 아직 레벨이 도달하지 않아 본래는 멀더런에게 갈 수없다. 하지만 그것이 다른 경로와 이유라면 가능했다.

멀더런의 후예는 단 한 번의 힘을 개방할 수 있는 기회가 있다. 대신에.

[나의 후예야, 어째서 너는 그 힘을 원하는 것이더냐, 아직그 힘의 조건에 도달하지 못한 네가 그 힘을 깨운다면 너는 더이상 나의 후예가 아니게 된다. 어쩌면 네가 가진 마법의 힘이모두 소멸되어 사라질지도 모른다.]

로브를 두른 인자한 노인이 길게 기른 하얀 턱수염을 만지며 말했다.

그가 바로 대마법사 멀더런.

그에 알리가 작은 미소를 지었다.

"괜찮습니다. 그 단 한 번의 힘이라면 제 모든 것을 잃어도요."

멀더런은 도무지 이해할 수 없다는 표정이었다.

세상을 초월하는 마법사의 힘. 그것이 바로 멀더런 자신이다. 그 힘을 잃으면서까지 무엇이 하고 싶은 건가?

[어째서인지 물어도 되겠느냐]

"지켜야 할 것이 있습니다."

그에 멀더런은 재밌다는 듯이 허허하고 웃었다.

무엇을 지키고자 함인가, 한데 그 지키고자 함에 모든 것을잃을지도 모르는데 뛰어든다라?

[그 지키고자 하는 것이 무엇이더냐.]

그 질문에 알리가 멀더런의 눈을 마주 봤다.

알리의 눈이 총명하게 빛났다.

"동료."

그 순간.

쿠화아아아아아아악-

황금빛의 기둥이 하늘에서 떨어져 내렸다.

그가 검은 마법사라 불린 이유. 지팡이도 로브도, 심지어 모자마저도 검었기 때문이다.

한데, 이 순간, 그의 로브, 지팡이, 머리카락, 눈동자마저 황금색으로 변화하였다.

새롭게 써 내려져 간다.

검은 마법사 알리라 불렸던 그가 '황금 마법사'라 불리게 되며 '신'에 도달하는 이야기.

3장
블랙 드래곤 사냥(2)

3천 마리의 이족 보행 도마뱀의 등장.

그들은 보르몬이 이끄는 절망의 군단으로, 한때 온 세계의 대륙 곳곳에 절망을 선사했던 군단이다.

보르몬의 비늘로 만들어진 갑옷과 그 힘이 담긴 아티팩트를 착용하고 오랜 시간 동안 숙련되어 키워진 존재들.

그들의 아버지는 바로 보르몬이다. 그에 그들은 강할 수밖에 없다. 자그마치 하나하나가 레벨이 547~570! 어지간한 하이랭커 급의 레벨 대였다.

반면 남아 있는 대군은 9천 남짓. 게다가 남아 있다고 해서 강한 것이 아니었다. 남아 있는 하이랭커의 숫자는 아주 극소수에 불과했다.

"키레레에에엑!"

"키랴아아아아악!"

남아 있던 대군들이 일제히 몰려오는 절망의 군단을 바라본다. 놈들은 기이한 괴성을 터뜨리며 달려오고 있었다.

카르와 메이웨이. 이 두 사람은 여전히 대군을 지휘하는 역할을 잃지 않았고, 보르몬을 타격하는 것은 먹자교 길드와 민혁이 주축이 된다.

"가자!!"

카르가 두려움에 떠는 대군들 앞에 서서 가장 먼저 앞으로 달려 나갔다.

그 뒤를 따라 메이웨이가 페가수스를 소환했다.

고귀하고 위대한 말!

"히히히히히히히힝!!"

다그닥- 다그닥!

그 위에 올라탄 메이웨이가 하늘 높이 검을 치켜든 채 달려간다. 그 뒤를 9천의 대군이 뒤쫓는다.

"흐으으읍!"

번쩍 날아오른 카르가 가장 앞쪽에 선 적을 베어낸다. 그리고 공격을 연계시키며 공격력을 상승시킨다.

핏- 푸화아악-

절망의 군단과 싸우면서 카르는 알았다.

'대적할 수 있는 군단이 아니다……'

그 첫 번째 이유. 방어력이 너무 높았다.

현재 코니르라는 자가 빙의된 카르였음에도 불구하고 그들

하나하나를 베어내는 데 힘이 들었다. 일반 병력이 그들을 상대하면 오죽하겠는가?

두 번째. 너무 노련했다. 체계적으로 훈련을 받은 듯 보이는 이놈들은 빠르고 강했으며 노련했다.

세 번째. 놈들에게 두려움은 없었다. 베어내면 그 상태에서 그대로 카르를 공격해 들어온다.

콰자아아악-

뒤에서 몰려오던 대군이 절망의 군단과 충돌했다. 하나, 이어지는 것은 비명뿐이었다.

"크아아아아아아악!"

"아, 안 박혀! 검이 안 박힌다고!"

"래, 랭커들하고 싸우는 거 같아……."

"미친……!"

그들의 절망 속에서 카르는 또 한 번 힘껏 검을 휘두른다.

그래도 나아가야 한다. 물러설 곳이 없었기에.

보르몬을 막아내고 있는 자들도 절망적이긴 매한가지였다. 켈베로스가 로크를 태우고 발 빠르게 보르몬이 쏘아 보내는 마법을 피해내며 달리고 있었다.

"크르르르르!"

"크라아아아아아!"

"사랑아, 소망아, 행복아!!"

켈베로스들은 필사적이었다. 로크를 지키기 위해 혼신의 힘을 다해 달린다.

하나, 곧 마법 하나가 켈베로스의 옆구리를 강타했다.

"깨개개갱!"

"끼이잉!"

바닥을 뒹구는 켈베로스가 힘겹게 몸을 일으킨다.

로크가 그런 켈베로스를 꽉 껴안았다.

"형이 지켜줄게."

두 개의 커다란 도끼를 꽉 쥔 로크가 앞에서 물밀 듯이 뻗어오는 마법 공격들을 베어냈다.

쾨지이이익- 콰아아악-

"크흐으으으읍!"

하나, 로크가 금세 뒤로 밀려났다. 한층 더 강력해진 보르몬의 마법은 자신이 막아낼 수 없는 수준이었다.

콰아아아아아아앙-

바닥을 뒹굴면서도 로크는 다시 몸을 일으켰다. 자신은 결국에 플레이어였다.

하지만 그와 반대로 켈베로스들은 이곳에서 살아가는 존재들. 이 녀석들에게 그 고통은 실제로 다가올 것이다. 뜨겁고 강렬할 것이며 절망적일 거다.

"으아아아아아아!"

로크가 스킬을 발현해서 앞으로 뻗어오는 힘을 힘껏 쳐냈다.

민혁이 만들어준 사골을 먹었음에도 보르몬과 대항하긴 힘이 들었다.

풀썩-

'끝인 건가?'

그가 힘없이 양쪽 무릎을 꿇고 주저앉았다.

여전히 고군분투하나 바닥을 구르는 전우들이 보였다. 마법에 강타당한 지니가 피를 토하며 뒤로 날아갔다. 불주먹 에이스가 허공으로 도약해 올랐다가 냉기 마법에 당해 온몸이 얼어붙은 채 추락한다.

"후우……."

떨리는 한숨을 뱉어냈다. 보르몬 레이드는 애초에 불가능이었던 걸까?

바로 그때였다.

"젊은이가 그렇게 주저앉으면 쓰나."

온화한 목소리가 들려왔다.

고개를 돌리자 그곳에 민혁의 아버지 흑염룡이 있었다.

전장을 바라보는 흑염룡. 그가 앞으로 걸어나가며 로크에게 말한다.

"일어서게, 아직 무너져야 할 때는 아닐세."

"예……!"

로크가 힘을 주어 힘겹게 몸을 일으킨다.

그리고 그 앞으로 걸어가는 흑염룡. 그의 명령에 따라 하늘 높이 비상해 있던 용족 전사들이 절망의 군단을 공격한다.

"키햐아아아아악!"

"키헤이이이이익!"

용족 전사들 또한 상당한 레벨을 갖췄다. 용족들과 대군이 하나가 되어 절망의 군단과 처절하게 싸운다.

그리고 흑염룡. 그가 어느덧 소환된 네 마리의 용들을 바라봤다.

용들은 흑염룡을 누구보다 믿고 의지한다. 또한, 흑염룡도 그들을 누구보다도 더 아꼈고 사랑하였다.

그런 그가 말한다.

"아이들아, 나는 지키고 싶구나."

그의 시선은 다시 보르몬을 공격하는 민혁에게 향했다.

아버지가 되어 폭식 결여증에 걸린 민혁이 배고파할 때 제대로 해준 것도 없었다. 그러한 못난 아버지인 자신.

항상 괴로움에 떨던 민혁은 새로운 세상을 만나 희망을 찾고 있었다. 그것은 바로 '아테네'였다.

"나는 이 세상을 지키고 싶다."

흑염룡의 의지가 전달된다.

브레트니, 데스티니, 브레이커, 독룡이. 네 마리의 용들이 경건한 울음을 토해낸다.

"키헤에에에엑!"

"크아아아악!"

"키햐아아아가!"

"크라아아아아악!"

흑염룡에게도 귀신창 밴과 같은 페널티를 가진 힘이 존재한다. 그리고 그 힘을 발현하는 순간, 흑염룡의 힘은 1.7배가량 상승하며 이 네 마리의 용들의 힘 또한 그처럼 비약해진다.

그러나 한 달. 한 달이라는 시간 동안 이 4대 전설의 용들을 볼 수 없게 된다.

　"미안하다."

　하나, 네 마리의 용들은 그 목소리에도 흑염룡의 몸에 자신들의 몸을 비벼댔다.

　이윽고. 네 마리의 용이 하늘 높이 승천하기 시작했다.

　[흑염룡의 네 마리의 용들이 하늘로 날아오릅니다!!]

　[네 마리의 용들이 승천하는 모습! 두 번 다시 보지 못할 놀라운 광경입니다!!]

　[장관입니다. 붉은색, 푸른색, 초록색, 검은색의 용 네 마리가 함께 일제히 승천하는 모습이요.]

　[아아아, 저 하늘! 하늘을 보십시오!!]

　잠시 싸우던 대군 중 상당수가 하늘 높이 승천하는 용들에 시선을 집중했다.

　용들이 승천하는 하늘! 그 거대한 하늘로 빛을 흩뿌리는 하나의 구름이 있었다. 그 거대한 구름으로 네 마리의 용들이 일제히 빨려 들어갔다.

　그리고 민혁과 먹자교 길드는 흑염룡이 페널티를 안고 이 힘을 발현했다는 사실을 알지 못했다. 단지, 강력한 힘이 나타날 거라는 예상만 했을 뿐이다.

　"흑염룡 님! 보석입니다! 놈의 미간의 검은 보석!!"

"보석?"

그렇다. 먹자고 길드는 당하기만 하는 것이 아니었다. 길드원들이 피해를 입는 와중에도 그들은 끊임없이 보르몬의 몸을 재생시키는 힘을 찾기 위해 갈구했다.

아무리 보르몬이 극악의 몬스터라고 할지라도 계속된 재생을 할 수 있을 리가 없었다. 최소한 그의 재생을 막을 수만 있다면 승산은 큰 폭으로 상승한다.

그리고 그들은 보았다. 검은색 비늘 사이로 교묘하게 감춰져 있는 미간의 검은 보석. 워낙 교묘하여 신궁이라 불리는 루트조차도 잘 찾지 못할 정도였던 보석. 그 보석이 힌트다.

그리고 마침내.

"키혜에에에에에에엑!"

"크아아아아아아아악!"

"키랴아아아아아아아악!"

"크라아아아아아악!"

네 마리 용들의 포효가 세상을 뒤흔들었다.

거대한 빛의 구름이 걷히기 시작한다. 그곳으로 용족의 날개를 펼친 흑염룡이 도약해 올랐다.

빛의 구름이 걷히고 크기가 보르몬의 반만 해진 네 마리 용들이 모습을 드러냈다.

흑염룡이 브레트니의 위에 올라탔다.

"독룡아."

"키혜에에에에에엑!"

독룡이는 지상으로 하강하기 시작했다. 그리고 절망의 군단을 향해 덤벼들었다.

콰자아아아악-

독룡이가 한 놈을 집어삼켜 낸다. 그리고 독룡이의 주변에서 거대한 독의 화살이 생겨나 절망의 군단을 공격한다.

콰콰콰콰콰콰콰콰콰콰쾅!

"크라아아악!"

"크아아아아악!"

절망의 군단. 레벨 547이 넘는 강력한 군단 수십 마리의 몸이 녹아내리기 시작했다.

이어지는 독룡이의 포효.

"키헤에에에에에엑!"

[상태 이상이 해제됩니다.]

그 포효에 아군을 휘어 감던 상태 이상이 해제된다.

카르가 전율했다.

'가, 강하다……!'

독룡이의 힘. 코니르를 빙의한 자신만큼은 아니었지만, 최소한 빙의 이전의 자신보다 몇 배는 강하다 할 수 있다.

그리고 브레트니의 위에 올라선 흑염룡이 나아가기 시작했다.

"감히 미개한 용 따위가 건방지구나!"

보르몬이 거친 울음을 터뜨렸다.

그의 말과 다르게 보르몬은 용이라는 존재가 가진 무한한 잠재력을 알고 있다. 비록 보르몬이 알기로 그들은 또 다른 진짜 힘을 깨우치진 못했지만 말이다.

4대 용들은 끝내는 신의 곁에까지 도달할 자들. 하나, 아직은 그에 미치지 못하는 자들이었다.

수백여 개의 마법 방어력을 무시하고 강대한 힘을 품은 마법들이 나아간다.

그 순간 검은 용 브레이커의 입이 열렸고 거대한 검은 배리어가 생성되었다.

콰콰콰콰콰콰콰콰쾅!

검은 배리어가 보르몬의 모든 마법 공격을 막아냈다.

"……!"

이제까지 그 누구도 쉬이 막아내지 못했던 그 힘, 수백여 개를 말이다.

그리고 푸른 용 데스티니의 입에서 거대한 냉기가 분사된다.

쿠화아아아아아아아아악-

쩌저저적 저적-

그 강력한 냉기가 보르몬의 몸을 일부 얼려 움직임에 제한을 걸어버린다.

그 순간, 흑염룡이 힘껏 도약해 날아올랐다. 그리고 그때를 놓치지 않고 브레트니가 보르몬의 온몸을 휘어 감았다.

꽈아아아아아악-

이어 '소멸의 불꽃'이 발동된다.

소멸의 불꽃은 봉인된 힘을 풀었을 때, 즉 페널티를 받게 되는 이 힘을 각성하였을 때만 사용할 수 있다.

지옥불 헬파이어보다 강력하고 보르몬의 마법보다도 뛰어나며 세상 그 어떤 불보다 뜨겁다.

쿠화아아아아아아악-

거대한 화염이 보르몬을 감싼다.

"크아아아아아아악!"

놈의 피부가 녹아내리고 있었다. 그 단단하고 번들거리는 검은 비늘이!

흑염룡은 이 힘을 통제할 수 있는 시간이 이제 고작 1분 남짓이라는 사실을 알았다.

그 순간, 벌써 1천 명이 넘는 절망의 군단을 죽인 독룡이, 흑염룡의 옆을 지키던 브레이커, 데스티니가 각자의 색을 띠는 작은 구름이 되어 흑염룡의 용의 눈물 검으로 빨려 들어왔다.

쏴아아아아아아아아아-

그리고 마침내, 보르몬을 고통에 비명 지르게 하던 브레트니 또한 그의 용의 눈물 검에 빨려 들어왔다.

[브레트니의 힘이 깃듭니다.]
[일격이 성공할 시 2,300%의 대미지로 폭발합니다.]
[데스티니의 힘이 깃듭니다.]
[일격이 성공할 시 상대방의 몸을 3초 동안 얼립니다.]
[브레이커의 힘이 깃듭니다.]

[강력한 힘이 무엇이든 깨부술 듯하며 방어력을 완전히 무시합니다.]

[독룡이의 힘이 깃듭니다.]

[강력한 독이 적의 몸을 잠식할 것입니다.]

그리고 흑염룡이 앞으로 날아갔다.

'아들아, 지키마.'

아들이 웃을 수 있는 세상. 아들이 원하는 걸 먹을 수 있는 세상. 아들이 누구보다 소중한 사람들을 만난 세상.

그것 하나면 족했다. 그것이 흑염룡의 존재 이유다.

그의 검이 보르몬이 다급히 발현한 중첩된 실드 수십여 개를 깨부순다.

콰장창창창창-

그리고 마침내, 보르몬의 미간에 위치한 검은 보석을 힘껏 찌른다.

피이이이이이잉-

브레트니의 힘으로 강력히 폭발하며, 데스티니의 힘으로 단숨에 얼려낸다. 독룡이의 힘이 놈의 몸속에 잠식되어 죽여낼 것이며, 브레이커의 힘이 이 검을 인도하였다.

'고맙다, 아이들아.'

"키헤에에에에에에에엑!"

보르몬이 거칠게 포효한다.

그리고 마침내.

쩌저저적-

보석이 금이 가고.

후두두둑-

떨어져 내렸다.

흑염룡의 입가에 작은 미소가 맺혔다.

반면, 비명을 지르는 보르몬.

한데, 그 순간 흑염룡은 보았다. 놈의 입꼬리가 슬며시 올라가고 있다.

"……!"

곧 흑염룡의 얼굴에 좌절이 자리매김했다. 놈의 몸의 상처가 빠르게 재생되기 시작하고 있었던 것이다.

'속…… 임수……?'

그렇다. 그것은 속임수였다. 애초에 미간의 검은 보석은 거짓이었던 것!

그리고 보르몬이 거대한 입을 벌려 흑염룡을 집어삼키기 위해 아래턱을 움직이려 했다.

"아버지!!"

"흐, 흑염룡 님!!"

"막아라!!"

천천히 몸을 돌려 아들 민혁을 바라보며 씁쓸하게 웃었다.

마지막 일격이었다. 한데, 그것이 속임수에 넘어가 버렸다.

천천히 보르몬의 입이 닫히려 한다.

흑염룡이 몸을 돌리자 사색이 되어 도약하려는 민혁이 보였다.

하지만 이미 늦었다.

그런데 이변이 일어났다.

보르몬은 더 이상 자신의 아래턱을 움직일 수 없게 되었다. 어떠한 존재가 그의 턱이 움직일 수 없게 막아내고 있었기 때문이다.

"크아아아아아악!"

턱이 제지당한 보르몬이 비명을 질렀다.

흑염룡의 시선이 돌아갔다.

그곳에 있었다. 보르몬의 입에 비해 훨씬 작은 크기의 검 한 자루로 보르몬의 아래턱에 검을 박아 한 손으로 누르는 존재.

은빛으로 흩날리는 긴 머리카락의 여인.

그녀는 보르몬의 턱을 누르고 있으면서도 한 치의 흔들림도 없이 흑염룡을 바라보고 있었다.

그녀가 말한다.

"처음 뵙겠습니다. 아버님. 민혁이의 '누나'가 되고 싶은 엘레입니다."

대륙 황제 엘레의 등장이었다.

그리고 그녀가 보르몬의 눈을 바라봤다.

오싹-

처음이었다. 보르몬은 살면서 처음으로 그 소름 끼치는 눈동자에 공포라는 감정을 느끼고 있었다.

"네 아가리 거슬리는데 잘라줄까?"

피이이이이잇-

그녀의 검이 보르몬이 쫓지도 못할 속도로 움직인다.

단숨에 보르몬의 턱을 스치고 지나간 그녀의 검이 정확히 놈의 턱 근육을 잘라냈다.

"크아아아아아아아악!"

보르몬의 밑 턱이 벌어지며 비명이 터져 나왔다.

충격. 말 그대로 충격이었다. 온 세계가 바로 이 순간 정적에 빠져들었다.

보르몬의 피부는 어지간한 랭커들의 강력한 공격 스킬로도 베어내지 못했을 정도로 단단하고 견고했다. 다른 이들의 공격은 오히려 베어낸다의 느낌이 아니라, '두들긴다'처럼 보일 지경이었다.

한데, 대륙 황제 엘레. 그녀가 가볍게 휘두른 검에 의해 보르몬의 턱 근육이 잘려 나갔다.

그리고 세계의 많은 이들은 엘레가 죽은 줄로만 알았다. 그이유는 쉬챠지가 비난이 쇄도하자 그녀가 봉인된 힘을 깨워 영원한 안식에 빠졌을 확률이 매우 높다고 말했기 때문이다.

실제로 엘레는 오랜 시간을 공식 석상에 모습을 드러내지 않았었다.

그런데, 지금 은빛 머리카락을 휘날리며 다시 모습을 드러냈다.

그 은빛 머리는 그녀의 각성 상태라는 것을 세계인들은 얼핏 짐작할 수 있었다.

턱에서 피를 흩뿌리며 몸부림치는 보르몬!

그를 한없이 차갑게 바라보는 엘레의 검이 또 한 번 움직인다.

"얄은수를 쓰고 있었구나."

그녀의 검이 몸부림치는 보르몬의 눈을 정확히 쫓아 힘껏 찌른다.

뿌드드드득-

그리고 보르몬의 눈을 파고든 검, 그 검은 끝내 보르몬이 숨겨두었던 검은 보석에 도달했다.

그렇다. 보르몬은 미간에 검은 보석을 숨긴 척 연기하였으나 실제로는 그 보석을 눈에 숨겨두었던 것. 하나, 엘레는 이를 단숨에 간파해 낸 것이다.

까드드드득-

검은 보석이 보르몬의 눈에서 산산조각이 나서 부서져 내린다.

그와 함께 보르몬의 입에서 또 한 번의 비명이 터져 나온다.

"크아아아아아아아악!"

그리고 이 자리에 있던 유저들에게 알림이 강타했다.

[보르몬의 생명석을 부수는 데 성공합니다.]
[보르몬이 더 이상 재생 능력을 사용할 수 없게 됩니다.]

유저들의 얼굴에 작은 희망이 생겨났다.

한데, 그 희망은 곧 빠르게 무너져 버렸다.

[보르몬이 자신을 지키기 위해 마지막 힘을 개방합니다.]

"크라아아아아아아악!"

보르몬의 주변으로 강력한 마나가 뻗어나갔다. 마나의 강력한 파동에 유저들이 그 힘을 이기지 못하고 뒤로 날아갈 정도였다.

"크흐으읍!"

"꺄아아아아악!"

이는 먹자교 길드원들도 마찬가지였다. 그들도 중심을 잡지 못해 바닥에 넙죽 엎드려 있었다.

그리고 충격적인 알림이 들려왔다.

[보르몬의 마지막 각성!]
[모든 피해량이 회복됩니다.]
[마법 쿨타임 시간이 50% 감소합니다.]
[마법 공격력이 30% 증가합니다.]
[마법 관통력이 50% 증가합니다.]
[최대 마법 사용 개수가 2배 증가합니다.]
[HP와 MP가 1.9배 증가합니다.]
[방어력이 1.5배 증가합니다.]

과연 최종 보스다웠다. 하나, 살아남은 대군들에겐 절망적이었다.

또 한 명의 절망의 군단을 베어낸 카르가 그를 보며 넋을 잃었다.

"저걸 잡으라고……?"

가뜩이나 보르몬의 강력함은 상상을 초월했다. 그런데 거기에서 더욱더 강해졌다.

방어력이 1.5배 올랐다. 가뜩이나 박히지 않았던 것이, 심지어 HP는 두 배 상승했고 마법 관통력 50%에 따라 적의 방어력을 무시하고 추가 대미지를 입힌다. 거기에 마법 공격력이 30% 상승했으며 쿨타임이 50% 감소한다.

즉, 보르몬은 이제까지보다 족히 두 배는 강해졌다는 걸 부정할 수 없었다.

"하……."

"닝기미."

"X펄……!"

곳곳에서 아테네 운영진들에 대한 원망 어린 욕설들이 튀어나왔다.

그럴 수밖에 없었다. 기껏 재생의 원천이라고 할 수 있는 검은 보석을 부숴냈더니, 더욱더 큰 절망이 다가왔기 때문이다.

"키키키키키키키킥!"

보르몬의 웃음소리가 소름 끼치게 주변을 잠식한다.

결코 자신을 죽이는 일은 쉽지 않다를 보여주는 것이었다.

[보르몬이 마지막 각성을 해냈군요.]

[그런데 그 정도가 너무하다고 싶을 정도입니다. 애초에 보

르몬은 현재 유저들 수준으로는 사냥 자체가 불가능한 몬스터였던 것 같습니다.]

[엘레의 화려한 등장은 반가우나 결국 그녀 또한 이 자리에서 죽게 될 운명으로 보여집니다.]

현재 이 모습을 보고 있는 모두가 같은 생각이었다. 저러한 존재를 어떻게 잡는가?

하나, 그들은 몰랐다. 엘레 또한 '저러한 존재'라는 사실을 말이다.

"거슬려."

엘레가 뱉어냈다.

그 말과 함께, 보르몬의 주변에서 수천 개의 마법이 동시에 생성되었다. 그 마법은 바로 앞에 위치한 엘레를 겨냥하고 있었다.

그 순간, 엘레가 재빠르게 흑염룡의 몸을 붙잡았다.

"아버님, 잠시 실례하겠습니다."

쑤화아아아악—

엘레가 흑염룡을 힘껏 민혁 쪽으로 던졌다. 서둘러 민혁이 그를 받아냈다.

엘레와 민혁의 시선이 마주쳤다.

'살아나 줘서 고마워요, 누나.'

엘레가 그런 민혁을 보며 작게 웃음 지었다.

'고맙다, 민혁아. 이 은혜는 갚으마.'

엘레에게 이제 민혁은 동생 이상의 존재가 되어버린 것.

그리고 수천 개의 마법이 쏟아지는 그 틈.

채채채채채채채챙-

그녀의 검이 눈에 보이지도 않을 빠르기로 움직인다.

콰콰콰콰콰콰콰콰쾅!

마법들이 허공에서 소멸되어 사라지거나 혹은 폭발한다.

그 폭발의 잔해 속에서 그녀가 뱉어낸다.

"멸살검(滅殺劍)."

과거 흑룡단과의 전투 때에 엘레가 봉인을 풀기 전에 발현했던 스킬이다.

수백여 개의 검의 그림이 없는 검날들이 적을 유린한다.

흑룡단 인원들 또한, 그 힘을 이겨내지 못했다.

한데, 지금 엘레는 봉인된 힘을 풀은 상태였다. 본래의 멸살검과는 차원을 달리한다.

그녀의 검에서 8m 길이의 날카로운 예기를 흩뿌리는 검날들 천여 개가 나타났다.

그 천여 개의 검날들이 보르몬을 향해 쏟아지기 시작했다.

순간 보르몬의 주변으로 거대한 검은 배리어가 발현되었다.

배리어들은 대부분이 비슷한 힘을 발휘한다. 절대 무적의 방어력을 자랑하나 배리어가 발현된 순간, 그 어떠한 것도 할 수 없다는 거였다.

하나, 마법의 정상에 도달한 보르몬의 배리어는 조금 달리했다. 배리어 안에서 마법 캐스팅이 가능하다는 것.

보르몬이 안심하고 마법을 캐스팅하던 그때, 기다란 창 같은 검날 하나가 배리어와 직격했다.

콰자아아악-

[배리어로도 완전한 방어를 해낼 수 없는 힘입니다.]

보르몬은 경악할 수밖에 없었다. 너무도 말이 안 되었기 때문이다.

자신이 누구인가? 지상 최대의 존재라고 불리는 드래곤. 그리고 그 드래곤들의 정점에 선 존재였다.

그런데, 자신의 배리어를 꿰뚫고 공격할 수 있다는 말인가? 심지어 그것도 고작해야 인간이 말인가?

콰자아아아악-

연이어 천 개의 검날들이 계속해서 배리어를 타격하기 시작했다. 대부분 꿰뚫지 못하고 튕겨 나갔으나, 곧이어 배리어에 실금 같은 균열이 일어났다.

쩌저저저저적-

그리고 그 균열 사이를 파고든 하나의 검날이 보르몬의 등에 박혔다.

푹!

"크하아아아아아악!"

방어력이 자그마치 1.5배 상승하고 HP 보유량이 2배 급격히 상승한 보르몬이었다. 하나, 그 검날이 너무도 고통스러웠다.

이어서.

콰콰콰콰콰콰콰콰콱!

보르몬의 몸 곳곳에 8m 길이의 검날이 박히기 시작했다.

자그마치 500개였다. 500개의 검날이 그의 두텁고 단단한 등에 박힌다.

"크하아아아아아아악!"

그 거대한 비명에 아군들의 얼굴에 희열이 자리매김한다.

"미, 믿을 수 없어……."

"엘레…… 미쳤다……."

"저 여인이 이필립스 제국의 황제 엘레……?"

모두가 감탄한다.

고슴도치가 된 보르몬의 등에서 수백 개의 검날이 스르르 사라졌다. 최소한 30%의 HP 손실을 입힌 것이 분명하다.

엘레를 찾아 눈을 굴리는 보르몬의 바로 밑. 바로 밑에 그녀가 있었다.

쩌어어어어어엉-

그녀가 한 손으로 쥔 검을 하늘을 향해 힘껏 휘두른 순간이었다. 그녀의 검에 직격한 보르몬이 하늘 높이 튀어 올랐다.

족히 수백 톤 가까운 보르몬이 날아간다는 건 믿기 어려운 이야기였다.

"크라아아아악!"

순간적으로 수백여 개의 마법을 발현하여 하늘 높이 뒤쫓는 엘레를 견제했다. 하나, 그녀의 주변으로 생성된 붉은 실드를 꿰뚫지 못한다.

어느덧 다시 보르몬의 위에 선 그녀가 힘껏 검을 휘둘렀다.

"제국 가르기."

새롭게 각성한 힘.

제국 가르기는 발도였다. 빠르게 검집에서 검을 뽑아내어, 단숨에 휘두른다. 한데, 자그마치 반경이 40m가량이었다. 심지어 그 공격력은 5,000%의 추가 대미지다.

쩌어어어어어어어억-

피부가 찢어져 피가 솟구치는 보르몬이 지상으로 추락했다.

콰아아아아아아앙-

자욱한 흙먼지가 피어오르며 전 세계, 이 자리의 대군, 모두가 경악하고 있었다.

하늘 위에 서서 무심히 그 존재를 내려다보는 엘레는 독보적이었다.

모두가 숨을 멈췄다. 그 광경을 보면서 자신들도 모르게 숨을 참고 있었던 것이다. 전 세계가 대한민국이라는 작은 나라의 NPC인 엘레의 강력한 힘에 경악하고 또 경악하고 있다.

엘레가 다시 검을 휘두르려는 순간.

쿠화아아아아아아악-

보르몬의 몸에서 거대한 마력이 발산되었다. 그리고 그와 함께 흙먼지 틈에서 수천 개의 빛줄기가 뻗어나갔다.

쐐쐐쐐쐐쐐쐐쐐쐐쐐쐐쐑!

"……디, 디스?"

민혁은 그 스킬이 무엇인지 알아봤다. 바로 '디스'라는 스킬이었다.

사용하기에 제한이 많은 최고의 단일 공격 마법. 한데, 그 디스가 수천 개가 뽑히고 있었다.

빛의 창들 수천 개가 주변의 이들을 무차별적으로 공격한다.

피피피피피핏-

"크하아아악!"

"으아아아아아악!"

심지어 디스는 적을 한 명 가격하면 그치지 않고 관통하고 뒤의 적들까지 꿰뚫었다.

쩌저저저저적-

엘레도 서둘러 실드를 쳐서 막아내 보지만 빛의 창인 디스는 그 빠르기와 강력함이 상상을 초월하는 경지였다.

탱그랑-

실드가 와장창 깨지며 엘레의 몸 곳곳에 빛의 창이 틀어박혔다. 그녀의 높은 방어력에 의해 관통은 면할 수 있었다.

하나.

"쿨럭!"

그녀의 입에서 붉은 피가 한 움큼 뿜어졌다.

그 대미지 자체가 상상을 초월한다. 심지어 대군 중 4천 명을 제외하고 빛의 창에 몰살되어 있었다.

그리고 먹자교 길드도 상황은 비슷했다.

빛의 창을 막아서고 켈베로스 앞에서 죽음을 맞이한 로크.

"크아아아악!"

"크라아아아악!"

켈베로스들이 슬픔의 포효를 한다.

허공에 날아올라 보르몬을 계속 공격하던 아벨. 그가 허공에서 격추당해 로그아웃을 맞이했다.

속속들이 먹자고 길드원들이 로그아웃에 이르렀다.

"크카카카카카카칵!"

보르몬이 소름 끼치게 웃었다.

그렇다. 엘레의 스킬이 단일 공격에 집중되어 있다면, 보르몬의 힘은 광역에 집중된다. 아니, 어쩌면 마법은 원한다면 집중할 수도 있기에 둘 모두 잡은 격.

"크흡……."

엘레가 지상으로 하락한다.

곳곳에 빛의 창이 꽂힌 엘레는 어느덧 다시 하늘로 날아오른 보르몬을 볼 수 있었다.

그는 지금 인간의 모습으로 폴리모프했다. 거대한 크기의 자신이 집중 공격당할 것을 피하기 위함이었다.

백색의 지팡이를 든 그는 상당한 미남자였으며 머리카락도, 입고 있는 로브도 모든 것이 백색이었다.

콰르르르르르르-

하늘이 열리며 수천 개의 지옥의 불이 떨어져 내린다.

헬파이어였다.

"……!"

헬파이어는 고위급 마법으로 디스보다는 한 단계 밑이라고는 하나, 광역 마법이기도 했다. 저 헬파이어가 말 그대로 이곳을 지옥으로 만들 것이었다.

거기서 그치지 않았다. 하늘에서 수천 개의 빛의 창 또한 떨어져 내리고 있었다.

"크카카카카카카카카!"

엘레의 공격에 몸 곳곳에서 피를 흘리는 보르몬. 그가 즐거운 광소를 터뜨렸다.

대륙운에 잔존한 병력의 위로 재앙의 마법들이 천천히 떨어져 내리고 있다. 그 숫자는 이 자리에 있는 모든 이들을 소멸시키기에 충분했다.

그리고 그때. 민혁이 너무도 잘 알고 있는 한 마법사의 목소리가 울려 퍼졌다.

"디스펠."

아테네 운영진들은 하늘에서 내리는 수천 개의 헬파이어와 빛의 창을 보며 말문을 잃었다.

슈퍼컴퓨터 아테네가 만들어낸 보르몬이라는 존재. 그 존재는 지금 유저들에게 불가해의 영역과 가깝다. 진정한 '신'이 된 자라면 또 모를까.

하지만 그러한 자는 없었다. 신 클래스가 있다고는 하나, 그들은 신의 힘을 계승 받은 후예들일 뿐. 아직 반신의 경지에도 오르지 못한 자들밖에 없었다.

"온 세계가 보겠군."

그리고 김대식 부장이 마른침을 꿀꺽 삼키며 중얼거렸다.

그렇다. 온 세상이 볼 것이다. 블랙 드래곤 보르몬이, 남아 있는 모든 병력을 지옥불과 거대한 빛의 창으로 소멸시키고 더 나아가 아스간 대륙과 카이온 대륙까지 황무지로 만들 장면을 말이다.

"황무지가 된 아스간 대륙과 카이온 대륙을 업데이트로 어떻게든 살려야 하지 않겠습니까?"

김대식 부장이 씁쓸하게 말했다.

그때, 한 사내가 중얼거렸다.

"끝날 때까지 끝난 건 아닙니다."

항상 곧은 사내 박민규 팀장이었다.

그 말에 김 부장은 가슴이 울컥했다. 그가 믿고자 하는 것, 자신 또한 믿고 싶었다. 하나, 그러기엔 상황이 너무 절망적이다.

"하지만 지금의 상황은……."

그가 입을 떼려던 그 찰나.

벌컥-

회의실 문이 거칠게 열렸다.

그곳에 한 여인이 있었다.

신입 사원, 아니, 이제는 꽤 일 처리 잘하는 직원이 된 여인. 바로 이민화였다.

"이민화 사원?"

박 팀장이 의아한 표정을 지었다. 모두의 시선이 그녀에게 꽂혔다.

그녀가 흥분 어린 목소리로 뱉어냈다.

"신……! 신이 나타났습니다!!"

"……무슨 소리야?"

현재 이 보르몬 사태에 의해 이민화를 포함한 최소한의 직원들만이 일 처리를 하고 있었고, 그녀만이 유일하게 목도했다.

"진정한 신이 된 유저가 나타났다고요!"

"뭐?"

"뭐라고?"

"그게 무슨 소리인가!!"

모두가 그제야 사태를 직감했다.

강태훈 사장이 벌떡 몸을 일으켜 물었다.

"그는 누구인가? 아니, 그는 지금 어디 있지?"

보르몬의 강림만큼이나 놀라운 이야기였다.

이민화의 팔이 부들부들 떨리며 한 곳을 지목하자 모두의 시선이 그곳으로 향한다. 그곳엔 TV가 있었다.

수천의 병력과 민혁, 그리고 엘레에게 재앙이 되어 떨어지는 헬파이어와 디스가 보여지고 있다. 그리고 그 밑으로 절망하는 이들이 있었다.

마법이 막 그들에게 닿으려는 순간.

[디스펠.]

하나의 목소리가 들렸다. 그 목소리는 마치 신의 속삭임처럼 또렷했고 영롱했으며 아름다웠다.

그와 함께.

[쿠화아아아아아아아아아악.]

찢어졌던 하늘로 헬파이어가 다시 빨려 들어가 사라지며 수천 개의 빛의 창들이 병력의 바로 머리 위에서 멈춰 서며 소멸되어 사라진다.

당혹한 보르몬의 시선이 한곳에 머물렀다.

"……!"

보르몬은 언급했듯 백색 로브를 두르고, 백색 머리카락의 미남자로 폴리모프했는데, 엄청난 미남자인 그의 앞으로 한 사내가 플라이 마법으로 서 있었다.

그는 블랙 드래곤과 확연히 대조되었다. 황금색 로브, 황금색 눈동자, 황금색 머리카락, 황금 지팡이를 들고 선 사내.

그가 보르몬과 마주하고 서서 주변으로 찬란한 황금빛을 흩뿌리고 있었다.

황금 마법사 알리였다.

디스펠. 적의 마법 공격을 무효화시키는 고레벨 마법사들의 전유물이라고 할 수 있었다.

낯익은 사내의 목소리. 그 목소리에 따라 우렁찬 소리를 내

16

며 찢어졌던 하늘로 헬파이어가 다시 빨려 들어간다.

유저들의 머리 위를 잠식하며 그들을 꿰뚫으려고 하였던 빛의 창들이 스르르 빛이 되어 소멸되어 사라졌다.

"뭐지?"

"어떻게 된 일이야?"

"디스펠? 이게 디스펠이라고? 디스펠이 저 많은 마법을 소멸시켰다고?"

디스펠은 사용자의 마법 달성률에 따라서 그 힘이 달라지는 편이었다.

보르몬이 발현한 수천 개의 디스와 헬파이어를 단숨에 소멸시킬 수 있는 디스펠이 존재한다는 사실에 모두가 경악하고 또 경악한다.

그리고 그때.

"저기다!!"

"헉? 저자는 누구지?"

수천 명의 이들의 시선이 일제히 보르몬에게로 향한다. 정확히는 그의 옆에 있는 사내에게로!

순간, 사람들은 그를 알아보지 못했다. 평소의 음침한 분위기와 다르게 그는 태양보다 찬란한 황금빛을 세상에 흩뿌리며 보르몬과 마주하고 하늘에 떠 있었기 때문이다.

"아, 알리잖아?"

"세계 최고의 마법사 알리!"

그렇다. 그곳에는 온 세계인들이 인정하는 유일한 마법사 사내가 있다. 바로 검은 마법사 알리.

세계에 다섯의 정상을 치켜세우는 이유는 하나였다. 그들이 독보적이게 강하기 때문.

그리고 마법사들의 경우 비공식 랭커인 알리를 제하고 세계 마법사 랭킹 1위인 마법사 유저가 알리보다도 한 클래스가 낮다는 이야기가 자자했고 그것은 사실이었기 때문이다. 그 때문에 알리는 세계에서 그 어떠한 대한민국 유저보다 유명했다. 하나, 그렇다고 한들 알리 또한 일개 유저에 지나지 않았다.

그러나 지금 알리는 당혹스러운 표정이 역력한 보로몬의 바로 옆에 서 있다는 사실. 그리고 그를 차가운 표정으로 바라보며 웅장한 그 앞에서도 한 치 밀리지 않는다는 것이었다.

그리고 그는 증명했다. 디스펠로.

알리는 대마법사 멀더런의 후예를 만나 힘을 개방하고, 반나절이 지나면 레벨이 1로 돌아오며 마법의 힘이 모두 소진되는 페널티를 안고 각성했다.

이유는 오로지 하나. 동료들을 지키기 위함이다.

그리고 그가 얻은 힘.

[대마법사 멀더런이 당신에게 감동합니다.]
[전설을 감동시킨 사내 칭호를 획득합니다.]
[대마법사 멀더린이 당신에게 더욱더 강대한 힘을 일시적으로 부여합니다.]
[마법의 신 아크펠로의 힘을 일시적으로 깨우칩니다.]

[8클래스 마법. 더 나아가 인간의 영역을 초월한 신의 영역에 들어섭니다.]

[일시적으로 HP량이 2배, MP량이 4배 상승합니다.]

[마법 공격력이 3배, 마법 관통력이 100% 상승합니다.]

[8클래스 마법까지 쿨타임 없이 부릴 수 있게 됩니다.]

[듀얼 클래스. '그의 동반자'를 획득할 수 있게 됩니다.]

[그의 동반자는 단 1명만을 선택할 수 있습니다.]

심지어 듀얼 클래스의 자격 조건까지 갖추게 되었다.

듀얼 클래스 '그의 동반자'는 오로지 누군가를 위해 모든 것을 희생할 수 있는 자여야 했다. 또한, 그가 이룩한 경지가 어지간한 유저들보다 훨씬 압도적이어야 한다.

그렇다. 알리가 그를 충족한 것이다.

그는 자신의 동반자로 민혁을 선택했다.

[알리가 당신을 '동반자'로 지목합니다.]

[승인하시겠습니까?]

오로지 단 한 명만이 현재 신과 가까운 알리의 동반자가 될 수 있었다.

민혁은 단숨에 승인했다. 그러자 놀라운 알림이 들려왔다.

[알리의 동반자가 되셨습니다.]

[알리의 동반자는 그와 함께할 때 모든 스텟이 1.2배 증가합니다.]

[알리의 동반자는 그와 함께할 때 경험치 획득량이 1.5배 증가합니다.]

[알리의 동반자는 그와 함께할 때, 동반자 전용 버프를 받을 수 있습니다.]

[알리가 당신에게 '동반자의 응원 버프'를 사용하며 이는 한 달에 1회만 가능합니다.]

[동반자의 응원]

[HP와 MP가 모두 회복됩니다.]

[스킬 쿨타임이 모두 초기화됩니다.]

[경험치 획득량이 200% 증가합니다.]

[모든 스텟이 15% 증가합니다.]

[기본 공격력이 1.4배 증가합니다.]

그리고 알리. 그는 자신을 바라보며 당혹감을 감추지 못하던 보르몬에게 검지를 펼쳐 보였다.

"......?"

보르몬은 순간 웃음이 날 뻔했다.

자신이 누구던가? 지상의 마법의 왕인 드래곤이었다. 그런 자신에게 마법 공격을 취하겠다는 건가?

인간들의 마법은 결국에 드래곤의 마법에서 그 힌트를 얻은 것. 그들의 마법 시전 시간은 너무도 길며 위력 또한 강하지 않다.

한데, 그 순간.

"디스는 그렇게 사용하는 게 아니다."

알리가 그를 보며 이를 드러내 웃었다.

그리고 뱉어냈다.

"디스."

촤아아아아아앙-

그의 손가락에 거대한 마력이 밀집되어 휘몰아친다.

펄럭-

알리의 황금 머리카락과 로브가 흩날리며, 총알처럼 빛과 같은 속도로 황금빛 창이 블랙 드래곤 보르몬의 명치를 꿰뚫었다.

콰자아아악-

[마법 방어력을 무시합니다.]
[HP가 7% 하락합니다.]

"쿨럭……!"

보르몬은 이해할 수 없다는 표정으로 자신의 가슴을 내려다봤다. 거대한 황금빛 창이 자신의 가슴에 꽂혀 있었다.

'어, 어찌 나약한 인간 따위가……?'

인간은 고작해야 드래곤의 마법을 훔쳐낸 자들에 불과했다. 그런데, 마법의 절정에 오른 자신이 인간의 마법에 당했다?

"감히 인간 따위가!!"

수백 개의 빛의 디스가 알리를 향해 쏘아졌다.

그 순간.

"디스펠."

또다시 허공에 흩어져 소멸되어 사라진다.

하지만 반대로.

"디스."

콰자악-

보르몬의 가슴을 알리의 황금창이 꿰뚫었다.

"크아아아아아아악!"

보르몬은 도통 이해할 수가 없었다.

처음 자신을 후려친 프라이팬을 사용한 절대신수의 주인! 자신의 목을 꿰뚫고 자멸한 정체 모를 노인. 그리고 정체 모를 용을 부리는 자와 믿기지 않는 검술을 펼치는 여인. 이 앞의 인간 마법사까지.

경악스럽지만 그에 치욕스럽기 그지없다. 그에 수천 개의 마법이 하늘에 수놓아진다.

그리고 또다시.

"디스펠."

콰자아아아악-

"크아아아아아악!"

알리의 힘에 의해 무력해져 사라진다.

그때. 알리의 주변에서 거대한 마법들이 생겨난다. 헬파이어, 디스, 그리고 하늘 위의 거대한 운석 메테오까지.

"공간 왜곡."

그리고 알리가 중얼거린 순간.

쿠구구구구구궁!

알리의 밑에서 생겨난 것들이 유리창과 같은 투명한 벽들을 사각형으로 형성하여 보르몬과 자신을 감쌌다. 다른 이들이 메테오와 헬파이어의 영향을 받지 않게 하기 위함이었다.

"크아아아아아아악!"

콰콰콰콰콰콰콰콰쾅!

거대한 공간에 갇힌 보르몬이 마법을 난사하며 메테오를 격추시키려 했다. 하나, 알리의 메테오는 자신이 격추시킬 수 있는 수준이 아니었다. 거기에 더해져 헬파이어와 디스가 먼저 그를 집어삼켰다.

콰르르르르르르릉!

피피피피피핏-

"크하아아아아악!"

보르몬의 HP가 50% 미만으로 하락했다. 그가 끔찍이 고통스러워했다.

그리고 마침내.

쿠르르르르르르-

거대한 운석이 보르몬을 짓눌렀다.

콰아아아아아앙-

거대한 충격파가 퍼지면서 알리가 자신의 주변에 황금빛 실드를 쳐서 충격을 막아냈다.

그리고 곧 투명한 벽이 저절로 사라졌다.

'MP 소모량이 너무 크다.'

알리가 식은땀을 흘렸다. 아무리 일시적으로 신의 힘을 빌었다 하지만 너무도 큰 MP를 소모하고 말았다.

'진짜 괴물이군……'

이토록 마법을 난사했다. 한데, 사냥했다는 알림이 없다.

그리고 그 순간.

푹-

흙먼지를 뚫고 나온 알리의 가슴에 검이 박혔다.

"쿨럭……!"

알리의 얼굴이 구겨졌다.

'간파당했다……'

그가 얼굴을 구겼다. 보르몬이 입술을 비틀어 웃고 있다.

그렇다. 알리는 모든 능력이 비약적 상승했다. 그리고 마법 능력이 절정에 도달해, 보르몬의 마법을 무력화시킬 수 있었다.

하나, 적이 마법이 아닌 근접전으로 온다면?

'막아낼 수 없어.'

알리의 HP가 순식간에 40% 미만으로 하락한다.

바로 그때.

수우우우웅-

보르몬의 다음 공격을 제지하기 위해, 엘레가 난입하여 검을 휘둘렀다.

보르몬과 엘레의 검이 부딪친다.

보르몬은 수천 년을 산 드래곤. 그의 검술 또한 검성을 넘어설 정도였다.

더 큰 문제는 함께 발현되는 최강의 마법들.

"크흐으읍!"

알리가 가슴을 부여잡고 추락할 뻔했으나, 다시 힘을 내어 도약했다.

보르몬을 가운데에 두고 엘레가 좌측, 알리가 우측에서 공격을 가한다. 알리가 황금 지팡이를 휘두를 때마다 수십 개의 마법이 보르몬을 압박하고, 엘레가 검을 휘두를 때마다 수십여 개의 검기가 그를 강타한다.

콰콰콰콰콰콰쾅!

하나, 보르몬은 보스 몬스터였다. 그의 HP량은 실제로 엘레나 알리보다 수백 배 이상인 것이 사실이다. 이제까지 HP를 감소시켰다 해도, 애초 보유량이 너무 높았다.

보르몬은 직감했다.

'승리다……!'

이들은 결국 자신과 이런 식의 공방을 지속한다면 쓰러지게 된다.

한데, 바로 그때.

콰아아아아아아아아아아아앙-

허공에서 빛의 기둥이 내리쳐졌다.

빛의 기둥을 본 세계 각국의 카메라들이 PD들의 명령에 재빠르게 움직이기 시작했다.

"5번 카메라!! 5번 카메라!!"

"8번 카메라!"
"9번 카메라! 저쪽 비춰!"

[저 기둥은 또 뭐죠?]
[이번에는 또 어떤 존재가 나타난 겁니까!]
[희망. 그 희망이라는 것이 더욱더 짙어지는 겁니까?]

그리고 온 세계의 카메라에 두 번 다시 볼 수 없는 광경이 잡히기 시작했다.

"클로즈업!! 클로즈업!!"
"저거 뭐야? 클로즈업해!!

빛의 기둥에서 정체 모를 무언가가 하늘에서 천천히 내려서고 있었다.
클로즈업이 완료되고, 그것의 정체가 명확히 드러났다.

[왕관?]
[황금 왕관?]
[저, 저게 도대체 뭐지?]

서서히 내려가던 황금 왕관.
빛의 기둥이 걷히며 빛에 휩싸여 보이지 않던 존재가 완전한 모습을 드러냈다.

모습을 드러낸 아기 돼지의 머리 위엔 작은 황금 왕관이 씌워져 있었으며 그가 검은빛으로 번들거리는 식칼을 들고 황금빛 갑옷을 입은 채 서 있었다.

"꾸울!"

바로 절대신수 콩이였다.

절대신수. 과거 온 대륙을 절망에 빠뜨렸던 보르몬을 봉인한 절대적인 힘을 가진 존재였다.

그의 희생에 용군주, 대마법사 멀더린, 빛의 화신 등이 그를 부활할 수 있게 도왔다.

그리고 세상에 흩어져 있던 황금 왕관 조각. 이는 절대신수의 힘을 각성시킬 수 있는 힘을 가졌다.

민혁도 차근차근 하나씩 모았으나 단 한 개의 황금 왕관 조각에 관련한 퀘스트는 그가 받을 수 없었다. 대신에 다른 신수의 주인인 알리가 그 퀘스트를 받고 민혁에게 그것을 건네주었던 것.

그렇다. 덕분에 콩이가 마지막 각성을 하기에 이른 것이다.

[모든 황금 왕관 조각을 모아내셨습니다.]

[절대신수 콩이가 각성합니다.]

[콩이가 포식자의 권능을 익힙니다.]

[포식자의 권능이 일시적으로 MAX에 도달합니다.]

[콩이의 HP와 MP, 기본 공격력 및 방어력이 대폭 상승합니다.]

[절대신수의 힘은 처음 각성 시에 MAX에 도달하며 그 이후, 모두 하락하여 차근차근 강해져야 합니다.]

민혁은 알림을 듣고 이해할 수 있었다.

처음엔 최초 절대신수의 힘을 낼 수 있다. 하나, 그 이후에는 콩이가 차근차근 성장해서 그 힘을 되찾아야 한다는 사실이다.

콩이가 어떠한 존재이던가. 아테네:한국전의 마스코트이자 대한민국 내에서 '귀여움' 하나로 무수히도 많은 팬을 보유하고 있던 콩이가 지금 세계에 모습을 드러낸 것.

[귀, 귀엽습니다…….]

[너무 귀여운 존재이군요. 그것보다 저 황금 왕관을 쓴 아기 돼지의 정체는 뭘까요?]

[확실한 건 귀여움에 깨물어주고 싶다는 겁니다.]

[도톰한 손가락과 포동포동한 얼굴, 그가 입고 있는 황금빛 갑옷과 멋들어지는 검은 식칼!]

[지금 같은 절망적인 상황에서 이런 말이 안 어울릴지 모르겠지만 정말 귀엽습니다. 심장 어택을 당해서 숨이 안 쉬어질 지경이군요.]

세계 커뮤니티 사이트도 난리가 났다.

[카, 카와이 데스네!!]

[와, 아기 돼지 엄청 귀여워~]

[꺄아아아악! 아기 돼지님의 포동포동한 뱃살 한번 만져봤으면!]

지금 콩이가 세계적인 스타덤에 오르려 하고 있었다.

그리고 그들은 한 가지 사실을 간과하고 있었다.

갑자기 각성한 콩이는 단지 귀여운 게 아니었다. 절대신수였다.

보르몬과 대치하고 있던 알리의 손끝에서 또 한 번 스킬이 발현된다.

"디스."

황금빛 창이 빠르게 보르몬을 향해 날아간다.

그 순간, 보르몬이 재빠르게 몸을 비틀어 황금빛 창을 피해냈다. 빛의 속도의 창을 피해내는 보르몬의 움직임이 경탄스러울 지경이었다.

그리고 보르몬이 알리에게 마법 수십여 개를 쏘아냈다.

콰콰콰콰쾅!

황금빛 실드를 쳐서 막아낸 알리가 초조해지기 시작했다.

'MP가 10%밖에 남지 않았어.'

일시적으로 신과 근접했다고는 하나, 결국에는 신이 아닌 것이다. 또한, 지상 최강의 존재인 블랙 드래곤 보르몬은 너무도 높은 HP를 보유하고 있었다.

사실 알리의 디스 한 번이면 어지간한 보스급들은 단 한 방에 죽어나갈 터. 상대가 너무 나빴다.

그리고 대륙 황제 엘레의 검이 빠르게 보르몬을 조이기 시작한다.

퍼퍼퍼퍼펑-

"크읍!"

핏-

수십 개의 마법이 날아올 때, 엘레는 피하지 않고 맞았다. 대신에 보르몬을 베어냈다. 어차피 피하기도 힘든 공격이었으며 피했다면 보르몬의 검이 오히려 그녀에게 더 강한 피해를 입혔을 것이다.

콰아아아아아아앙-

그리고 MP의 고갈로 알리는 마법 사용 시간이 서서히 줄어들 수밖에 없었다. 무차별적으로 사용하기보다는 효율적으로 사용해야 하기 때문이다.

하나, 그에 의해 알리의 HP가 20% 미만으로 하락한다. 보르몬의 마법이 알리를 강타했기 때문이었다. 더 이상 실드를 사용할 MP가 없다는 뜻이기도 했다.

보르몬의 입가가 찢어졌다.

"끝이구나, 나약한 인간아."

알리를 죽인다면 사실상 이 싸움은 결국에 보르몬의 승리로 돌아가게 된다.

보르몬은 그래도 알리를 인정했다. 잠깐이나마 신의 경지에 도달해, 지상 최대의 존재인 드래곤인 자신을 이토록 밀어붙인 존재였으니까 말이다.

보르몬의 강력한 마법이 알리를 끝내기 위해 날아온다.

바로 그때였다. 알리는 정체 모를 따뜻함을 느꼈다. 그 따뜻함은 자신의 등에서 느껴지고 있었다.

정체 절명의 순간에 이해할 수 없는 일이 일어난 것이다.

그의 등 뒤로는 절대신수 콩이가 있었다. 콩이의 팔을 타고 황금의 기운이 타고 들어온다. 바로 포식자의 권능.

그렇다. 절대신수는 포식자였다. 어떠한 것이든 먹어치우며, 어떠한 것이든 자신의 힘으로 만들어낸다.

그 순간, 알리의 앞으로 거대한 황금 실드 여러 개가 중첩되어 나타났다.

콰콰콰콰콰쾅!

중첩된 실드가 보르몬의 공격을 방어해 냈다.

"……!"

알리는 경악할 수밖에 없었다. 방금 전, 그 실드 자신이 만들어낸 것이 아니었다. 다른 누군가가 만들었다. 한데, 그 실드가 자신의 것과 똑 닮아 있었다. 심지어 보르몬의 마법을 막아낼 정도의 방어력이라니?

더 놀라운 일이 벌어졌다.

피피피피피피피핏-

다섯 개가 넘는 황금빛 창이 보르몬을 향해 쏘아졌다.

푸푸푸푸푹-

"크하아아아아악!"

보르몬이 또 한 번 괴성을 터뜨렸다. 그때를 놓치지 않고 엘레가 빠르게 접근하여 보르몬을 힘껏 아래로 내려쳤다.

콰아아아아아아앙-

보르몬이 지상으로 하락한다.

알리가 고개를 돌렸을 때, 황금 갑옷을 입고 검은 식칼을 든 자신의 주먹보다 조금 큰 아기 돼지가 있었다.

"코, 콩이?"

그리고 그 순간.

화아아아아아-

콩이가 검은 기류가 되어 사라졌다. 블링크. 마법사의 공간 이동 마법이었다.

빠르게 지상으로 추락하는 보르몬의 밑에서 콩이가 검은 기류가 되어 나타났다. 이미 엘레에게도 알리가 느꼈던 따뜻하고 포근했던 힘이 깃들었다 사라진 때였다.

콩이가 밑에서 추락하는 보르몬을 올려다본다.

이어 그가 쥔 식칼을 휘두르는 순간, 엘레가 말도 안 된다는 듯 중얼거렸다.

"멸살검(滅殺劍)……?"

멸살검. 엘레가 가진 가장 강력한 힘이자 단숨에 수천의 적들, 아니, 어쩌면 대륙 황제로서의 힘을 깨우친 그녀가 단숨에 1만의 적들도 전멸시킬 수 있을지도 모르는 힘. 그 힘이 모습을 드러냈다.

족히 천 개는 되어 보이는 기다란 검날들이 밑에서 위로 솟구치는 빗줄기처럼 날아간다. 그리고 보르몬의 몸 곳곳에 박혔다.

푸푸푸푸푸푸푸푹-

"크하아아아아악!"

[HP가 20% 미만으로 하락합니다.]

몸 곳곳이 검날들에 의해 꿰뚫린 보르몬의 입에서 거친 비명이 터져 나왔다.

지금 이 순간, 모든 세계인이 자신보다 훨씬 더 커다랗고 흉포한 보르몬을 상대로 공격을 성공시킨 콩이를 보며 놀라고 있었다.

"절대신수…… 네 이노오오오오옴!"

보르몬의 눈동자가 붉게 물들었다.

과거 대륙 전체를 집어삼키려던 보르몬을 막았던 존재. 그러한 존재 절대신수가 또 한 번 자신의 앞길을 막고 있었다.

또한, 절대신수만 있었다면 보르몬이 승리했을 것이다. 하나, 지금 대륙황제 엘레와 황금 마법사 알리가 있었다.

보르몬은 공포라는 것에 휩싸이기 시작했다. 고작 인간과 아기 돼지한테 죽음을 맞이한다? 아니, 그럴 순 없었다. 자신의 죽음은 그렇게 치욕적이어선 안 된다.

그 순간.

쩌저저저저저저저저정-

허공 위 보르몬의 온몸에 다이아몬드처럼 빛나는 단단한 검은색 원석이 생겨나며 그의 몸 전체를 뒤덮었다.

정확히는 보르몬을 가둔 검은색 원석이었다. 그 상태에서 보르몬이 다시 드래곤의 모습으로 폴리모프했다.

하늘에 검은색 원석에 뒤덮여 멈추어 선 블랙 드래곤.

까가가가가강-

엘레가 검기를 쏘아 보냈지만 검은색 원석에는 작은 흠집조차 생기지 않았다.

[설마 봉인입니까?]
[다시 스스로를 봉인시킨 건 아니겠지요?]
[그건 아닐 겁니다.]
[그렇다면 자폭은 아니겠지요?]
[설마…….]

하나, 애석하게도 그 예상이 맞았다. 보르몬은 자폭을 선택한 것이다.

모든 유저들에게 알림이 울렸다.

[보르몬이 2분 후 폭발하게 됩니다.]
[폭발하는 순간 보르몬의 몸 속에 내재되어 있는 모든 마력이

피해를 입히게 됩니다.]

[보르몬을 2분 안에 제지하시기 바랍니다.]

블랙 드래곤 보르몬의 자폭! 누가 보아도 이 자리의 모두, 아니, 어쩌면 여기 대륙운 전체가 날아가게 될지도 몰랐다.

[보르몬이 자폭이라니요? 정말 어이없고 황당한 일이 아닐 수 없습니다.]

[그렇다면 그에 대한 사냥 보상은 어떻게 되는 겁니까? 아예 없는 것 아니지 않습니까?]

[이처럼 허탈한 상황이 어디 있겠습니까. 또한, 검의 대제 엘레. 그녀가 죽음을 면치 못할 것으로 보입니다.]

[물론 대륙운의 힘을 빌어 완전한 죽음은 아닐 겁니다.]

그리고 밑에 있던 4천의 병력도 모두 같은 생각이었다.

"우리가 어떻게 저놈을 몰아붙였는데……!"

"아, 안 돼……!"

"게임 시나리오 진짜 개× 같이 짜났네, 아놔!"

유저들이 발 빠르게 남아 있는 힘을 쥐어짜 거대한 원석이 뒤덮인 보르몬을 공격했다.

쩌저저저저저정-

하나, 그 원석에 미세한 흠집조차 낼 수 없었다. 그를 둘러싼 원석의 방어력이 상상을 초월하는 것이었다.

이는 알리와 엘레도 마찬가지였다.

"디스."

피이이이이잉-

알리의 디스가 빛처럼 날아가 원석을 가격하지만, 오히려 반사되어 퉁겨 나왔다.

"크흡!"

가까스로 피한 알리가 엘레를 보았다.

엘레 또한, 검을 휘둘러 보지만, 원석의 단단함을 어찌할 수 없었다. 스킬을 발현해서 원석을 힘껏 찔러도, 검 전체가 진동할 뿐이었다.

[이렇게 허무하게 끝난다고요?]

[하…… 정말 이번 보르몬 사냥은 너무 위대했지만 허무하기도 했습니다.]

그렇다. 사람들은 위대했던 전투를 기억하지 못할 것이다. 그들은 '결과'를 기억할 뿐이니까.

이에 절망하기는 아테네 운영진들도 마찬가지였다.

아테네 회의실.

"제길!!"

강태훈 사장이 욕지거리를 뱉어내며 벌떡 일어서 담배 하나를 입에 물었다.

그러다가 담배를 입에서 떼며 깊은 한숨을 쉬었다.

이번 일로 세상에 알릴 수 있었다. 대한민국의 유저들은 약하지 않다. 그들은 당신들의 생각보다 강하다는 것을.

세계는 열광했을 것이다. 또한, 그들에게 보르몬을 사냥한 보상이 주어졌어야 한다.

그래야만 한다. 그들의 노력, 희생. 그것은 충분한 대가를 받아야만 한다. 한데, 그것마저도 불가능하게 생겼다.

그런데 바로 그때.

"민혁……?"

박 팀장의 목소리였다. 그에 강태훈 사장의 고개가 돌아갔다.

TV 화면을 보자 민혁이 보르몬의 우측에, 콩이가 좌측에 서 있었다.

그리고 동시에 두 존재가 힘을 발현한다.

그 힘. 바로 필살검(必殺劍).

동시에 쏘아진 하나씩의 검기, 그 검기가 원석을 통과하며 그대로 그 안의 보르몬을 베어냈다.

[크아아아아아아악!]

강태훈 사장의 시선이 필살검에 있는 스킬 설명을 향했다.

첫 번째 공격은 100% 타격에 성공한다. 두 개의 검기가 동시에 보르몬을 베어낸 것!

그리고 수백 개의 기다란 검기가 원석을 향해 날아간다.

탱! 탱탱탱탱! 탱!

"역시……."

강태훈 사장의 얼굴이 구겨졌다. 역시나 검기들은 그 원석을 뚫지 못하고 퉁겨져 날아간다.

한데, 곧.

[피핏- 콰아아아아앙!]

검기 하나가 원석을 통과하며 또다시 보르몬을 타격한다.

"무형검…… 방어력을 무시하는 말도 안 되는 스킬……!"

박민규 팀장이 주먹을 꽉 쥐었다.

그렇다. 민혁에게 확률적 발동되는 무형검이란 패시브 스킬이 존재하지 않던가.

수백 개의 검기 중 아주 소수의 것들이 보르몬을 타격하기 시작한다. 또한, 양쪽에서 휘몰아치는 검기.

그리고 폭발!

콰콰콰콰콰쾅!

[크아아아아악!]

보르몬의 HP. 이제 고작 13%가 남았다.

"조금만 더…… 조금만……."

강태훈 사장, 아테네 운영진들의 손에 흥건히 땀이 맺힌다.

콰콰쾅!

민혁이 가진 패시브에 의해 하늘에서 내리친 낙뢰가 보르몬을 집어삼킨다. 9%. 9%의 HP가 남았다.

그리고 계속해서 가격하는 검기!

하나, 거기서 끝이었다.

더 이상 두 존재의 검에서 검기가 발현되지 않았다.

그리고 보르몬의 자폭까지 남은 시간. 고작해야 50초에 불과했다.

[크하하하하하하하하하하.]

보르몬의 웃음이 세계를 잠식한다.

운영진 회의실에 절망이 다가온다. 놈은 참으로 얄밉게도 웃고 있었다.

그런데, 바로 그때. 민혁과 콩이가 동시에 또 한 번 발현한다.

[필살검.]

민혁은 알리의 서브 클래스인 '그의 동반자'에 의해 그의 버프를 받았다.

그를 통해 얻었던 버프 내용 중에는 이러한 것도 있었다.

'쿨타임 초기화.'

쿨타임 초기화란 사용 후에 다시 재사용하기까지의 시간 자체를 초기화시킨다는 것을 의미한다. 즉, 민혁이 모든 스킬을 곧바로 재사용할 수 있음을 의미했다.

한 번의 필살검, 그리고 광소를 터뜨리는 보르몬.

"아, 안 돼……."

"이런 빌어먹을!!"

"뭐, 이런 × 같은 게임이 다 있냐!!"

"아오, 내가 아테네를 접든가 해야지!"

사람들의 절망 어린 목소리와 광소하는 보르몬.

그에 민혁의 입가에 짙은 조소가 자리매김한다.

찰나 그 미소를 본 보르몬의 눈이 부릅떠졌다. 하나, 이미 늦었다. 민혁의 '저장' 스킬에 따른 즉시 발동 가능한 필살검이 그 힘을 발휘한다. 이는 콩이 역시도 마찬가지였다.

콩이가 획득한 포식자의 권능!

(포식자의 권능)

엑티브 스킬

레벨: 일시적 MAX

사용 시 페널티: 없음

효과:

• 상대방의 발현된 디버프 스킬, 공격, 마법, 대부분의 것을 포식하여서 습득해 내며 즉시 사용 가능하다.

• 복제 가능한 힘에 제한은 없으며 복제한 스킬은 계속해서 사

용 가능하다.

  • 상대방의 스킬과 같은 힘을 포식했을 시 상대방의 공격력과 콩이의 공격력이 비례해진다.

  • 복제한 스킬은 24시간의 쿨타임을 갖는다.

  어찌 보면 포식자의 권능은 거의 '포식자의 습득'과 비슷하나 달랐다.

  일단 공격력 부분. 흡수한 상대방의 공격력을 따라간다는 것은 무척 놀라운 일이 아닐 수 없다.

  그리고 복제 가능한 힘의 개수 제한 또한 사라졌다. 물론 이는 일시적 MAX에 도달했기 때문일 것으로 보여진다.

  "필살검."

  우측에서 민혁이, 좌측에서 콩이가 또 한 번 그 강력한 힘을 전개한다.

  쐐에에에에에엑.

  100% 공격 성공률을 가진 기다란 검기가 보르몬을 양쪽에서 강타한다.

  "크아아아아아아악!"

  보르몬의 추가적인 비명.

  남은 HP 7%만 깎아낸다면 놈을 죽일 수 있다. 한데, 문제는 놈의 HP 7%의 양이 일반 하이랭커의 몇 배 수준일 것이라는 사실이었다.

  첫 공격에 타격당한 보르몬에 대한 연속 타격 공격!

피피피피피피피핏-

[공격이 실패합니다.]
[공격이 실패합니다.]
[공격이 실패…….]

하나, 첫 번째 공격만이 무조건 100% 성공이라는 사실이었다. 그렇지만 간혹, 무형검 확률 발동이 되었다.

[무형검]
[방어력을 무시하는 검.]
[치명타!]

콩이와 민혁이 검을 힘껏 휘두르는 순간, 검기 수백여 개가 보르몬에게 집중적으로 날아갔다.

[과연 해낼 수 있을까요?]
[이제 남은 시간은 고작 30초에 불과합니다.]
[지금 보르몬의 자폭을 제지할 수 있는 사람은 식신 민혁밖에 없습니다.]
[현재 미국 최고의 방송국이라 불리는 저희 ITV 방송국의 시청률이 사상 최초로 54%를 기록했습니다. 우리 국민의 반 절 이상이 이 장면을 지켜보고 있는 겁니다!]

[손에 땀이 쥐어집니다. 해낸다면 영광이, 실패한다면 좌절 뿐일 것입니다.]

검기가 보르몬을 둘러싼 원석과 충돌했다.
콰콰콰콰콰콰콰콰콰콰!

[공격이 실패합니다.]
[공격이 실패합니다.]
[공격이 실패합니다.]
[무형검]
[방어력을 무시하는 검.]
[공격이 실패합니다.]
[공격이 실패합니다.]
[공격이 실패합니다.]
[무형검]
[방어력을 무시하는 검.]
[공격이 실패합니다.]
[공격이 실패합니다.]
[무형검]
[방어력을 무시하는 검.]

이윽고 그 검기들은 직격 시 폭발 효과에 따라 거대한 폭발을 원석 안에서 일으켰다.

콰콰콰콰콰콰쾅!

"크아아아아아아!"

보르몬의 HP. 이제 단 1%에 남지 않은 상황이었다.

하나, 절망적인 상황 또한 함께 찾아왔다.

[보르몬의 자폭까지 3초 남았습니다.]

태태태태태탱-

검기들이 원석을 후려친다. 하나, 계속해서 공격이 실패하고 있었다.

무형검은 7~12%의 확률로 방어력을 무시한다. 즉, 열 개 중에 하나의 공격이 성공할까 말까 라는 사실이었다.

그리고 그때.

[보르몬의 자폭까지 2초 남았습니다.]
[보르몬의 자폭까지 1초 남았습니다.]
[보르몬이 자폭합⋯⋯.]

모든 세계인의 얼굴이 와락 일그러졌다. 대륙운 안에 있던 유저들도 마찬가지였다.

그때 기적적인 알림이 보르몬의 자폭 끝맺음 알림보다 빠르게 들려왔다.

[낙뢰(落雷)]
[5% 확률로 2~4연속 낙뢰가 내리칩니다.]
[4연속.]

콰콰콰쾅!
빛처럼 빠른 속도로 내리치는 낙뢰!
그에 따라 보르몬의 HP가 완전히 소진되었다.

[보르몬의 자폭을 제지하는 데, 성공하셨습니다.]

쩌저저저저저저적-
쩽그랑!
보르몬을 감싸고 있던 원석에 거미줄 같은 균열이 일어나더니 그것은 곧 전체로 번져 나가 완전히 깨져 버렸다.
그와 함께, 보르몬이 지상으로 추락했다. 드디어 보르몬이 죽음을 맞이한 것이다.
그리고 그때, 알림이 강타했다.

[블랙 드래곤 보르몬을 사냥하셨습니다.]
[블랙 드래곤 보르몬 사냥은 참가한 모든 유저가 기여도에 따라 나눠 가지게 됩니다.]
[경험치 333,306,314를 획득합니다.]
[사골의 힘에 의해 경험치 3배 버프가 적용됩니다.]

[경험치 999,918,942를 획득합니다.]

[동반자 알리와 함께한 자는 1.5배 경험치 버프가 적용됩니다.]

[경험치 166,653,157를 획득합니다.]

[레벨업 하셨습니다.]

[레벨업 하셨…….]

자그마치 레벨 400 후반대인 민혁이 30개의 레벨업을 해내는 순간이었다.

그의 레벨이 500을 넘어서 511이 되었다.

그치지 않고 알림은 계속 들려온다.

[드래곤 슬레이어 칭호를 획득합니다.]

[9,411플래티넘을 획득합니다.]

[블랙 드래곤 보르몬의 검은 비늘 8㎏을 획득합니다.]

[절망의 지팡이를 획득합니다.]

[블랙 드래곤이 즐겨 먹던 천계의 순살 닭고기 3㎏을 획득합니다.]

[보르몬의 무기 강화석 32개를 획득합니다.]

[보르몬의 방어구 강화석 45개를 획득합니다.]

[블랙 드래곤 보르몬의 마법서를 획득합니다.]

[블랙 드래곤 보르몬의 '레어'로 가는 지도를 획득합니다.]

민혁은 적잖이 전율할 수밖에 없었다.

획득한 경험치량이 자그마치 10억을 넘어서는 지경이었다.

거기에 9,411플래티넘. 실제로 현금 500억에 이르는 가치를 가진 플래티넘이었다.

또한, 그가 준 값진 아티팩트!

그리고 민혁이 가장 전율하는 것은 바로 블랙 드래곤이 즐겨 먹었다던 천계 순살 닭고기라는 것도 획득하였다는 점이었다.

'크흐, 닭갈비……! 키햐!'

민혁이 전율한다. 그리고 실질적으로 보상은 여기서 끝이 아니었다. '블랙 드래곤의 레어로 가는 지도'를 획득했기 때문이었다.

추가적인 알림이 강타한다.

[대륙운(大戮雲) 이벤트가 종료되었습니다.]

[유저 기여도, 획득 기지 개수, 인구수에 따른 비율 등을 측정하여 점수가 반영됩니다.]

[아스간 대륙 유저들이 승리하였습니다.]

[아스간 대륙의 모든 유저들이 2주일간 경험치 40%, 모든 스텟 10%의 버프를 받습니다.]

[대륙운(大戮雲) 기여도에 따라 골드가 지급되며 아스간 대륙 유저들은 카이온 대륙 유저들의 3배에 해당하는 골드를 획득하게 됩니다.]

[대륙운(大戮雲)을 통해 카이온 대륙과 아스간 대륙이 자유로이 외교를 할 수 있게 됩니다.]

[대륙운(大戮雲)이 새로운 대륙 '아포칼리토'라는 이름으로 거

듭납니다.]

　[양측 대륙은 외교를 통해 이제까지의 오해를 풀어야 할 것입니다.]

　털썩-

　"끄, 끝났다……."

　"해냈다!!"

　"와아아아아아아아!"

　곳곳에서 환호성이 터져 나왔다.

　특히나, 아스간 대륙 유저들은 하늘 높이 검을 치켜들고 기뻐했다. 그들 또한 녹록지 않은 보상을 획득했으며 아테네 강대국 중국을 상대로 승리했기 때문이었다.

　[놀랍습니다. 아스간 대륙이 카이온 대륙을 상대로 승리했습니다.]

　[이 과정에서 몇몇 유저들이 큰 활약을 펼쳤다고 말할 수 있을 것입니다.]

　[지금 아스간 대륙 유저들의 환호가 세상을 전율시킵니다.]

　[그들의 행보 또한 저의 가슴을 전율시키고 있군요.]

　[아스간 대륙 그리고 카이온 대륙 유저 여러분. 모두 수고 많으셨습니다.]

　대륙운(大戮雲) 에피소드가 종료되었다.

하나, 아직 모든 게 끝난 건 아니었다.

알리샤. 그녀가 먼발치에서 민혁을 바라봤다. 그녀의 주먹이 꽉 쥐어졌다.

'당신이라면……'

그녀가 걸음을 옮기기 시작했다.

미치광이 지배자 아칸. 블랙 드래곤 보르몬을 폭주시킬 정도로 놀라운 힘을 가진 사내.

세간에서는 아테네의 어떠한 NPC나 유저들이라 할지라도 건드려선 안 될 이라는 말이 있었다.

그가 '지배자'라는 이름이 붙은 이유는 바로 그가 '소환술'을 부리기 때문이었다. 그는 이미 상당한 네임드 몬스터들을 자신의 수하로 거느리고 있는 존재이며 비공식 랭커이기도 하였다.

그러한 그는 소파에 기대어 TV 속 환호하는 아스간 대륙 유저들을 바라봤다.

"예상외인데?"

아칸이 원했던 것은 보르몬의 폭주. 더 나아가 아스간 대륙과 카이온 대륙의 멸망이었다.

블랙 드래곤 보르몬의 힘이라면 가능했다. 대한민국과 중국엔 다섯의 정상만큼 힘을 발휘하는 유저가 없다고 판단했기 때문. 한데, 지금 클로즈업되어 보여지는 민혁 유저가 그 생각을 바꾸게 했다.

"하~ 아테네 운영진 놈들 엿 좀 먹었어야 하는데 말이지."

미치광이 지배자 아칸. 그가 원하는 일은 하나였다.

아테네의 붕괴.

㈜즐거움에 깊이 뿌리 박힌 원한 탓이었다.

싸늘한 눈빛으로 바라보던 아칸은 곧 기대했다.

지금 카이온 대륙 유저들은 짙은 패배를 맛보았다. '블랙 드
래곤 보르몬'의 등장 때문이라고 그들이 항의할 것이 분명해
보였다.

애초에 인간이란 그런 존재이다. 어떻게든 약점을 잡아내고
이득을 취하기 위해 노력한다는 것.

참담한 표정의 카이온 대륙 유저들을 본 아칸의 입가에 미
소가 더욱 짙어졌다.

그런데, 그때.

[짝, 짝짝짝.]

작은 박수 소리가 TV 화면에 퍼져 나왔다. 화면이 카이온
대륙 유저들을 비추고 있었다.

하이랭커들의 박수를 시작으로, 그 박수는 점차 번져가고
있었다.

[짝짝짝짝짝짝짝!]

[잘 싸웠다. 아스간 대륙! 정말 강자들이 많더군!]
[대단했어!!]

사실상 누가 보아도 이번 전투는 아스간 대륙의 공이 확실히 컸다.

그들의 박수에 아스간 대륙 유저들도 힘껏 박수를 쳤으며 서로 인사했다.

[수고하셨습니다.]
[그쪽 분 정말 강하시던데요?]
[하하하하, 에이, 그쪽 분이 더 세던데요, 뭘!]
[나중에 카이온 대륙 놀러 가면 맛있는 거 사주십니까?]
[오오, 물론입니다!!]
[하하하하하!]

아칸의 얼굴이 무섭도록 일그러졌다. 자신이 원하던 상황이 오지 않았다.

그리고 그들의 이야기 속에, 또 다른 사람을 떠올린다.

'식신.'

다섯의 정상과 견줄지도 모르는 존재이다. 한데, 그에게 하는 말들이 우습기 그지없다.

'왕?'

황당하기 그지없다. 웃음이 나올 지경.

그런데, 그때. 이변이 일어났다.

은빛 머리카락의 여인이 민혁의 앞으로 천천히 걸어갔다.

그녀가 한쪽 무릎을 꿇으며 민혁에게 예의를 보였다.

[뭐, 뭐죠?]

[놀라운 일입니다! 이필립스 제국의 황제 엘레가 일개 유저의 앞에 한쪽 무릎을 꿇고 예의를 취합니다!!]

그리고 엘레가 온화한 미소로 그를 올려다보며 말한다.

[왕이 될 사내여, 이필립스 제국의 황제 엘레로서 말한다. 너와 함께 전투했던 것에 무한한 영광을 느낀다.]

"……!"

아칸이 자리에서 벌떡 일어섰다.

엘레가 민혁이 왕이 될 것을 인정하였다. 또한, 이는 엘레가 그를 왕이 될 수 있도록 도와주겠다는 의미!

"하, 하하……."

아칸의 헛웃음이 지나갔다. 하나, 그렇다고 왕이 혼자서 될 수 있는 건 아니다.

또한, 그가 조사한 먹자교 길드의 인원수는 현저히 적었다.

그런데, 바로 그때, 더 놀라운 일이 눈앞에 펼쳐졌다.

엘레와 비견될 정도의 아름다운 미녀, 번개 문양이 검에 그려진 여인. 알리샤라 불리는 여인이 바로 엘레의 바로 뒤에 한 쪽 무릎을 꿇고 앉았다. 그 뒤로 그녀의 길드 아르테온의 생존자들이 함께였다.

[왕이 될 분이시여, 아르테온 길드의 마스터 알리샤. 당신의 휘하에 들어가 당신과 함께하기를 요청하는 바입니다.]

그치지 않았다. 복면을 쓴 암살자들이 그 옆으로 도열하고 한쪽 무릎을 일제히 꿇는다.

[왕이 될 분이시여, 빛의 암살자 길드의 마스터 루시아. 당신의 휘하에 들어가 당신과 함께하기를 요청하는 바입니다.]

거기서 더 나아가 중국의 하이랭커들 또한, 그 옆에 도열해 앉아 한쪽 무릎을 꿇고 있었다.

[비록 대륙은 다르다고 하나, 우리는 당신에게 왕이 될 자격을 보았습니다. 저희를 먹자고 길드에 받아주십시오!!]

받아주기를 청하는 카이온 대륙 유저들의 숫자 약 수백에 이른다. 황제, 길드의 마스터, 그리고 방금 전까지 적들이었던 자들의 환심까지.
아칸의 눈가가 파르르 떨렸다.

4장
드래곤 레어

민혁은 자신의 앞에 도열하고 앉은 자들을 둘러보았다.

일단 엘레는 서둘러 일으켜 세웠다.

엘레는 민혁의 설렁탕에 새로운 생명을 부여받은 셈이었기에 그 고마움을 표현한 것이다.

이는 전 세계에 엘레가 말하는 것이다. 민혁과 자신은 이토록 끈끈한 사이이니, 그를 건드린다면 자신이 가만두지 않겠다는 공표였다.

민혁은 앞에서 무릎을 꿇고 함께하기를 청하는 자들을 둘러보았다.

'입이 단체로 늘어난다고……?'

처음 언제나처럼 그 생각이 들었다.

하지만 민혁은 이제 한 길드를 이끄는 수장이었다.

자신 개개인의 욕심뿐만이 아니라, 길드 전체의 이득 또한 봐야만 했다.

먹자교 길드는 이제 소수 정예여선 안 된다. 소수 정예로는 크나큰 한계에 부딪힐 수밖에 없었다.

그에 따라 민혁은 고개를 끄덕였다.

알리샤와 루시아. 두 사람은 민혁이 오래전부터 알아왔던 여인들이다.

알리샤의 아르테온은 주축이 마법사들이었으며 국내 4대 길드였다. 또한, 알리샤의 아르테온은 숫자가 일반 4대 길드에 비해서 현저히 적다.

그 사실이 놀라운 것이었다. 현저히 적은 숫자의 아르테온이 4대 길드라는 사실. 즉, 아르테온은 실력 있는 마법사들이 즐비한 길드라는 셈이었다.

그리고 루시아의 빛의 암살자 길드는 신생 길드였다.

하나, 만들어진 초기부터 엄청난 이슈를 받아왔다. 고작 100명으로 구축된 암살자 길드였지만 그 하나하나가 정예로 구축되어 있었기 때문이다.

민혁은 이로써 거대한 마법과 은밀한 그림자를 얻게 된 셈.

그리고 남은 것은 또 있었다. 바로 중국 유저들이었다.

중국 유저들 약 200명이 한쪽 무릎을 꿇고 승인을 기다리고 있었다.

그리고 그중에 한 사람 황쉬안. 그는 다른 카이온 대륙 유저들도 깜짝 놀랄 정도였다.

황쉬안. 그가 누구이던가. 중국 공식 랭킹 4위에 빛나는 '포효하는 야수'였다.

포효하는 야수라고 이름 붙은 이유는 그가 전투할 때 다양한 야수로 변화하기 때문이었다. 그는 분명히 중국에서 커다란 입지를 가진 사내였다. 한데, 그러한 그가 민혁의 휘하가 되기를 원하고 있었다.

그리고 황쉬안. 그는 사람 보는 눈이 탁월했다.

그는 알았다.

'이자가 유저의 정점에 서게 될 것이다.'

그는 다섯의 정상 중 한 명의 전투를 목도했던 적이 있었다.

그때 그는 전율했다. 다섯의 정상은 혼자서 왕국 하나와 비견되는 힘을 가진 존재들.

그런데 그러한 전율이 민혁을 만나면서 더 크게 일게 된다.

그는 자신의 감을 믿는 편이었다.

그리고 민혁이 메이웨이를 비롯해 지니와 이야기를 나눈 후에 그들 앞에 섰다.

"아시겠지만 우리는 대륙이 다릅니다."

"상관없습니다!"

"여러분들한텐 상관없겠죠. 하지만 우리들한테는 다릅니다."

민혁의 목소리는 단호하기 그지없었다.

황쉬안, 그는 다소 놀랐다.

'듣기와 다르다.'

황쉬안이 듣기로 민혁은 밝고 순수한 청년이라고 들었다.

그런데 지금 그의 위엄 있는 목소리에 랭킹 4위인 자신의 몸이 절로 움츠러들 정도였다.

"대표로 황쉬안 님께서 이들과 함께 우리 먹자교 길드에 들기 위한 조건을 충족해 주시기 바랍니다."

"조건 말입니까?"

"예, 싫습니까?"

그 말에 황쉬안은 고개를 저었다. 다른 유저들도 마찬가지였다.

길드에 들어가는 데 조건이 필요하다? 물론 이는 어떤 길드에도 존재하는 것. 특히나, 대륙이 다르다면 이 조건은 더욱더 커질 수밖에 없었다.

황쉬안은 생각해 봤다.

'왕국을 꿈꾸는 먹자교 길드가 원하는 조건은 무엇일까. 뛰어난 아티팩트의 납품? 아니면 전설의 몬스터 사냥 증명? 또 아니면 발견되지 않은 히든 던전의 소유권을 넘겨주는 것?'

그런 생각을 할 때 민혁이 말했다.

"중국에서 내로라하는 요리 재료 특산품들 있지 않습니까? S~SS등급까지의 요리 재료들을 가져오십시오."

그리고 황위안은 민혁의 말에 잠시 벙쩐 표정으로 그를 올려다봤다.

"요, 요리 재료요?"

"넵."

황위안은 잠시 의아한 표정을 지었다.

민혁이 말했다.

"그…… 몸에 좋은 맛 말고 몸에 나쁜 맛 있지 않습니까. 아시겠죠? 또한, 재료를 가져오셨다고 해도 우리 길드의 자체적인 심사를 통해 받아들일지 받아들이지 않을지가 결정될 겁니다."

"……네, 네."

뭔가 이상했다. 몸에 좋은 맛은 즉, '맛없는 것'을 뜻하며 몸에 나쁜 맛은 즉, '맛있는 것'을 뜻한다.

"대표로 황위안 님께서 이분들의 명단을 적어서 이끌어주시면 감사하겠군요."

"알겠습니다."

황위안이 고분고분하다. 그에 중국 유저들에게 더욱더 큰 충격으로 다가온다. 그가 지금 얼마나 먹자교 길드의 사람이 되고 싶은지 보여주는 대목이기도 했기 때문이다.

이렇게 대륙운(大戮雲) 에피소드가 막을 내렸다.

세간에 무수히도 많은 이야기가 떠돌기 시작했다.

그는 바로 '마법사 알리'에 관련한 이야기였다.

[마법사 알리 이제 레벨 1이라는데 사실인가요? 심지어 기존에 익혔던 마법들도 전부 사라졌다는 소문이 있던데?]

[사실입니다. '전설을 쫓는 자'인 루페르 님은 아주 예전에 멀더런의 기록서를 발견했습니다. 그 기록서에 멀더런의 후예는 일시적으로 놀라운 힘을 깨울 수 있을 것이다. 대신에, 그 힘을 깨운 자는 벌을 받게 되어 모든 힘을 신께 빼앗기게 될 것이라고 기록되어 있지요. 또한, 얼마 전 유저들의 목격에 따르면 알리가 초보자 사냥터 인근에서 목격되었다고 합니다.]

전설을 쫓는 자는 오래전의 문서, 고대의 기록 등을 캐는 자였다. 그러한 루페르의 말은 거의 90%가 정확했기에 루머는 국내뿐만 아니라 전 세계에 확장되고 있었다.

[대한민국은 이번 아테네:세계전에서 사실상 금메달 하나를 놓쳤군요. 마법사 알리가 정말 '전설'이 되었습니다. 전설만 되었죠. 아무것도 남지 않았습니다.]

[이제 한 달 뒤면 아테네:세계전인데, 과연 대한민국은 메달을 몇 개나 딸까요?]

[동메달 4개 ㅋㅋㅋ?]

[동메달 4개 너무 많음, 동메달 1개 ㅎㅎㅎ?]

[사실상 알리가 저레벨이 되어버린 이때 대한민국에 승산은 전혀 없어 보이네요.]

[그는 지금 무엇을 하고 있으려나요?]

[초보자 마을에서 토끼나 잡고 있겠죠.]

그 시각.

마법사 알리가 위치한 곳은 바로 오우거 산맥이었다.

실제로 알리가 초보자 사냥터에서 발견되었다는 사실은 유언비어일 뿐이다. 루페르의 말에 따라 어떠한 사람이 헛소문을 퍼트린 것일 터다.

하나, 그의 레벨이 1레벨이 된 것은 사실이었다.

그리고 지금 그의 레벨 45.

레벨 100을 가뿐히 넘어서는 오우거가 그의 앞에서 쿵쾅쿵쾅 발걸음 소리를 내며 달려온다.

"크아아아아아아악!"

알리의 손가락이 기다랗게 펼쳐진다.

[윈드 커터]

[드래곤의 마나 하트가 그 힘을 발휘합니다.]

[마법 대미지 50%가 증가합니다.]

[마법 방어력을 무시합니다.]

일반적인 마법사들이 펼치는 윈드 커터의 바람의 톱니바퀴보다 족히 여섯 배는 커다란 크기였다. 그러한 윈드 커터가 단숨에 오우거의 몸을 갈기갈기 찢겨냈다.

쿠우우우웅-

처참히 쓰러지는 오우거.

[레벨업 하셨습니다.]
[레벨업 하셨습니다.]
[레벨업 하셨습니다.]
[레벨업 하셨습니다.]

마법 단 한 방. 그 한 방에 오우거가 쓰러졌다.

알리는 희열했다.

그렇다. 그의 레벨은 저레벨이 되었다.

하나, 그는 얼마 전 블랙 드래곤 보르몬을 사냥했을 당시 이러한 알림을 들었었다.

[블랙 드래곤 보르몬의 마나 하트가 가장 강력한 마법을 부리는 당신에게 반응합니다.]

[블랙 드래곤 보르몬의 마나 하트가 당신을 선택하며 당신의 몸에 힘이 깃듭니다.]

[지혜 500, 지력 500이 상승하며 차근차근 레벨업을 할수록 블랙 드래곤 보르몬의 마법서를 하나하나 개방하실 수 있게 됩니다.]

알리의 입에 작은 미소가 감돌았다.

아테네:세계전까지 박차를 가해야만 했다.

아테네:세계전이 한 달 앞으로 다가왔다. 한데 문제는 마법으로 금메달 1개를 최소 따갈 것이라고 예상되었던 알리가 레벨 1이 되었다는 게 모든 이들의 판단이라는 점이다.

그리고 현재, 세계 각국의 지부장들이 모여 있는 곳.

"이번 아테네:세계전은 처음의 개최인 만큼 전 세계적으로도 큰 이슈가 되겠군요."

"그렇겠지요. 최종 우승 후보국으로 '미국, 중국, 러시아, 일본' 등이 있군요."

"대한민국은 몇 위권을 기록할까요?"

"흐음……."

"음……."

각국 지부장들이 모인 만큼이나 이는 신중할 수밖에 없었다.

그들은 어떠한 악감정도 하나 싣지 않고 말했다.

"사실상 금메달 하나를 딸 수 있을지 모르겠습니다."

"애석하지만 그럴 것 같군요."

"그 이유는요?"

"현재 식신은 참가 의사를 확실히 밝히지 않은 상황이기에 미정입니다. 물론 추후 참가할 수도 있으나, 비전투직 직업군인 그가 큰 힘을 발휘할까 싶군요."

그는 식신에게 큰 관심을 보이지 않는 눈치였다.

"그리고 마법사 알리는 1레벨이 되어버렸고 검의 황제 카르는 정체 모를 힘을 일시적으로 깨우쳤을 뿐. 세계 랭커들과 싸우기에는 다소 부족하죠. 정확하게 말한다면 카르보다는 다른 대한민국 선수들이 부족합니다."

모두가 수긍한다는 듯 고개를 끄덕였다.

"아테네:세계전은 개인전도 있지만 다수가 함께하는 경기도 상당수 존재합니다. 한데, 한 사람은 10인데, 다른 사람들은 6~7 정도입니다. 그것을 한 사람이 어찌할 수 없다고 생각하거든요."

발언한 사람은 바로 미국 지부장 로버트 듀발이었다.

그에 지부장들이 수긍하며 고개를 끄덕였다.

"후."

그때 한 남성이 한숨을 뱉어냈다. 모두의 이목이 집중된다.

검은 머리의 동양인. 뿔테 안경을 잠시 벗은 그가 자신의 앞머리를 쓸어 올렸다. 매처럼 날카롭게 빛나는 그의 눈동자가 인상적이다.

이 자리에서 유일하게 '지부장'급이 아닌, '팀장'급인 사람. 그가 다시 뿔테 안경을 쓰며 양손을 깍지 끼고 그들을 둘러봤다.

"이렇게 대한민국에 찬사를 아끼지 않으니 기대에 부응하여 금메달 4개는 따야겠군요."

그것은 반어법이었다.

각 지부장들이 재밌다는 표정을 짓고 있었다.

그리고 로버트 듀발. 그 또한 그를 흥미롭다는 표정으로 보고 있었다.

박민규 팀장. 미국 하버드 대학교 수석 졸업자. 미국 최고의 회사 애플+에서 지부장 자리를 권유받았으나 거절한 사내. 많은 이들의 기대를 받았으나 본국으로 돌아가 기껏해야 게임 회사에 취직하여 팀장이 되었다.

그가 한 인터뷰에서 했던 발언은 이러했다.

'제가 하고 싶은 일이니까요.'

그렇다. 지금 이 자리에서 박민규 팀장은 직급만 낮을 뿐, 그 누구와 견주어도 밀리지 않는다. 또한, 비상한 머리의 그는 주식 투자로 수백억의 자산가라는 소문이 무성하다.

그 말에 로버트 듀발이 흥미롭다는 미소를 지었다.

"근거는 있습니까?"

모두의 입가에 작은 비웃음이 생겨난다.

하지만 그러한 그들 틈에서 박민규 팀장은 다리를 꼬고 손을 깍지 껴 그들을 되레 비웃듯 말한다.

"믿으니까요."

그 말에 지부장들의 얼굴에 황당하단 웃음이 떠올랐다. 조소를 띠는 이들도 몇 있을 정도였다.

박민규 팀장이 말했다.

"여러분은 자신의 나라조차도 믿지 못하십니까? 창피하군요."

그 말에 지부장들의 얼굴이 붉게 달아올랐다.

얼굴이 붉게 달아오른 그들은 할 말을 잃을 수밖에 없었다.

방금 전까지 자신들은 세 개의 아테네 강국들에 대해서 운운하며 자신들의 나라가 선전할 것이라고 말했던 이들이 극히 드물었다.

로버트 듀벌은 자신의 넥타이를 느슨하게 풀었다.

박민규 팀장이 몸을 일으켰다.

"회의 끝났죠? 전 이만 대회 준비로 돌아가 보겠습니다."

박민규 팀장이 문을 열고 밖으로 나갔다.

"커허험, 검은 마법사 알리조차 잃은 대한민국은 금메달 하나도 따지 못할지도 모르는데, 참 기고만장하군요."

"황당하기 그지없습니다. 고작해야 일개 팀장이 감히……."

그들은 자신들의 부끄러움을 숨기기에 역력했으나, 한 사람은 여전히 작은 미소를 띤 채 그가 나선 자리를 바라보고 있었다.

그리고 그가 말한다.

"이제 저도 인정할 수밖에 없겠군요."

"무엇을요?"

"어떤 걸 말씀이십니까?"

"대한민국도 우승 후보국 중 하나라고요. 그렇게 신랄하게 깠지만, 여러분도 사실 알지 않습니까."

그에 따라 지부장들이 말문을 잃었다. 사람이란 무릇 그렇다. 자신보다 뛰어나면 일단 부정하고 본다.

그 못된 심보. 사실상 지부장들도 알고 있었다. 그것은 자신들의 못된 심보였다.

"식신. 그의 참가가 확정되면 커다란 변수로 작용할지도 모룹니다. 여러분도 저에게 아부 그만하시고 이제 대비하세요. 대한민국을."

로버트 듀발이 빙긋 웃음 지었다.

로버트 듀발은 미국의 지부장이었지만 여기 있는 그 누구보다 막강한 권력을 가진 사내. 그들의 토론은 사실상 듀발에 대한 비위 맞추기에 불과했다.

미국은 아테네:세계전의 강력한 우승 후보국이다.

그러한 자신도 사실 두려웠기에 부정하려 했다. 대한민국의 행보를.

그리고 기대된다.

'박민규 팀장의 말이 실현될 수 있을까?'

민혁은 천공의 영지 아틀라스를 다시 띄움으로써 이제는 대륙운에서 아포칼립토라는 이름으로 변화한 그곳이 아닌, 본래 위치해 있던 이필립스 제국 인근으로 영토를 이전했다.

그리고 그는 오래간만에 요리를 준비 중이었다.

그의 얼굴에 즐거운 미소가 감돈다.

민혁이 준비하는 요리. 다름 아닌, 천계의 순살 닭고기를 이용한 '닭갈비'였다. 과거 쥬이스 신에게 한 번 해주었던 적이 있는 음식!

그리고 이 '닭갈비'는 조금 특별했다.

(천계의 순살 닭고기)

재료 등급: ?

특수 능력:

　•?

　•?

　•먹는다면 무언가에 대한 '힌트'를 얻을 수 있을지도 모른다.

　설명: 블랙 드래곤 보르몬이 즐겼다던 순살 닭고기이다. 특별한 힘을 품고 있으며 그 힘이 무엇일지는 아직 모른다.

　이 재료는 일반적인 재료들과 다르게 어떠한 재료인지에 대해서 아예 표기 자체가 되지 않은 상태였다. 요리해서 먹어보아야만 그를 알 수 있을 것이다.

　민혁은 자신의 앞에 크게 펼쳐져 있는 닭갈비 가게에서 볼 수 있는 불판을 펼쳐냈다.

　"꾸울!"

　콩이가 그 앞에 앉아 마치 손님처럼 그를 기다리고 있다.

　콩이의 머리 위에는 황금 왕관이 있었으며 갑옷과 검은 착용하지 않고 있었다. 콩이는 각성 후에 '포식자의 권능'이 일시적 MAX에서 1레벨이 되었다. 이제 차근차근 성장하면 될 것이었다.

　민혁은 크게 펼쳐진 불판 위로 자신이 준비해 두었던 재료들을 쏟았다. 순살 닭고기, 떡, 썰린 고구마, 썰린 깻잎과 고추장 양념 등이었다.

그리고 테이블 위로는 언제든 넣을 수 있게 한 번 삶은 '우동 사리' 또한 있었다.

치이이이이이이이익-

잘 달궈진 불판 위에서 재료들이 익어간다.

콩이가 자신이 해보겠다며 비장한 표정으로 닭갈비 뒤집개를 집어 든다. 그리고 현란하게.

타타타타타타타탁-

닭갈비를 요리하기 시작했다. 마치 닭갈비 가게 알바생들의 손놀림인 듯한 신속한 움직임!

"오오……"

민혁이 작게 감탄했다. 그리고 이내, 콩이가 붉어진 닭갈비 사이로 우동 사리를 투척한다.

우동 사리가 잘 버무려진 닭갈비 사이에서 붉게 물들기 시작한다.

좌아아아아아-

"오, 오오……!"

콩이의 현란한 손놀림과 함께 닭갈비가 모세의 기적처럼 양쪽으로 좌아악 갈라졌다.

가운데로 새하얀 치즈를 뿌리는 콩이.

그리고 그 치즈를.

타타타타타타타탁-

매서운 속도로 내리찍으며 불판 위에 녹아들게 만든다.

민혁은 불판 위의 가운데에 길게 펼쳐진 치즈를 보며 흐뭇하게 웃었다.

"꾸우울!"

콩이가 볼록한 배를 앞세우며 자신감이 충만해져 어깨를 으쓱였다.

그리고 마침내, '함께 먹는 즐거움' 스킬의 발현으로 인해 콩이의 앞에도 동일한 닭갈비가 생겨났다.

민혁이 흐뭇한 미소를 지어 보였다.

'얼마만의 요리냐!'

그는 지금 영주 집무실에 있었다.

대륙운 에피소드에 의해 그간 이렇게 잘 챙겨 먹지 못했다. 민혁이 하루에 밥 100공기 정도만 먹었다면 믿겠는가? 평소의 그라면 250공기는 먹었을 텐데 말이다.

"히야……."

민혁은 앞에 놓인 불판 위 닭갈비와 그 옆에 있는 상차림을 보았다. 썬 마늘, 쌈장, 쌈무, 옥수수콘, 시원한 콩나물국 그리고 쌈 채소로 상추와 깻잎이었다.

민혁은 먼저 콩나물국에 수저를 가져가 한입 떠먹어 보았다. 시원한 콩나물국은 다른 재료들을 첨가하지 않아 본연의 맛이 느껴진다.

콩나물국으로 입맛을 돋워준 후에, 닭갈비 하나를 잘 익은 양배추와 함께 집어 들었다. 그리고 그것을 입으로 가져가 그냥 먹어봤다.

우물우물-

쫄깃한 식감과 잘 익은 양배추가 씹는 식감이 기분 좋게 해준다. 매콤함과 담백함에 미소가 감돈다.

"와…… 녹는다, 녹아."

민혁이 흐뭇한 미소를 지으며 이번에는 접시 위로 둥그런 쌈무 한 장을 턱 하니 깐다.

그 위로 닭갈비 하나를 올린 후에 입에 넣어본다. 새콤달콤한 쌈무와 매콤한 닭갈비가 만나니 금상첨화였다.

그리고 다시 콩나물국을 한 수저 떠먹어준 후에, 이번엔 깻잎 한 장을 손바닥 위로 얹는다. 그 위로 뜨끈한 닭갈비 두 개와 쌈무 반절 정도, 쌈장을 찍은 마늘을 푹 찍어서 얹는다.

입에 넣으면 가장 먼저 느껴지는 건 역시 깻잎의 향이다.

깻잎의 향은 정말이지 '맛있는 향'이다. 씹으면 절로 기분이 좋아진다. 깻잎과 그 속 재료가 입에 어우러진다. 입안 가득 넣고 씹으니 이만한 음식이 없다 할 지경이다.

이번엔 닭갈비 하나를 가운데의 잘 녹은 치즈에 푹 담갔다가 들어 올린다.

쭈우우우우우욱-

치즈가 가득 늘어난다. 민혁이 그것을 날름 입으로 가져가 먹었다.

"크흐."

치즈의 고소함과 풍미가 매콤한 닭갈비와 만나니 입안이 점입가경에 이른다.

이번엔 우동 사리를 집어 든다. 우동 사리는 붉은 양념이 잘 스며들었다. 그 녀석을 집어 들어 접시에 담은 후 후루루룹 먹는다.

우물우물-

"역시 닭갈비는 우동 사리가 진리지."

때마침 콩이를 돌아보자 녀석이 한 가닥의 우동 사리를 호로로로록 흡입하며 입가에 양념을 묻혀놨다.

"꾸우울!"

"이그, 콩아 입에 묻히고 먹으면 안 되지."

쓱쓱 물티슈로 닦아준다. 그리고 고기가 일부 남았을 때, 미리 만들어두었던 막국수를 꺼내 든다.

막국수 위로 살얼음이 동동 떠 있다. 그 위로는 채 썬 배, 오이, 양념장, 삶은 계란 반쪽과 두툼한 고기가 올라가 있다.

가위로 한번 잘라주고 슥삭슥삭 잘 풀어 헤쳐준 후 식초와 겨자로 적당한 간을 맞춰준다.

그 상태에서 후루루루룹! 시원한 그 특유의 막국수의 맛이 입안을 사로잡는다.

막국수는 냉면과 비슷하나 그 면의 식감 자체가 다르다. 개인적으로 민혁은 면 자체는 막국수의 것을 좋아했다. 냉면보다 훨씬 덜 질기며 훨씬 잘 씹힌다.

그렇게 면을 먹어주다가 닭갈비 하나를 막국수에 싸서 입에 함께 넣어준다.

"으하하."

감탄사가 절로 나온다. 그리고 그릇째로 들어 그 시원한 살얼음이 동동 낀 그것을 한 모금 먹어준다.

　막국수까지 깔끔하게 클리어한 후, 남아 있는 닭갈비 고기와 야채들을 닭갈비 뒤집개로 자작하게 잘라준다.

　마지막! 밥을 투하한 후 볶음밥을 만든다.

　볶음밥을 촤아악 펼친 후 김 가루를 솔솔 뿌리자 김 가루가 춤을 춘다.

　그리고 밑바닥이 잘 탔을 때, 밥을 한 수저 퍼서 입에 넣는다. 약간의 누룽지 밥이 가미된 볶음밥은 마지막으로 느끼는 닭갈비의 묘미이다.

　"흐어, 잘 먹었다."

　민혁이 배를 두들기자 콩이가 그 상태에서 벌러덩 누웠다.

　그런데, 그 배가 남산처럼 올라와 있다.

　이내.

　"꾸우울……."

　2초 만에 기절!

　말 그대로 잠들었다.

　"……."

　민혁은 말문을 잃었다. 참으로 놀라운 재주!

　그때 알림이 울렸다.

[천계의 순살 닭고기로 만든 닭갈비를 드셨습니다.]

[5대 전설의 재료를 획득할 수 있는 '농부의 왕국'에 대한 열쇠

를 획득합니다.]

　[블랙 드래곤 보르몬의 레어로 가는 길, 그리고 재료의 천국으로 가는 길을 확인할 수 있습니다.]

　민혁은 적지 않게 놀랐다. 그 이유는 5대 전설의 재료 중 하나를 얻을 수 있다는 '재료의 천국' 때문이었다.

　민혁은 과거 미식 드래곤의 만찬에서 우승하여 '5대 전설의 재료란?' 책을 찾아냈다.

　그곳에 수록되어 있는 내용 중 하나. '재료의 천국'.

　그리고 적혔던 내용.

　[재료의 천국은 양파, 대파, 부추, 벼 등등 기타 전설의 농작물을 계속해서 획득할 수 있습니다.]

　[재료의 천국의 농작물은 먹은 이를 지속적으로 강인하고 튼튼하게 만들어주며 예로부터 재료의 천국의 농작물을 먹은 이들은 '불로장생(不老長生)'하였다 알려집니다.]

　민혁이 주목하는 이유는 하나였다.

　이 재료의 천국은 '한 가지' 재료가 아닌 '다수의 재료'를 획득할 수 있었다. 또한, 가장 미지에 싸여 있는 5대 전설의 재료라 알고 있었다.

　민혁은 전설의 재료가 가진 힘을 이미 엿봤다.

　전설의 태양의 밀. 전설의 거대 소의 사골.

그를 통해 민혁은 인간의 영역을 초월한 '신의 요리'를 만들어낸 적이 있으며 그 힘이 얼마나 강인한지 깨우쳤으니까.

또한, 이는 '블랙 드래곤 보르몬의 레어'에 위치해 있다.

사실 5대 전설의 재료는 블랙 드래곤 보르몬의 퀘스트를 받아 진행해야 했던 것. 하나, 사냥함으로써 변칙적으로 진행할 수 있게 된 셈이다.

때마침, 현재 먹자교 길드는 블랙 드래곤 보르몬 레어로 향하기 위해 집결 중이었다.

그리고 그때, 헤이즈와 지니가 함께 들어왔다.

"민혁아, 출정 준비 끝났어. 그리고 알리 님도 복귀했고, 너하고 이야기하고 싶으신 게 있대."

"그래? 알았어. 그리고 참, 내가 재료의 천국이라는 곳에 대해 알아냈는데."

민혁은 차근차근 그에 관련한 이야기를 하기 시작했다. 그러자 두 사람 모두 놀란 표정을 지었다.

특히나 '헤이즈'는 무언가를 골똘히 생각했다.

"아마도 재료의 천국의 '농작물'은 지속적인 효과를 내는 재료가 아니지 않을까 싶어요."

"지속적이라고?"

"네, 재료의 천국이라는 이유가 그 첫 번째, 여러 개의 재료를 얻을 수 있다는 데 두 번째, 또한, 재료의 천국이라고 한다면 그 땅 자체를 뜻하는 것일지도 모릅니다. 그 재료의 천국을 연구한다면 계속 재배가 가능할지도 모르죠. 먹자교 길드의 큰 발판이 될 겁니다."

그에 민혁의 입가가 기쁨에 씰룩였다.

그때 헤이즈가 말했다.

"참, 외교와 왕국 건설에 관한 것도 잊으시면 안 됩니다."

"물론이야."

민혁은 고개를 주억였다.

현재 카이온 대륙과 아스간 대륙의 외교는 매우 중요시된다. 특히나 제국 황제들은 자신들도 외교를 할 것이나 이방인들 또한 선출하여 외교에 참여할 것을 말했다.

즉, 이는 길드들이 크게 다른 타 제국과 친분을 쌓을 수 있는 명백한 기회였다. 분명히 친분을 쌓으면 좋을 터.

"그에 관련하여 우리 쪽에선 지니 님과 코루 경, 아벨 님 등이 외교를 하기 위해 카이온 대륙으로 가실 예정입니다."

민혁은 고개를 끄덕였다. 지니와 아벨 등은 워낙 머리가 비상한 자들. 어떤 해답을 찾을 터.

그런데, 코루는?

"카이온 대륙에도 탈모로 고생하는 자들이 많겠지요. 후후후후, 현재 왕국 건설을 위한 자금이 2,000플래티넘이 모자랍니다. 거기서도 장사를 해야죠."

헤이즈가 후후후하고 웃었다.

"……음."

민혁은 헤이즈의 장사꾼의 기질에 항상 감탄하곤 한다.

또한, 추가적인 문제.

"그리고 왕국 건설을 위해서 박차를 가해야 하는데, 영지민의 숫자가 턱없이 부족합니다. 3천 명 이상과 더 넓은 영토 하나 정도는 있어야 해요."

그 말에 대해서도 민혁은 고개를 주억였다.

하나, 그렇다고 한들 먹자교 길드가 아무나 받을 순 없는 노릇이다. 얼마 전 황위안을 비롯한 중국 유저들도 아직 재료를 구해오지 못했으며 재료를 구해온다고 100% 받아줄 예정은 아니었다. 꼼꼼한 심사와 이들이 우리를 배신하지 않을지 등, 고려해 볼 생각이다.

"그리고 아틀라스와 바할라의 개발에 이번에 얻은 상당한 자금을 소모할 것으로 예상됩니다."

즉, 자금 문제도 있다는 거다.

물론 민혁은 회장님의 아들이다. 하나, 민혁은 아버지의 '재력'을 빌려 왕이 되고 싶진 않았다.

"그래서 개발과 왕국 건설을 위해 필요로 하는 금액은?"

"1천 플래티넘입니다."

"어마어마하네."

1천 플래티넘. 이곳에서 1천억 골드이다. 어마어마하다.

"자금을 추가로 확보할 방법이 없을까?"

"흐음……."

"음……."

헤이즈와 지니, 민혁이 머리를 골똘히 굴린다.

그런데, 바로 그때 노크 소리가 들렸다.

문이 열리고 대현자 아르벨. 정확히는 베스트셀러 작가 아르벨이 들어왔다.

들어온 그는 갑자기 민혁의 앞으로 큼지막한 자루 여러 개를 턱턱 하고 내려놨다.

"작가는 배고파야 하는 법."

명언을 남기고 그가 몸을 돌렸을 때, 민혁에게 알림이 울렸다.

[아르벨이 612플래티넘을 선물합니다.]

세 사람이 일제히 경악했다.

플래티넘이 아닌 일반 골드로 생각하면 자그마치 612억 골드인 셈이다. 도대체 이 돈을 어떻게 마련한 것일까?

그리고 한 가지 추측이 이뤄졌다.

"왕자님은 왜 오늘 밤 외출했는가가 이렇게 많이 팔렸다고……?"

"컥!"

"헐……?"

대작가 아르벨의 인기를 실감할 수 있는 순간이었다.

박민규 팀장. 그가 대한민국으로 돌아가는 비행기를 타기 위해 출국 심사를 끝내고 여권을 한 손에 쥔 채 의자에 앉았다.

그는 눈을 감고 생각에 잠겼다.

지금 세간에서는 지부장들과의 이야기처럼 마법사 알리의 레벨 1로 하락, 그리고 대한민국 유저들의 레벨이 다른 세계의 랭커들보다 한없이 낮다는 점을 토대로 대한민국의 최하위 순위를 거론하는 중이다. 또한, 커뮤니티 사이트들도 비슷했다.

하지만 그러한 이들이 있는 반면, 식신의 이번 보르몬 사냥에 대해 높이 평가하는 이들도 상당한 편이었다. 그 때문에 박민규 팀장이 어떠한 '이유'도 없이 그들을 믿는다 말한 건 아니라 할 수 있었다.

그때, 박민규 팀장의 전화벨이 울렸다.

이민화 사원이었다.

"네, 전화 받았습니다."

[팀장님, 예상처럼 먹자교 길드가 보르몬의 레어로 출발했습니다.]

"그래, 당연히 그렇겠지. 참, 마법사 알리는?"

[함께 출발합니다.]

박 팀장이 싱긋 웃었다.

사실상 마법사 알리는 초보자라고 해도 무색할 정도로 레벨이 하락하였다.

하나, 그곳에서 다시 도약하게 될 것이었다. 블랙 드래곤 보르몬의 레어는 그 어떠한 유저들이 상상하는 것 이상의 보상이 있는 곳이었으니까.

블랙 드래곤 보르몬의 레어는 아포칼립토에 위치해 있다.

현재 먹자교 길드의 길드원 상당수가 함께 블랙 드래곤 보르몬의 레어를 향해 걸음하고 있는 중이었다.

민혁은 알리를 보며 미안한 마음이 컸다.

그 시선을 느낀 알리가 말했다.

"미안해하지 않아도 됩니다. 오히려 저는 더 강인한 힘을 얻었으니까요."

"하지만……."

민혁은 알리가 1레벨이 되었다는 사실을 알고 있었다.

세간에서는 이를 통해 알리에게 이제는 '허접'이라던가, '길 가다 만나면 PK'를 하겠다는 등의 이야기가 돌며 그를 비웃고 있었다.

하나, 알리의 말처럼 그는 더 강해질 힘을 얻었다. 잠시 1레벨이 되었지만, 그는 새로운 클래스인 신 클래스로 각성하게 되었다. 바로 '마법의 신'이다.

마법의 신은 현재 한 가지 패시브 스킬을 가지고 있었다.

(마법의 신)

패시브 스킬

레벨: 없음

소요 마력: 없음 / 쿨타임: 없음

효과:

- 마법 대미지 2배로 상승
- 마법 쿨타임 50% 감소
- 마법 관통력 50% 상승
- 죽은 자에 대한 모든 공격력 1.5배 상승

정말 사기적인 힘이었다.

마법 대미지 자체가 2배가 되는 셈이었으며 마법 쿨타임 50% 감소와 마법 관통력 50% 상승 자체도 말이 안 되었다.

심지어 블랙 드래곤 보르몬의 마법서의 경우 8클래스 마법까지 익힐 수 있는 스킬북이다. 그리고 블랙 드래곤 보르몬의 마법 자체는 일반적인 마법사들의 마법보다도 더 강력한 편이었다.

거기에 '마나 하트'의 힘까지. 사실상 알리는 초보 레벨의 유저였지만 그가 발휘하는 힘 자체는 그 이상이라는 거였다.

거기서 끝이 아니었다.

(절망의 지팡이)

등급: 절대 반신

제한: 레벨 350 이상

내구도: ∞/∞

공격력: 358 / 마법 공격력: 1,541

특수 능력:

- 총 MP량 2배 상승
- 마법 쿨타임 20% 감소
- 마법 공격력 20% 상승
- 패시브 스킬 트리플 타켓
- 엑티브 스킬 지팡이의 주인
- 엑티브 스킬 보르몬의 숨결

설명: 블랙 드래곤 보르몬이 지니고 있던 가장 강력한 지팡이이다. 사람들은 쉬이 구할 수 없는 재료로 만들어졌다 알려진다.

절망의 지팡이의 효과 역시 사실상 엄청난 수준이었다. 게다가 민혁의 악마 심판 검과 마찬가지로 절대 반신 아티팩트에 해당하고 있다. 감탄스러운 수준.

문제는 역시나 레벨 제한 350 이상부터라는 사실이었다.

또한, 패시브 스킬 트리플 타켓은 1.5%의 확률로 타격 마법의 대미지 3배를 입히는 놀라운 힘이었다.

그리고 지팡이의 주인 스킬은 마법사를 위한 버프, 보르몬의 숨결은 딱 한 번 본인이 부릴 수 있는 클래스보다 한 단계 위의 마법을 부릴 수 있게 해준다.

사실상 그렇다. 이 정도 수준까지 강함의 척도가 열려 있다면 그 누구라고 할지라도 1레벨까지 다운돼서라도 다시 키울 것이다.

알리는 본래 레벨 561이었다. 하지만 지금의 알리가 레벨 561이 된다면 그때의 알리보다 몇 배는 족히 강해질 게 당연하다.

하나, 한 가지 사실.

"괜찮아요, 다음 세계전을 노리면 되죠."

알리가 빙긋 웃음 지었다.

사실상 알리의 아테네:세계전 참가는 확정적이었다.

물론 그는 아테네:한국전 당시 출전하지 않아 'MVP'의 칭호를 얻지 못했고 출전 자격이 없었다.

하지만 아테네:한국전 당시에 세계전의 룰이 공론화된 상황이 아니었다. 그것은 각국의 지부장들과 ㈜즐거움이 함께 계속하여 시청자들의 흥미를 이끌어갈 방식을 갈구했다는 뜻이 된다.

그리고 약 2개월 전, ㈜즐거움 측에선 공지사항으로 하나의 국가에서 두 명의 유저를 MVP 자격이 없어도 선출하에 출전할 수 있다. 라는 명목을 걸었다.

아테네:세계전은 그 국가의 사활이 걸린 일. 아무나 출전시키지는 않으며, 그때 알리는 ㈜즐거움 아테네 운영진들의 연락을 받음으로써 출전이 기정사실이 되어 있었다.

그는 확정이었다. 마법 분야 '금메달' 하나를 딸 수 있는 것으로 말이다.

그렇지만 지금의 상태라면? 출전하지 못한다. 아무리 공격력이 높아도 결국 100레벨 이하의 유저일 뿐이니까.

그럼에도 표정을 굳히지 않는 민혁을 보며 알리가 물었다.

"민혁 님."

"네?"

"저는 같은 일이 생겨도 같은 선택을 할 겁니다."

알리가 하얀 이를 드러내 웃었다. 그러면서 왼쪽 팔의 로브 자락을 걷어냈다.

X의 증표.

"우린 동료니까요."

마음이 따뜻해진다. 민혁은 기뻤다. 알리를 만나, 먹자교 길드원들을 만나 너무도 행복했다.

슬쩍 돌아보니 어느덧 먹자교 길드원들이 하늘 높이 왼팔을 들어 올려 X의 증표를 보이고 있었다.

그리고 알리의 희생이 그를 '더욱더 비상시키리라'고 이땐 알지 못했다.

블랙 드래곤 보르몬의 레어로 가는 지도를 쫓아 움직인 먹자교 길드.

대륙운이었던 곳은 아포칼립토라는 새로운 대륙이 되면서 모든 것이 변화하고 미개척지가 되었다.

그렇다. 새로운 사냥터, 새로운 아티팩트, 새로운 요리 재료, 새로운 종족. 새로운 업데이트를 하게 된 것이다.

모든 것이 낯설며 모든 것이 두렵다. 하나, 보르몬의 레어에는 분명히 진귀한 보상이 가득할 터. 애초에 알림은 그리 말하지 않았는가.

협곡과 협곡 사이 그곳으로 어딘가로 들어가는 동굴이 나타나고 먹자고 길드원이 그 안으로 빠르게 움직였다.

안쪽 깊숙이 들어가고 빛에 당도한 순간.

"와아아아아아……."

"와……."

모두의 입에서 절로 감탄이 흘러나왔다.

"끼에에에에에에~"

"캬아아아아악~"

하늘 위로 거대한 크기의 일반 와이번들과 격이 달라 보이는 놈들이 비행하고 있다.

한쪽에선 거대한 폭포수가 물을 쏟아내며 거대한 강이 펼쳐졌다. 그리고 깎아 만든 듯한 절벽 위로 거대한 둥지가 위치한다. 한데, 그 둥지의 위치가 지금 거리로부터 족히 20㎞ 이상의 거리였다.

마치 하나의 세계 같았다. 블랙 드래곤 보르몬의 크기가 거대했던 만큼 지금 이곳은 하나의 거대한 세계가 펼쳐져 있는 것처럼 보였다.

바로 그때였다.

[블랙 드래곤 보르몬의 레어에 발을 들인 자들. 사냥을 하거나 함께했던 이들이 보상을 받습니다.]

[보르몬의 레어에서 경험치 획득률이 4배, 아이템 드랍률이 4배가 됩니다.]

[블랙 드래곤 보르몬 사냥에 특별하게 기여했던 이들은 특별 보상이 주어집니다.]

[특별 보상은 직접 경험하실 수 있을 것입니다.]

[보르몬의 레어 곳곳에서 돌발 퀘스트가 발생할 것입니다. 퀘스트를 깨고 보상을 획득하시기 바랍니다.]

[퀘스트를 진행할 때마다 레어의 지도 조각을 획득합니다.]

"……!"

알람에 모두가 경악했다.

자그마치 4배다. 히든 던전의 족히 2배에 해당된다. 아테네:세계전을 앞두고, 또한 서버 통합을 앞두고 강해져야만 하는 먹자교 길드에게 내린 축복이었다.

한데, 거기서 그치지 않는다.

보르몬 사냥 기여도가 높은 이들? 바로 민혁과 마법사 알리였다.

[보르몬 사냥에 가장 높은 기여도를 달성하신 두 분입니다.]
[레어의 보너스 스테이지로 이동할 수 있습니다.]

[지금 즉시 수락하지 않을 시, 보너스 스테이지 이용이 불가능해집니다.]

민혁과 알리의 시선이 마주쳤다.

그 둘은 빠르게 지금 상황에 대해 설명했다. 길드원들이 고개를 끄덕였다.

"우린 일단 이곳 주변 좀 살피고 있을게."

이동을 수락하자, 두 사람을 밝은 빛이 휘어감았다.

알리와 민혁이 동시에 같은 곳에서 나타났다.

그들은 이곳이 어두운 동굴 속이라는 것을 알았다.

[보너스 스테이지의 보상은 직접 확인하셔야 합니다.]
[보너스 스테이지는 언제든 포기하실 수 있으며, 사망 시 로그아웃 페널티를 받지 않습니다.]

포기할 수 있다는 말에 두 사람의 시선이 마주쳤다.

동시에 직감한 것이다.

'우리 생각보다 강력한 존재가 나타난다.'

블랙 드래곤 보르몬을 사냥한 자들이었다. 그러한 이들이 포기할지도 모른다는 건, 엄청난 강함을 가진 몬스터들을 뜻한다.

바로 그때였다.

삐거억- 삐거억-

거대한 몬스터가 등장했다. 그는 온몸이 검은 비늘로 뒤덮인 골렘이었다.

[보르몬의 골렘. LV596]

거대한 골렘은 자그마치 레벨이 596이었다. 민혁이나 알리보다 훨씬 더 높은 축에 속했다.

"제길……."

알리가 입술을 깨물었다.

드래곤 레어에서 자신이 그나마 더 수월하게 레벨업을 할지도 모른다는 생각에 따라왔다. 한데, 저 고레벨 몬스테에게서 자신이 뭘 하겠는가? 오히려 민혁의 발목을 잡는 격이 될 터이다.

천천히 접근하는 보르몬의 골렘. 그를 보면서 민혁이 전투 준비를 하고 있다.

'골렘은 방어력이 높다. 심지어 596의 레벨이라면…….'

어쩌면 강력한 스킬이어야만 타격할 수 있을지도 모른다.

천천히 다가오던 골렘. 두 사람이 사냥을 시작하려던 바로 그때, 이변이 일어났다.

두근-

알리의 심장이 요동쳤다.

그 순간.

쿠우우우우웅!

거대한 6m 크기의 골렘이 양쪽 무릎을 꿇었다.

그리고 알리에게 알림이 들려왔다.

[보르몬의 마나 하트가 당신을 수호합니다.]

[마나 하트에 보르몬의 골렘은 대항할 수 없을 것입니다.]

[마나 하트의 힘에 따라 보르몬의 골렘의 힘이 크게 감소합니다.]

[마나 하트의 본래 주인인 보르몬은 나약한 존재가 자신의 마나 하트를 사용하기를 원치 않습니다.]

[보르몬의 마나 하트는 당신이 일정 레벨에 도달할 때까지 수호하여 줄 것입니다.]

"크아아아아아악!"

그렇다. 무릎 꿇은 보르몬의 골렘. 그는 알리에게 고개를 숙여 보이고 있었다.

그리고 그 순간, 두 사람이 직감했다. 바로 지금 사냥해야 했다.

알리가 에너지 볼트를 쏘았다.

콰지지지지직-

그런데 더 놀라운 건.

쿠르르르르르르르르르-

[보르몬의 마나 하트가 보르몬의 골렘을 완전히 무력화시킵니다.]

콰아아아아아앙-

단 한 번에 보르몬의 골렘이 무너져 내렸다는 사실이다.

충격적인 알림은 끝이 아니었다.

[보너스 스테이지. 경험치 적용률이 평소보다 20배 적용됩니다.]

[서브 클래스. 그의 동반자 효과가 발생합니다. 동반자와 함께 함에 따라 경험치가 1.5배 추가 적용됩니다.]

[32,314,721 경험치를 획득합니다.]

[레벨업 하셨습니다.]

[레벨업……]

민혁도 같은 알림을 들었다.

그가 경악한 표정으로 알리를 돌아보며 물었다.

"몇 업……?"

알리가 어색하게 웃으며 답했다.

"37업이요……."

민혁이 말문을 잃었다.

5장
농부의 왕국

이민화 사원은 모니터를 바라보며 뿌듯한 미소를 머금었다.

그녀가 바라보는 모니터에는 지금 당황한 표정의 알리와 민혁이 함께 있었다.

그녀는 블랙 드래곤 보르몬의 '보너스 스테이지'에 대해서 알고 있었다. 보너스 스테이지는 말 그대로 지상 최강의 존재인 드래곤을 레이드한 자. 그중에서도 높은 기여도를 획득한 자들을 위한 보상이었다.

그렇다고 그 경험치 20배 효과가 쉽게 적용되진 않는다. 애초에 보너스 스테이지의 몬스터들 레벨 자체가 상당히 높은 편에 속했다.

정확히 설명하자면 지금 그들이 한 번에 쓰러뜨린 '보르몬의 골렘'의 방어력은 총합 약 3만을 넘어선다는 거다.

민혁? 그가 폭주하는 검을 사용해야 겨우 한 마리를 잡을 수 있을지도 모를 정도다.

한데, 여러 가지의 변수. 그러한 변수들이 만나면서 이러한 상황을 만들어냈다.

첫 번째 변수. 알리가 보르몬의 '마나 하트'의 선택을 받았다는 거다.

본래 이 마나 하트는 전혀 다른 마법사 유저가 다른 연계 퀘스트를 통해 받았어야만 했다. 또는 보르몬이 죽으면서 마나 하트가 주변에서 가장 위대한 마법사를 찾아가 이식된다. 그런데, 그 가장 뛰어난 마법사가 알리밖에 없었다는 점.

두 번째 변수. 마나 하트의 주인은 본래 레벨 700 이상의 마법사였을 것이다. 그런데 알리의 레벨이 1이 되었고, 마나 하트는 애초에 주인을 보호하게 시스템되어 있다.

'박민규 팀장님은 이 일을 예상하셨어.'

그리고 두 번째의 변수와 세 번째의 변수가 합쳐져 이런 결과를 도출한다. 마나 하트는 분명히 보르몬의 것, 스테이지의 몬스터들은 보르몬의 수하라는 것이었다.

보르몬이 어떠한 존재이던가? 대륙을 호령하는 최강자. 그 누구도 사냥할 수 없다고 생각했던 자이며 이 레어의 주인이다. 그러한 주인의 힘. 그것도 가장 순수하고 강력한 원천인 '마나 하트'를 가진 자를 공격할 수 없다는 것.

이민화가 말했다.

"이제부터예요. 세계는 모르는 이 변수를 여러분이 세계전

농부의 왕국 221

에서 어떻게 활용하는지 기대해 볼게요."

더 이상 신입 사원 이민화는 없었다. 노련한 사원 이민화가
이를 드러내며 밝게 웃었다.

아테네라는 게임에서 남녀노소 불구하고 모두가 인정하는
최고의 마법사가 존재한다. 바로 '검은 마법사 알리'였다.

그리고 그가 너무나 뛰어나 세상에서 빛을 보지 못했던 유
저가 존재한다. 바로 세계 공식 마법사 랭킹 1위의 마법사 알
렉스였다.

마법의 왕이라 불리는 고르덴의 선택을 받아 그의 마법을
전수받은 알렉스. 그는 호텔 스위트룸에 서서 전화를 받고 있
었다.

"어, 스미스. 그래, 금메달을 축하한다고? 축하하긴 아직 세
계전도 하지 않았는데, 무슨 말이야, 하하!"

곳곳에서 축하 전화가 빗발치고 있었다. 이는 마법사 알렉
스가 마법 부문에서 금메달 하나는 무조건 딸 거라는 판단에
서였다.

전화를 끊으면 또다시 전화가 걸려온다.

"하하, 아직 알리라는 마법사가 1레벨이 된 게 확실한 건 아
니잖아? 나 아직 금메달 아니야, 로칸."

계속된 전화에 휴식을 취하기 위해 잠시 전원을 끈 그가 와

인 잔에 가득 든 와인을 들고 유리창 너머 화려한 뉴욕의 모습을 눈에 담았다.

그의 주먹에 불끈 힘이 들어갔다.

"크하하하하! 검은 마법사 알리가 스스로 나락으로 빠지다니!"

이 전까지만 하더라도 모두가 예상했다. 마법 분야에서 미국이든 어떤 나라든 금메달을 딸 수 있는 나라는 없을 것이라고. 그 이유는 검은 마법사 알리 때문이다.

그런데, 그러한 알리가 스스로 무덤을 파고 들어간 격이다.

만년 2위! 실제 세계 공식 마법사 랭킹 1위였으나 항상 그는 알리 앞에서는 뒷전에 불과했다.

심지어 그는 강력한 우승 후보국 미국의 유저다. 그는 미국을 우승국으로 만드는 데 크게 기여할 것이며 나라의 영웅이 될 터였다.

알렉스의 현재 레벨. 자그마치 570이었다.

'지금 알리 레벨은 15 정도 되었으려나? 이크! 그 위대하신 마법사님께서 에너지 볼트도 못 익힌 거 아니야? 크하하하!'

[블랙 드래곤 보르몬의 마법서의 5클래스 마법을 모두 깨우치셨습니다.]

[블랙 드래곤 보르몬의 마법서에 기록된 마법들은 일반적인 마법보다 훨씬 더 강력한 힘을 발현할 것입니다.]

[예시: 멈춤의 마법]

[보통의 멈춤의 마법: 사용자의 주변에서 공격해 오는 스킬 혹은 마법을 두 개에 한해서 정지시킵니다.]

[블랙 드래곤 보르몬의 멈춤의 마법: 시전자를 공격해 오는 모든 마법과 스킬들을 정지시킵니다.]

알리는 진심으로 전율하고 있었다. 블랙 드래곤 보르몬의 마법서, 마법의 신의 특수한 효과까지!

그리고 현재 그의 레벨 200이었다.

알리는 민혁과 함께 있다는 이유만으로도 '그의 동반자'의 힘에 따라 1.5배 경험치 버프를 받고 있었다.

그리고 이 보너스 스테이지에서 함께한 지 하루라는 시간이 지났는데, 이곳의 모든 몬스터들은 알리에게 굴복하고 있었다.

때론 민혁이 사냥하고 때론 알리가 사냥하고 있다. 애초에 몬스터들은 전의를 상실했기에 사냥하는 데 어려움이 없었다. 민혁도 벌써 레벨업을 네 번이나 해냈다.

물론 알리의 초반의 37레벨업 같은 파격적인 사냥 효과는 사라졌다. 그렇다고 하지만 지금 알리의 경험치 획득률은 상상을 초월하고 있는 중이다. 한 마리만 잡아도 최소한 2~3레벨업을 해내고 있다. 이대로라면.

"세계전에 갈 수 있어요, 알리 님!! 와아아아아!"

민혁이 어린아이처럼 기뻐해 주었다. 알리의 손까지 마주 잡고 방방 뛰는 그 모습을 본 알리의 입가에 웃음이 감돌았다.

"왜 저보다 민혁 님이 더 기뻐해요?"

"제 동료가 이렇게 잘되는 모습을 보는 데 당연히 기쁠 수밖에요!"

그렇다. 지금의 알리는 '희생' 덕분에 이러한 특혜를 받게 된 셈이다. 마법의 신으로 각성하고, 보르몬의 마나 하트를 얻었으며 보너스 스테이지에 들어왔다. 그가 자신을 희생하지 않았다면 보르몬 사냥은 애초에 불가능했을 것.

"고마워요, 민혁 님."

알리 또한 누구보다 기쁜 것은 당연한 이야기였다. 그에게도 참가하고 싶은 이유, 꼭 금메달을 따는 모습을 보여주고 싶은 사람이 있었기 때문이다.

그때 알림이 들려왔다.

[보너스 스테이지의 접속 시간까지 24시간 남았습니다.]

두 사람이 벌써 쉬지 않고 하루를 꼬박 접속해 있었다.

그리고 다른 먹자교 길드원들도 몬스터들을 통해서 흡족한 경험치를 얻고 있다며 만족하고 있다.

또한, 그들은 지금 민혁이 말했던 '재료의 천국'으로 가는 길을 찾고 있다고도 했다.

"일단은 한숨 자고 접속하도록 하죠."

보너스 스테이지의 접속 가능 시간은 로그아웃 시에는 적용되지 않는다.

민혁의 제안에 알리가 흔쾌히 고개를 끄덕였다.

"고생하셨어요."

"넵, 알리 님도 고생하셨어요!"

두 사람이 접속을 종료했다.

검은 마법사 알리. 윤지후가 캡슐에서 종료하고 나왔다.

그의 방 안에는 수십여 개의 원디스 만화 포스터들이 붙어 있었다.

그리고 그가 거실로 나왔을 때, 한 청년이 거실의 TV 앞에 앉아 원디스 만화를 시청하고 있었으며 그의 주변으로 무수히도 많은 원디스 피규어들이 널려 있었다.

청년은 원디스라는 만화의 주인공이 흔히 착용하는 밀짚모자를 쓰고 '헤……' 하고 웃으며 시청하고 있다.

바로 윤지후의 친형인 윤지석이었다. 몇 년 전의 사고로 인해, 어린 소년이 되어버린 알리의 친형.

일곱 살이 되던 해에 윤지후는 부모님을 잃었다. 그때 세상에서 알리를 유일하게 이끌어주었던 이가 바로 친형 윤지석이었다. 그러한 윤지석은 누구보다 총명했고 누구보다 어른스러웠다. 고작 1살 위인 형이었으나 아버지였고 친구이기도 했다. 그러한 그가 어린아이가 되고 목소리를 잃었다.

알리는 좌절했으나, 딛고 일어섰다. 오로지 형을 위해서였다.

윤지후가 캡슐에서 나온 것을 본 윤지석이 박수를 치며 좋아했다.

입에서 침을 뚝뚝 흘리는 형의 입가를 닦아주는 알리가 싱긋 웃었다.

"형, 나 세계전 갈 수 있게 되었어."

"으어어, 으어어!"

알리의 웃음에 그의 형 윤지석 또한 기뻐했다.

형이 기억하는 알리는 대인기피증의 겁쟁이일지도 몰랐다.

그렇다. 알리는 대인기피증이 심했었다. 그 때문에 그는 오랜 시간 혼자 지내온 것이다. 하지만 지금은 상당히 좋아졌다.

"으어어어?"

형의 입 모양만으로도 그가 무엇을 말하는지 알 수 있었다.

'동료들하고 있으니 좋아?'

그 질문에 알리가 고개를 끄덕인다.

"행복해."

윤지후의 말에 윤지석이 꺄르르 웃어댔다.

알리는 세계전에서 금메달을 따서 보여주고 싶었다. 이제 나는 당신이 걱정하던 대인기피증의 혼자서 아무것도 못 하던 아이가 아니다. 당신 윤지석의 동생인 나는 어른이 되었고 세계의 정상이 되었다. 그런 나는 '당신을 사랑한다'고.

먹자고 길드.

그들은 민혁과 알리가 보너스 스테이지에서 많은 경험치를 획득하고 있다고 들었다.

그렇다고 불평불만 가지는 이들은 없었다. 자신들 또한 보상을 받았고 이는 시스템이 정한 것이기 때문이다.

민혁과 알리가 보르몬을 사냥하는 데 가장 큰 기여를 했다는 사실에 부정할 수 있는 이는 아무도 없을 것이었다. 그리고 자신들의 경험치도 상당히 빠르게 상승하고 있는 중이었다.

그들은 현재 보르몬의 레어에서 지도 조각을 모으고 있었고, 이 지도 조각이 '재료의 천국'으로 안내할 거라 믿어 의심치 않았다.

그리고 힌트를 발견했다.

(천국의 대파)

재료 등급: ?

특수 능력:

• 힘+2 상승

• 마법 방어력+2 상승

설명: 뛰어난 농부들이 재배한 대파이다.

보통의 상급 요리 재료들은 사실 이와 비슷한 힘을 품은 경우가 많았다.

하나, 주목해야 할 건 그게 아니었다. 그 주변으로 텃밭에 이러한 감자들이 지천에 깔려 있다는 사실이다. 자그마치 스무 명의 먹자교 길드원들이 하나씩 나눠 먹을 정도로!

보통 이러한 특수한 힘을 품은 재료의 경우 하나를 발견하기도 매우 희박하다. 하나, 이렇게 깔려 있다. 이곳 어딘가에 그 재료의 천국으로 갈 수 있는 길이 열려 있다는 의미이다.

그리고 그들은 밑으로 내려가는 통로를 발견했다.

그곳에서 언데드들을 마주했다.

[스켈레톤 나이트]

강한 힘을 가진 스켈레톤 나이트 수백 마리가 통로를 꽉 막고 있었다. 무언가를 지키고 있는 게 분명했다.

그들은 몇 마리의 스켈레톤 나이트만을 사냥하고 후퇴했다.

"아, 어쩌지? 저길 지키는 거 같은데?"

"저길 지나야 그곳에 갈 수 있는 게 맞을 텐데……."

헤이즈는 저러한 음식들을 재배한다면 엄청난 자금을 확보할 거라 했다. 때문에 먹자교 길드는 꼭 저 길을 뚫어야 했다.

그때 때마침 알리와 민혁이 보너스 스테이지에서 나왔다고 한다.

"알리 님, 레벨 몇 정도 되셨으려나?"

"100 정도는 찍으셨겠지? 우리처럼 경험치 4배 적용되지 않을까?"

"그렇겠지? 근데 알리 님이 저길 같이 갈 수 있을까?"

또 다른 난관.

알리는 레벨이 매우 낮았다. 민혁과 알리가 스테이지에서 폭업을 하고 있다는 말만 들었지, 20배의 경험치에 대해선 모르는 그들이다. 그 때문에 알리만 돌아가라고 말하기가 걱정스러웠던 것이다.

하지만 이는 어쩔 수 없다. 알리의 희생은 고마우나, 지금은 저길 뚫는 데 집중해야 했다.

"그럼 누가 말하죠?"

"내가 말할게."

칸의 물음에 지니가 대답했다.

부길드장으로서 해야만 하는 말이었다. 알리는 위험하니, 이제 그만 돌아가는 게 좋겠다고.

그때 때마침 알리와 민혁이 도착했다.

그들은 일단 안쪽에 언데드들이 있음을 설명했다. 그리고 저길 지나야만 민혁이 말한 곳에 당도할 수 있을 거라고.

"근데 왜 안 가?"

민혁이 고개를 갸웃했다.

"스켈레톤 나이트들이 너무 강해서."

"아, 그래?"

"네가 같이 있다면 해볼 만하긴 할 것 같아."

지니가 흘끗흘끗 턱을 쓸고 있는 알리의 눈치를 살폈다. 그리고 본론을 말하려는 순간, 알리가 먼저 움직였다.

"그럼 제가 해결해 볼게요."

"네? 네? 아, 아니, 그 알리 님!"

지니가 입을 떼려던 때에 알리가 말릴 새도 없이 움직였다.

"저, 저기 알리 님! 그 죄송하지만 알리 님은……!"

알리가 마침 그 통로에 들어서 수백 마리의 스켈레톤 나이트들이 달려오려 한다. 그 앞을 로크와 칸이 다급하게 막으며 알리를 피하게 하고 지니가 사정을 설명하려던 그때였다.

"턴 언데드."

블랙 드래곤 보르몬의 힘이 깃든 턴 언데드.

그리고 그가 들고 있는 절망의 지팡이.

콰콰콰콰콰콰콰콰콰콰콰쾅-

한 번에 수백 마리의 스켈레톤 나이트들이 터져나가 잿빛이 되어 스르르 허공에 흩어지기 시작했다.

잠시 이해하지 못하는 그들.

그들의 얼굴에 이러한 표정들이 떠올랐다.

(ㅇㅇㅇ)

어버버.

딱 그 표현이 맞을 것이다. 먹자교 길드원들은 어버버거리면서 알리를 보고 있었다.

또한, 그가 착용한 절망의 지팡이를 지니가 알아봤다. 절망의 지팡이의 레벨 제한은 350이라고 들었다. 그런데 지금 알리가 그를 착용하고 있다는 사실은 간단하게 해석된다.

"350레벨 넘었어요?"

"네."

알리가 머쓱하게 웃으며 고개를 끄덕였다. 그의 레벨 404였다.

그리고 알리의 레벨이 400을 넘어선 시점부터 더 이상 마나하트는 알리를 수호하지 않았다. 즉, 몬스터들이 이제 알리를 공격한다는 의미였다. 보르몬의 마나 하트가 이제 알리가 스스로를 지킬 힘을 얻게 되었다는 사실을 인지한 것이다.

그런데 더 놀라운 게 있었다.

"예전보다 더 강해졌잖아요……."

얼마 전 대륙운(大戮雲)에서 힘을 깨우치기 전, 그때보다 알리는 훨씬 더 강력한 마법을 부린다.

그야 당연했다. 블랙 드래곤 보르몬의 마법서, 마법의 신의 힘. 더 나아가 절망의 지팡이에 마나 하트.

그뿐만이 아니었다. 알리의 마법의 신 패시브 효과에는 이러한 것이 존재한다.

'죽은 자에 대한 모든 공격력 1.5배 상승.'

마법의 신은 고귀하고 위대한 자였다. 그러한 그는 죽은 자들에게 더욱더 강력한 힘을 발휘하는 패시브를 가지고 있다.

즉, 스켈레톤 나이트들의 방어력이 500을 웃돈다고 한들, 지금 순간적으로 알리의 공격 레벨이 그들이 죽은 자들이라는 사실에 대폭 상승했다는 거다. 거기에 보르몬의 '턴 언데드'는 일반 턴 언데드와는 비교가 불가능한 수준이라는 거였다.

알리와 민혁은 보너스 스테이지에 대해서 설명했다.

설명을 들은 먹자고 길드원들은 자신의 일인 듯 뛸 듯이 기뻐했다.

"알리 님이 세계를 놀라게 할 거예요!!"

"지금 비웃고 있는 놈들, 내가 가만 안 둬!"

로크가 당장에라도 이 사실을 알리고 싶다는 듯 말했다.

하지만 지니와 칸, 알리, 민혁이 고개를 저었다.

"어째서?"

지금 세계의 조롱과 비난이 끊임없이 이어지고 있다. 심지어 대한민국 국민들조차 보르몬을 사냥할 수 있었던 것이 알리의 희생임을 알고 있음에도 어째서 그리 어리석은 짓을 한 것인지 욕하고 있다.

그런 상황에서 숨기는 이유가 무엇일까?

"세계전에서 모두가 저를 비웃겠죠. 이는 커다란 변수로 작용할 겁니다. 현재 저를 배제한 다양한 전략을 구축하고 있을 겁니다."

"아……."

그렇다. 알리를 배제한 다양한 전략. 그 전략들이 단 한 번에 무너져 내릴 것이다.

경기가 시작된 후 무너져 내리면 그들은 미리 입을 맞추었던 것을 시행할 수 없게 되며 그로 인해 혼란을 빚게 될 터였다.

"그렇지만 한 번쯤 분탕질을 쳐주긴 해야겠죠."

알리가 어떠한 속셈을 품은 것이 분명해 보였다. 하지만 굳이 캐묻진 않았다. 알리는 어리석은 자가 아니었다. 그가 스스로 잘해낼 것이라는 사실을 누구보다 잘 알았기 때문이다.

먹자교 길드가 활짝 열린 통로를 통해 안쪽으로 들어가기 시작했다.

  농부의 왕국. 그곳에 '재료의 천국'이 존재한다.

  그곳은 '왕국'이라는 거대한 곳이었음에도 불구하고 아직 이방인들에게는 베일에 감춰져 있다. 아니, 농부의 왕국은 이방인들뿐만이 아니라, 현재 아스간 대륙과 카이온 대륙 사이에서도 비밀리에 감춰져 있다. 즉, 미개척지를 뜻한다.

  이 농부의 왕국은 다름 아닌 블랙 드래곤 보르몬의 레어 안 깊숙한 곳에 숨겨져 있었다.

  블랙 드래곤 보르몬의 '유희' 중 하나는 맛좋은 음식을 먹는 것이었다. 그리고 블랙 드래곤 보르몬은 과거에 이 엄청나게 맛 좋고 뛰어난 농작물이 있는 곳의 것들을 먹고 반하게 된다. 그에 이곳에 드래곤 레어를 만들고 희한한 힘을 가진 '농부'들을 보호하기 시작한다. 아무리 힘으로 모든 걸 할 수 있는 드래곤이라고는 하나 농부들을 강제적으로 부리며 그들을 위협한다면 진짜 좋은 농작물을 얻을 수 없음을 안 것이다.

  그의 보호 아래 이브리드 종족. 인간과 모든 외형이 같으나 그들과 전혀 다른 힘을 품은 농부들이 작은 마을을 일구고 살아간다.

  애초부터 그들의 뛰어난 농업 기술을 탐하는 자들은 많았다. 그에 계속된 습격과 전투에 많은 농부가 죽어왔다. 그러나 보르몬의 보호 아래 새로운 터전을 일구고 밭을 갈며 작은 마을이 영지가, 영지가 대영지가, 그리고 결국에 아주 작은 왕국을 건설하기에 이른다. 이 왕국의 이름 '로카드'였다.

그런 로카드 왕국. 그곳에서 지금 비명이 난무하고 있었다.

"크허어억!"

"베르드!!"

이브리드 종족은 인간과 외형이 완전히 똑같다. 하나, 태생적으로 그들이 타고난 힘과 다루는 힘이 완전히 다를 뿐.

한 이브리드족 농부의 가슴이 낡은 화살에 꿰뚫리고 그의 입에서 비명이 쏟아진다.

"막아라!! 무슨 일이 있어도 막아야 한다! 로카드 왕국을 수호하라!!"

"와아아아아아!"

이브리드 종족이 인간과 다르게 타고난 다른 점. 그것은 바로 자연을 자유자재로 부릴 수 있는 힘이다. 그들의 놀라운 힘이 매년 풍년을 맺게 하며 더 뛰어난 농작물이 탄생하게 한다.

그리고 그들을 공격하는 자들. 본래 블랙 드래곤 보르몬이 온 대륙을 쓸어버리기 위해 만들어내고 있던 언데드 군단이었다.

피피피피피피피피피핏-

수백여 발의 화살이 원을 그리고 구축된 성벽을 향해 쏟아진다.

그 순간, 농부 마법사들. 그들이 자연을 다스린다. 그들이 하늘 높이 팔을 뻗자 기다랗게 뻗어나간 나무줄기가 거대해지며 방패를 만들어냈다.

콰콰콰콰콰콰콰콰콱!

화살들이 나무 방패에 박힌다. 그리고 밑에선 농부 기사들이 곡괭이를 휘두른다.

콰자악- 콰아아아아악- 콰직!

그들이 곡괭이를 휘두르는 모습. 어떠한 황궁 기사들이 검을 휘두르는 모습 못지않다. 아니, 그 이상이다. 재료의 천국! 불로장생의 힘을 가졌다 알려지는 그곳의 재료들을 먹고 자라난 이브리드 종족은 타고난 힘 자체가 강했다.

그들의 숫자는 언데드 군단에 비해 고작 1/5수준이다. 한데도 며칠 동안 이 정도로 버텨내고 있음이 그 강함을 증명한다. 일반 인간 병사의 레벨이 350이라면 그들의 일반 병사의 레벨이 450에 이르는 수준!

심지어 농부의 왕국에 '민간인'이란 개념은 없다. 모두가 농부이며, 모두가 전사였다.

뿌우우우우우우우우우-

그렇지만 절망은 빠르게 다가온다.

거대한 뿔 나팔 소리와 함께 거대한 뼈로 이루어진 드레이크 수백 마리가 성벽을 향해 돌진한다. 그리고 그 거대한 성벽 위의 검은 갑옷을 착용한 뼈밖에 없는 데스 나이트가 서 있다.

그는 죽은 자일 뿐이다. 하지만 데스 나이트가 어떠한 존재이던가? 죽은 자들의 정점에 선 강력한 존재들이었다.

살아생전의 힘보다 약하다고는 하나, 문제는 보르몬이 세계 곳곳에서 한때 영웅이었거나 절망이라 불렸던 자들의 영혼을 데스 나이트에 깃들게 했다는 사실이다.

그렇다. 지금 드레이크의 위에 선 자, 한때 대륙을 창 한 자루로 호령했다고 알려진 자. 에븐이었다.

어린 시절 어떠한 창술사들이라고 할지라도 교과서에서 '에븐'이라는 창술사에 대해서 배운다.

창술의 시초. 노예였던 어린 소년이, 창술 하나로 황제의 친구가 되었다 전해질 정도다.

그뿐이랴? 마법사의 탑을 건립했다 알려진 초대 마탑장 벨리드. 세상 모두가 아름답다 하였던 여인이 데스 나이트가 되어 엄청난 마법 공격으로 절망을 선사한다.

거기서 끝이 아니었다.

절망의 소환술사라고 불렸던 아포드. 그가 지금 전설 속에 내려져 오던 소환수인 '히드라'를 소환했다.

성벽 위에서 모든 상황을 주시하는 부기사단장 베드는 생각했다.

'히드라는 켈베로스라는 지옥 마수 다음으로 강하다 알려진다.'

절망이 오고 있음을 깨달았다.

그 또한 강력한 사내. 그렇다고 하지만 저기에 있는 강력한 자들을 품은 데스 나이트 한 기라도 상대할 수 있을지 의문이다.

'하지만 성벽을 중심으로 싸운다면 앞으로 며칠을 더……'

그렇게 생각하고 있던 때였다.

"아이리스 여왕님의 명령입니다! 성문을 열고 적들을 멸하라 하십니다!!"

"뭐, 뭣이?"

그에 베드의 가슴이 철렁 내려앉았다.

그의 시선이 성벽 바깥 적들을 향한다. 창술을 쓰는 데스나이트가 드레이크의 위에서 검기의 비를 쏟아내며 성벽 위의 아군을 죽이고 있었다. 거대한 히드라가 강력한 맹독으로 아군을 녹이고 있다.

그뿐인가? 마법의 탑의 탑장이었던 여인이 플라이 마법으로 하늘로 솟구쳐 아군 마법사들을 정확히 조준하여 마법을 폭격. 잡아내고 있다. 또한, 놈들은 오늘 내로 끝장을 보겠다는 듯 총공격을 펼치고 있다.

이러한 상황에서 성문을 열라?

'제발, 아이리스 여왕님, 정신을 차리시옵소서!'

그가 간곡히 청한다.

한때 이 왕국의 지혜로운 통치자였던 아이리스 여왕을 이리 만든 존재 보르몬이다.

보르몬이 힘으로 자신들을 핍박하지 않았다고 하나, 안전장치 하나 두지 않았을 리 만무하다. 그는 이미 여왕 아이리스의 정신을 세뇌했다. 그 통제는 깊지 아니했으나, 그의 죽음과 함께 그 통제가 그녀를 미치게 만들었다.

"안 된다…… 내 목에 칼이 들어와도!!"

베드는 죽음을 불사르기로 했다. 한때 아이리스 여왕과 그의 기사이자 용병왕 브로드가 지켰던 이 왕국을 지키고 싶었다.

하나, 그는 몰랐다. 이미 왕국의 상당한 귀족들이 언데드 군단을 이끄는 자들의 꼬드김에 넘어갔다는 사실을.

그들은 평생 호화로운 삶을 살게 할 것이며 우물 안 개구리가 아닌, 세상 밖의 정점이 되게 해주겠다는 약속을 받았다.

사실 농부 중 상당수가 한곳에 갇혀 살던 것에 실증을 느끼고 있었다. 귀족들은 특히 더 심했으며 그들은 이런 죽음과 가까운 상황에서 언제든 돌아설 수 있었다.

"성문을 열어라!!"

"로리드 후작이다! 명령한다. 지금 바로 여왕님의 명령을 받들어 성문을 열어라!!"

"뭐, 뭣?"

"아, 안 돼!"

백성이자 병사들이 절망한다.

하나, 그들이 망설이자 로리드 후작이란 자가 그들의 목을 손수 쳤다.

푸확! 푹푹푹푹푹!

그의 노련한 검이 아군을 꿰뚫는다.

두려움에 떤 이들이 성문을 열었다. 베드가 달려갔지만 이미 늦었다.

'아아아아, 이 왕국은 미쳤어!!'

'우린 모두 죽을 거야……!'

'살고 싶어, 살고 싶어!'

적들은 원한다. 오랜 시간 동안 지켜왔던 재료의 천국. 그리고 자신들이 만들어내는 놀랍고도 비상식적인 '토지'.

여왕께서 말씀하셨었다.

'재료의 천국은 식신의 것이다. 우리가 그분의 축복으로 이리 배부르고 평화로운 삶을 살고 있단다. 모두 그분께 감사함을 잊지 말자.'

하지만 지금 타락한 귀족들이 과거의 그분의 '재료의 천국'을 스스로 넘겨주려 한다.

"안 돼에에에에에에!"

"막아아아아아아아아!"

"아이리스 여왕님을 위하여어어!!"

"위하여어어어!"

병사들이 마지막 힘을 짜내어 앞으로 나아간다.

죽음이 코앞이다. 모두 그녀를 원망하나, 그녀를 누구보다 사랑한다.

베드 또한 마찬가지였다. 타락한 귀족, 미쳐 버린 여왕, 그리고 그를 지키는 유일한 기사 용병왕 브로드. 모두를 사랑한다.

곧 물밀 듯 병사들이 쓸려 나가기 시작한다. 언데드 군단이 왕국 안으로 들어온다.

힘을 내어 싸우는 베드가 주변을 둘러본다. 병력이 입에서 피를 분수처럼 뿜으며 쓰러져 나간다. 뼈밖에 남지 않은 언데드들이 병사들을 베며 그들의 시체를 밟고 성문을 넘어선다.

베드가 언데드들을 베어낸다.

"모두 지켜내라, 성문을!! 적을 멸하라!"

지금 이리 외치는 귀족들. 그들의 입가에 새로운 세상에 대한 탐욕의 웃음이 자리매김하고 있다.

'어리석은 자들. 저들이 약속한 것을 줄 것 같나?'

베드가 쓴웃음을 지었다. 그런 그의 시야로 부모 잃은 어린 여자아이가 우는 것이 보였다.

베드는 어린아이의 주변 적들을 모두 베어냈다. 하지만 한계에 부딪혀 결국 한쪽 무릎을 꿇게 되었다.

그가 어린 여자아이를 꽉 껴안았다.

"두려워하지 마라."

베드가 마지막 힘을 내어 아이를 향해 웃어 보였다.

수백 마리의 언데드들이 그 등을 향해 무기를 내려친다.

바로 그때.

"턴 언데드."

파아아아아아아아앗-

그것은 황금빛이었다. 거대한 황금빛이 왕국 내에 들어와 학살을 펼치는 수천의 언데드들을 집어삼키며 뻗어나갔다.

그리고 성벽 위.

"필살검(必殺劍)."

검기의 비가 언데드라는 땅을 적시려 하고 있었다.

스켈레톤 나이트들이 막아서고 있던 통로로 들어오게 된 먹자교 길드. 그들은 깊숙이 들어가다가 거대하게 펼쳐져 있는 수백 개의 거대한 저택들을 볼 수 있었다. 그 저택들은 하나같이 노후되어 있었다.

그들에게 알림이 들려온다.

[죽은 자의 왕국에 입장하셨습니다.]
[죽은 자의 왕국은 다양한 언데드들이 존재하며 1저택, 2저택, 3저택 순으로 총 57개의 저택을 점령해야만 합니다.]
[죽은 자의 저택을 공략하면 그 저택의 주인이 사용했던 보물을 획득할 수 있을 것입니다.]

"아……!"

그들은 알 수 있었다. 새로운 형태의 사냥터이다. 저 하나의 거대한 저택은 말 그대로 던전이 되는 셈이었다.

언데드들.

방금 전까지만 해도 먹자교 길드는 스켈레톤 나이트들을 상대했다. 스켈레톤 나이트들은 제국의 기사라고 해도 될 정도로 강력하였으며 심지어 검술과 활술, 마법까지 구사하고는 했다.

그리고 그들은 알 수 있었다. 이 보르몬의 거대한 레어 안에 숨겨져 있는 여러 가지의 혜택 중 하나라는 사실을 말이다. 그들은 이제 죽은 자의 왕국에서 사냥을 하면서 남들과 다르게 빠르게 성장할 것이다.

또한, 추가적인 최초 알림이 들리지 않았다는 건, 보르몬의 레어의 4배 경험치와 드랍률 4배가 적용된다는 의미이다.

"1저택부터 공략해 볼까?"

지니의 물음이었다. 차근차근 공략해 보는 게 좋을 것이라는 사실을 모르는 이는 없다.

그런데, 그때 민혁이 멈췄다.

"잠깐만."

그 이유.

[농부의 왕국으로 들어가는 열쇠가 공명합니다.]
[농부의 왕국으로는 인정받은 자와 그가 선택한 자. 그리고 NPC들만이 입장 가능합니다.]

민혁의 바로 앞으로 녹이 슬 대로 슬었던 열쇠가 스스로 나타났다. 하늘 위로 두둥실 떠오른 그 열쇠는 천천히 민혁을 안내하고 있었다.

먹자교 길드도 함께 가려고 했지만, 민혁 말했다.

"……유저는 단 두 명만 입장할 수 있고 그 외엔 NPC들만 입장할 수 있다는데?"

"응?"

"뭐어?"

새로운 왕국의 개척, 그리고 새로운 요리 재료가 보여줄 힘에 기대했던 먹자교 길드원들은 다소 김이 빠졌다.

그렇지만 지니는 주변의 저택들을 둘러봤다.

'이 저택을 파헤치는 재미도 굉장히 쏠쏠할 것 같아.'

물론 아쉽긴 했으나 어쩔 수 없다.

또한, 지니는 직감했다.

"이건 시험이야."

"시험이라고?"

"응, 보르몬을 사냥했던 자가 그가 남긴 재료를 먹고 열쇠를 얻었겠지. 그리고 그가 왕국에서 그것을 얻을 자격이 있는지 확인하는 시험."

얼추 예상해 본다면?

"왕의 자격시험 같은 걸까?"

그것이 지니의 결론이었다.

민혁과 먹자교 길드원들이 고개를 끄덕였다.

"우리도 함께 가지 못한다는 게 아쉽긴 하지만 믿을게. 그리고 우린 이 저택들을 클리어하고 있을게, 저택의 주인이 주는 보물이 참으로 구미가 당기거든."

지니가 자신의 턱을 쓸었다.

이곳 언데드들은 상당히 고레벨에 속하는 놈들이었다. 그러한 놈 중에서 더 강할 저택의 주인들이 주게 될 보물은 분명히 구미가 당기기 충분한 것들이었다. 그리고 아직까지 보르몬의 레어에서 뚜렷한 '아티팩트'를 얻지 못했다.

드래곤 레어하면 가장 먼저 떠오르는 건 뭐니 뭐니 해도 뛰어난 아티팩트와 보물들이다. 지니는 이곳에 힌트가 있다고 직감했다.

그리고 민혁과 함께 갈 나머지 한 사람은 알리로 결정되었다. 이유는 그가 가진 마법의 신 패시브에 따라 언데드에 대한 1.5배 공격력, 그리고 방금 전 턴 언데드로 보여준 힘에 따라 그가 민혁과 함께 가는 것이 가장 효율이 클 것이라 생각했기 때문이었다.

민혁과 알리는 열쇠를 따라 움직였으며 먹자교 길드의 다른 인원들은 곧 1저택으로 입장했다.

그리고 열쇠를 따라 움직이던 그들은 어느덧 거대한 문 앞에 도달했다.

그 앞에 서자 열쇠가 스스로 열쇠 구멍 틈으로 들어가더니, 끼디딕거리는 소리와 함께 돌아갔다.

철컥.

구구구구구구-

거대한 문이 열리며 두 사람이 안에 발을 딛는 순간이었다. 피 흘리는 농부 차림새의 사내가 곡괭이를 꽉 쥔 채 바닥에 쓰러져 피를 토하고 있었다.

"……?"

민혁과 알리는 들어서자마자 마주한 당혹한 순간에 말문을 잃었다.

"다, 당신들…… 여, 여길 어떻게…… 쿨럭!"

농부 이베로는 이곳에 들어올 수 있는 자는 없다 알고 있다. 하나, 들려온 이야기에 따르면 보르몬을 죽이는 데 성공한 자라면 가능하다 알고 있다.

그의 눈이 그 사실을 깨닫고 확장된다.

그가 말한다.

"보, 보르몬을 사냥한 자들이시여…… 우, 우리 왕국을…… 지켜주십시오!"

그 순간 알림이 들려온다.

[왕국 건립 퀘스트: 로카드 왕국 구하기]

등급: SSS

제한: 보르몬을 사냥하고 그 자격을 인정받은 자

보상: ???

설명: 농부의 왕국인 로카드 왕국이 멸망 직전에 이르렀다. 이는 그들을 보호하던 블랙 드래곤 보르몬의 죽음 때문이다. 절망에 빠진 로카드 왕국을 구원하라!

"……!"

민혁이 깜짝 놀랐다.

왕국 건립 퀘스트에 대해서 민혁도 들어본 바 있었다.

현재 먹자고 길드는 왕국이 되기 위한 행보에 나서고 있다. 하지만 여러 가지 문제점에 봉착하고 있다.

첫 번째는 자금력. 왕국을 건설하는 금액이 결코 적을 리는 없으니까.

두 번째는 백성과 병력의 숫자. 아테네가 요하는 왕국 건설을 위한 그 숫자는 상당한 편이었다.

세 번째는 영토다. 영토의 크기가 어느 정도 받쳐줘야지만 왕국 건설을 할 수 있다.

마지막. 이 왕국 건립 퀘스트다.

왕국 건립 퀘스트는 세계적으로도 발발된 이례가 현저히 적다고 알려진다.

그리고 이는 '왕국을 건설할 자격'을 부족하나마 갖춘 이들만이 진행할 수 있다. 하지만 아무도 성공한 이는 없다. 너무도 어렵고 까다로운 조건들이 즐비했기 때문이었다.

하나, 확실한 건 왕국 건립을 위해서는 무조건 '왕국 건립 퀘스트 1회'를 깨야만 한다는 사실이었다.

첫 번째에서 세 번째까지의 조건을 모두 충족하였다고 한들, 이 마지막 퀘스트를 깨지 못하면 왕국 건립이 불가능하다는 점이다.

'그래서 NPC들만 입장 가능한 건가?'

왕국 건립 퀘스트는 그 자격을 일부 갖춘 유저를 인식하고 발발한다. 얼마나 뛰어난 자들을 보유하고 활용하는지 보는 것이라는 생각이 들었다.

알리에게 이 사실을 말해주자 그 또한 깜짝 놀랐다.

"우리가 이 왕국을 지켜내겠습니다."

쓰러진 이베로에게 포션 한 병을 먹인 민혁과 알리는 지체하지 않았다. 그들이 문을 통해 입장한 곳은 로카드 왕국이었다.

그들은 머지않아 열린 성문으로 들어오는 언데드들을 보았다. 왕국 내는 아비규환 자체였다. 비명을 지르는 이들이 속출했고 어린아이, 아녀자, 노인 등을 가리지 않고 언데드들이 학살한다.

알리와 민혁의 시선이 동시에 마주쳤다.

어깨에 부기사단장의 견장을 찬 사내가 언데드들을 베어내다가 한 어린 여자아이를 끌어안았다.

알리는 왕국의 안에 들어온 언데드의 숫자 약 1천에 달하는 걸 알았다.

그는 400레벨을 달성하면서 얻은 힘을 개방했다.

[신의 마법사]
[20분 동안 마법의 신의 힘을 개방합니다.]
[HP 1.3배, MP 2배가 일시적 상승합니다.]
[마법 공격력이 40% 증가합니다.]
[마법 관통력이 40% 증가합니다.]
[마법 성공률이 50% 증가합니다.]

그 순간, 알리의 온몸이 황금색으로 물들었다. 그러한 그가 절망의 지팡이를 휘두른다.

"턴 언데드."

그의 지팡이 끝에서 뻗어나간 찬란한 황금빛이 언데드 군단을 집어삼킨다.

쩌저저저적-

그들의 몸에 작은 균열이 일어난다.

그리고 마침내 우르르르르르 무너져 내렸다.

모두가 의아해하며 주변을 둘러볼 때, 민혁은 어느덧 성벽 위로 올라가 있었다.

"저자는 누구지?"

"검? 우리 왕국의 사람이 아니다!"

민혁은 몇 분 남짓의 시간 동안 상황 전체를 읽어냈다.

'왕국의 귀족들은 이미 왕국을 내려놨다. 그들은 적에게 현혹되어 모든 것을 버리고 오히려 사지로 아군을 내몬다.'

그에 필살검을 준비하면서도 머리가 빠르게 움직인다.

'먼저 그 귀족들을 잡아내야 한다. 하지만 그들을 죽인 자가, 나와 알리임이 밝혀지면 안 된다.'

전쟁 중, 그것도 이방인들이 귀족들을 죽이면 말 그대로 적이 될 뿐. 성벽 위에서 필살검을 준비하는 민혁의 시선이 왕국 전체를 훑는다.

바로 그때, 거대한 우리가 보였다. 그 우리는 자그마치 1만 마리는 되어 보일 법한 돼지들이 있었다. 다 큰 돼지부터, 작은 아기 돼지까지.

그의 입가에 미소가 맺힌다.

"필살검(必殺劍)."

그의 검이 가장 선두에 보이는 한 데스 나이트를 향해 뻗어나간다. 당연했다. 강한 힘을 품은 전력을 첫 공격으로 타격해야 한다.

그 존재는 바로 한때 검공이라 불렸던 아마티 공작이었다. 하나, 지금은 데스 나이트일 뿐.

콰자아아아아아아아악-

검공 아마티가 검은 검을 휘둘러 첫 번째 검기를 막아내려 했으나 무용지물이다.

쩌저저저적-

그의 몸에 금이 간다. 이윽고 수백 개가 넘는 기다란 검기들이 언데드들 한복판에 폭탄처럼 떨어진다.

콰콰콰콰콰콰콰콰콰콰쾅!

챙그랑-

검공 아마티 공작. 데스 나이트인 그의 검은 갑옷이 깨져 나가며 그가 땅으로 떨어진다. 그와 함께 성벽 앞을 꽉 막고 있던 언데드 수천 마리가 일제히 사라진다.

엄청난 위력.

"다, 당신은……?"

"당신들을 구하기 위해 왔습니다!"

민혁이 황급히 말했다. 그리고 잠시 그들의 눈을 피해 한적한 곳으로 사라졌다가 나타났다.

그가 사라졌던 곳. 그곳에서 그는 콩이를 소환하고 무언가 지시를 내렸다.

로리드 후작의 눈살이 찌푸려졌다.

갑자기 나타난 정체 모를 황금 마법사와 성벽 위의 존재가 밀고 들어오는 적들을 몰아냈다.

"끄으응…… 이게 무슨 변수란 말인가?"

하얀 백마 위에 오른 로리드 후작은 미간을 구겼다.

그리고 그 정체불명의 사내가 병력과 함께 다시 성문을 닫으려 한다.

"뭐 하는 것이냐! 성문을 닫지 마라! 적들을 멸하라!!"

멸하라 외치지만 그 속내는 '모두 죽어라'였다.

"하, 하지만 지금 성문을 닫지 않으면……."

푹-

한 병사의 외침에 그는 망설임 없이 검으로 꿰뚫었다.

'미, 미쳤어…….'

'귀족들은 우리를 팔아먹고 있어.'

'이 왕국은 지켜낸다 한들 끝이야.'

'보르몬이 죽자마자 이렇게 변하다니…….'

보르몬이 살아 있을 때까진 그들은 어떻게든 분쟁을 만들지 않으려 노력했다. 그의 눈에 나면 죽으니까. 하지만 그가 죽자마자 이렇게 돌변한다. 탐욕스럽게.

'벌레 같은 것들, 빨리 다 뒈져 버리란 말이다!!'

그들이 모두 죽어야 이 왕국이 적들 손에 넘어간다. 그리고 자신은 그들로부터 이 왕국의 왕이 될 것을 약속받았다.

지긋지긋하다. 화려하고 멋진 일반적인 왕국과 다르게 누추하기 짝이 없는 이 농부의 왕국! 귀족이라 하여도 똑같이 농사를 짓는다. 그런 삶은 더 이상 살고 싶지 않다.

그는 자신의 호의호식을 위해 귀족이나, 백성들을 사지로 내몬 것이다.

"성문을 열어라!!"

"성문을 열어!!"

"저자는 누구인가? 저자를 끌어내라!!"

"저자들을 죽여라! 분명 적군이 심어놓은 첩자일 터! 그들은 여왕님을 노리는 것이다!"

곳곳에서 함께 뜻을 품은 귀족들이 우렁차게 소리친다.

이미 전쟁이 시작되고, 뜻을 함께하지 아니한 귀족들은 모두 베어냈다. 그들이 이 전장의 중심이고, 지배자이다.

그에 병사들이 결국 다시 열기 시작한다.

그런데 바로 그때.

콰지이이이이익- 두두두두두두두두두두-

정체 모를 소리와 함께 땅의 울림이 느껴진다.

로리드 후작의 고개가 돌아갔다.

"······!"

그의 눈이 휘둥그레 커졌다.

언데드가 돼지우리를 부순 듯하다.

농부의 왕국인 만큼 이 왕국 자체는 일반 왕국과 궤를 달리했다. 정말 커다란 돼지우리를 중심으로 왕국이 형성되어 있다. 그런데 그 돼지우리가 열리면서 1만 마리에 가까운 아기 돼지와 다 큰 돼지들이 달린다.

그런데.

"뭐, 뭣이? 어째서 돼지들이 이쪽으로 오는 것이냐?"

돼지라는 가축도 결국에 동물이다. 또한, 그들은 개보다 지능이 더 높다 알려진다. 이 위험한 상황에 도망치지 않고 이곳으로 향한다.

그리고 그는 몰랐지만 그들의 중심에 그들과 전혀 다른 아기 돼지 한 마리가 평소 이족 보행임에도 네 발로 가장 선두에서 달리고 있다.

"꾸우우우우울!"

"꿀꿀꿀!"

"꾸이이이이이익!"

"꿀꿀꿀꿀꿀!"

그리고 모든 돼지가 그 정체 모를 아기 돼지의 명령에 따른다.

"꾸우우우울!!(너희 똑바로 안 달릴래? 엉? 우리 주인한테 말해서 삼겹살, 족발, 바비큐 해 먹으라고 해버릴 거다, 꿀!!)"

돼지의 왕 콩이 나가신다, 길을 비켜라!

6장
식신 기사단의 위엄

1만 마리의 돼지들이 콩이를 선두로 달려 나간다.

그 틈에 있는 콩이도 일부러 갑옷과 황금 왕관, 모든 것을 숨기고 달린다. 영락없는 1만 마리의 돼지 중 한 마리.

"아아아아……! 돼지들이 우리 왕국을 지키기 위해(?) 함께 싸우려 한다!"

"돼, 돼지들아아아아!! 고맙다. 크흐흐흑!"

그에 로카드 왕국의 농부들은 감동했다. 실제로 '콩이한테 혼날까 봐'라는 사실을 알지 못한 채 말이다.

그리고 로리드 후작 또한, 그들의 목소리에 동요되었다.

가슴이 크게 흔들린다.

'이 왕국…… 돼지들조차 지키려 하는가?'

그러나 곧 그의 표정이 싸늘해졌다.

그랬기에 싫었다. 냄새나는 돼지들을 수도에서 키우며 매일 같이 밭에 나가야 하는 숙명. 어차피 돼지들은 별 힘이 안 될 터!

어느덧 돼지들 1만 마리가 왕국 병사들과 성문에서 비집고 나온 언데드들과 함께 충돌한다.

"꾸이이이이이이이이익!"

"꾸이이이익!"

"꾸에에에에엑!"

돼지들의 소리가 전장의 소리를 집어삼킨다.

그러던 그때.

"꾸-우-우-울……."

로리드 후작은 돼지들이 큰 힘이 되지 못할 거라는 판단에 전방을 주시하고 있었다.

그런데, 바로 밑. 그 밑에서 어떠한 정체 모를 아기 돼지가 초롱초롱한 눈망울로 눈물을 글썽이고 있었다.

쪼르르르 백마를 타고 올라온다.

로리드 후작 앞에 강아지처럼 앉아 다시 한번 그 똘망한 눈 망울로 시무룩한 표정을 짓는다.

"뭐, 뭐냐, 네놈."

신비한 돼지로다. 백마를 타고 올라온 것도 모자라, 자신의 앞에 마치 사람처럼 앉아 있다.

한데.

'귀, 귀엽다……!'

저 통통한 뱃살을 눌러보고 싶을 정도.

심지어 그 아기 돼지가 시무룩한 이유!

"꾸울, 꾸울……."

로리드 후작 또한 몸 곳곳이 다쳐 있었다. 아기 돼지가 그곳을 보며 가슴 아파한다.

가슴이 철렁한다.

"돼, 돼지야. 나를 걱정하는 것이더냐?"

"꾸우울……!"

아기 돼지가 맹렬히 고개를 끄덕인다. 그에 로리드 후작은 결심했다.

'그래, 모두가 나를 욕할 것이다. 하나, 이 돼지만큼은 나를 항상 아끼고 존중하겠구나.'

로리드 후작은 다짐했다. 이 돼지는 기필코 살려서 이곳을 나갈 것이다. 그리고 이 돼지와 함께 부귀영화를 누리리!

"이리 오너라."

그가 돼지에게 손을 뻗어 그를 부드럽게 쓰다듬으려 했다.

그런데, 그 순간.

"꾸우우우울!(훼이크다, 꿀!)"

푹—

콩이가 재빠르게 로리드 후작의 품에서 뺏은 단도로 '폭주하는 검'을 사용했다.

그의 몸이 강력한 타격을 받으며 말 위에서 떨어져 내렸다. 천천히 감기기 시작하는 로리드 후작의 눈!

콩이는 말의 비명과 함께 바닥으로 떨어졌다. 녀석이 엉덩이로 떨어진 곳은 다름 아닌, 로리드 후작의 얼굴이었다.

뿌지지지직-

콩이가 흔히 말하는 똥 방귀를 뀌었다.

"크허어어어억!"

로리드 후작은 지독한 냄새에 순간, 온몸의 고통보다도 후각적 고통을 더 크게 느꼈다. 이는 살면서 맡아본 적이 없는 어마어마한 냄새였기 때문이었다.

엉덩이를 씰룩이며 일어선 아기 돼지 콩이!

씨익-

그가 사악한 미소로 로리드 후작을 돌아보았다. 그러고는 다시 네 발로 다른 귀족들을 사냥하기 위해 움직인다.

죽음에 이른 로리드 후작!

'내, 내가 돼지한테 죽다니……!'

치욕적인 일이었다.

역사에 이렇게 기록될지도 모른다.

로카드 왕국의 로리드 후작. 돼지에게 잠들다.

성문 앞에서 민혁은 병사들과 함께 밀고 들어오는 언데드들을 막아내고 있었다.

"누군지 모르지만, 진심으로 고맙소!"

"당신은 도대체 누구요?"

"이 아름다운 왕국이 무너지지 않았으면 하는 사람입니다."

감격한 로카드 왕국의 사람들이 그를 돌아본다.

이는 사실이었다.

로카드 왕국. 민혁 기준으로 참으로 아름답고 위대한 곳이다. 왕국 내에서 아주 훌륭하게도 맛좋은 돼지들을 키우고 있다. 심지어 그들은 모두 농부이기에 그들의 농작물 하나하나는 모두 뛰어날 터였다. 즉, 이 왕국 자체가 농작물의 천국과 같다는 의미였다.

"꾸이이이이이이익!"

"꿀꿀꿀꿀!"

"돼지들아!!"

"크흐흐흐흑, 고맙다. 돼지들아!"

1만 마리의 돼지! 그들이 틈에 뛰어들자 언데드들이 간혹 그 충격에 비틀거리거나 넘어지곤 했다.

피를 흩뿌리며 죽어가는 돼지들! 그 돼지들을 보며 로카드 왕국의 병력은 감동한다. 필시 이 전쟁이 끝난다면 돼지의 동상이 세워지리라.

그리고 민혁은 자신이 계획했던 일이 차근차근 진행되고 있음을 알았다.

1만 마리가 넘는 돼지의 틈. 그와 하등 다를 바 없는 아기돼지 콩이. 그 틈에서 콩이는 '미인계(?)'를 사용하여 성문을 열라 명하는 귀족들을 일망타진하고 있을 것이다.

콩이는 절대신수가 되면서 이제 절대 약하지 않게 되었다.

그는 어지간한 하이랭커 한 명 몫을 충분히 해낸다. 심지어 기습적으로 다가오는 콩이를 이길 자들은 많지 않을 터였다.

어느덧, 콩이가 잔당의 귀족들을 모두 사냥한 듯, 더 이상 성문을 열라는 미친 소리가 들리지 않았다.

또한.

"로, 로리드 후작님!"

"카이노스 백작님!"

"아르나이 백작님!!"

"언데드들에게 당하신 건가? 놈들이 우리가 안 보는 틈을 타 귀족들을 집중 타격했다!"

곳곳에서 들려오는 소리!

또한, 로카드 왕국의 병력은 한 번 더 슬픔에 잠겼다.

"이, 이토록 원통한 표정으로 잠드시다니……!"

"눈물? 죽기 전까지 왕국의 몰락에 눈물 흘리신 건가!! 크흐흐흐흑!"

"뭐, 뭐지…… 돌아가신 귀족분들의 시신에서 악취가 난다!"

그들은 몰랐다. 자신들이 한낱 아기 돼지에게 죽어, 그들이 비통해했다는 사실을.

"성문을 닫아라!!"

드디어 웅장했던 성문이 닫히기 시작했다.

쿠우우우우웅-

성문이 닫히고 병사들이 언데드 잔당을 처리하기 위해 힘썼다. 그리고 민혁은 슬그머니 콩이를 다시 소환의 방으로 돌려보냈다.

그때 부기사단장 베드가 황급히 민혁과 알리에게 다가왔다.

"도움을 주신 건 감사합니다. 그런데 당신들은……."

베드는 경계하는 기색이 역력했다.

당연한 사실이었다. 애초에 로카드 왕국의 이들은 종족 자체가 다르다. 그들은 인간과 교류한 적이 손에 꼽을 정도로 적은 편이었다.

민혁과 알리는 무어라 설명해야 할지 난감해졌다. 퀘스트와 재료의 천국을 위해 당신들을 돕고 있다고 말하기는 꺼림칙했기 때문이다.

그리고 민혁은 베드가 상당한 실력자라는 사실을 알아봤다.

'밴 어르신과 견주어도 손색이 없을 것 같다.'

그 정도였다. 그런데 곧 민혁과 알리가 들어오는 입구 앞에서 포션을 먹였던 이베로라는 자가 어느 정도 회복한 모습으로 서둘러 베드에게 속삭였다.

"뭐, 뭣이? 보르몬을 사냥한 영웅들이라고?"

그 말이 가지는 파장은 컸다. 왕국 전체에 남아 있는 병력이 웅성거리기 시작했다.

그럴 수밖에. 보르몬이 어떠한 존재인지는 그들도 항상 보아왔기 때문에 잘 알고 있다.

그리고 베드도 그 말이 사실임을 믿어 의심치 않았다. 애초에 인간이 이곳을 들어오기 위해 조건을 충족해야 한다면 그것밖에는 없을 테니까.

"허어, 두 분께서는 혹시 보르몬을 사냥하고 우리가 그에게 핍박받으며 살고 있다는 사실에 구하러 오신 겁니까?"

"그……."

사실은 아니었다. 민혁은 보르몬의 레어에서 값진 보상과 심지어 맛있는 재료를 찾아왔으니까!

하지만, 베드는.

"크흐흐흐흑, 감사합니다. 종족이 다름에도 우리를 위해 이렇게 나서주시다니."

"그게……."

베드가 덥석 민혁의 손을 붙잡았다.

"당신들을 우리는 영원히 기억할 것입니다!!"

"맞습니다!!"

"함께 싸워주셔서 감사합니다!!"

"와아아아아아아아!"

알리와 민혁의 시선이 허공에서 마주쳤다. 이왕 이렇게 된 거.

"잔학무도한 블랙 드래곤 보르몬! 그가 핍박한 종족. 당신들을 구하기 위해 한걸음에 달려왔습니다!!"

그에 알리는.

"아아아아아아, 당신들을 보니 가슴이 벅차오릅니다. 미안합니다. 우리가 너무 늦었어요!!"

눈물까지 글썽이는 알리의 연기!

"울지 말게, 이 친구야. 이렇게 늦지 않게 당도했으니 된 거 아닌가!"

"하, 하지만…… 크흐흐흑!"

알리가 결국에는 눈물 한 방울을 또르르 흘리고 민혁이 그를 살며시 껴안아 토닥여 준다. 알리의 연기력은 최고였던 것이다!

두 사람의 환상적인 케미! 그에 몇몇 병력은 자신들도 눈물을 훔쳐내고 있었다.

그러나 이도 잠시. 바깥에선 여전히 언데드들이 활개를 치고 있었다.

"이 상황에 대해서 정확히 설명해 주시겠습니까?"

"예."

베드는 설명을 시작했다.

"저 언데드들을 이끄는 자들은 '죽음의 인도자'들입니다. 이방인들이지요."

그 말을 들은 알리와 민혁은 적지 않게 놀랐고 빠르게 결론에 도달했다.

'보르몬의 사망과 함께 그들은 퀘스트를 받은 게 분명하다.'

'그런데 저 정도 규모의 언데드들을 부리는 이들에 대한 정보가 없다.'

'비공식 랭커들?'

민혁과 알리는 이에 대해서 확신했다. 그들은 비공식 랭커들로 구축된 집단일 것이었다.

"상대해 보셔서 아시겠지만, 그들이 부리는 언데드들은 살아생전과 비슷한 힘을 냅니다. 검술, 궁술, 마법까지도요."

그래서 문제였다. 본래 언데드라는 존재들은 이성을 잃고 폭주하는 존재들이었다. 오히려 그러한 존재들을 상대하는 게 편하다. 그 이유는 '머리'를 쓰면 되기 때문.

하지만 적들도 머리를 쓸 줄 안다는 게 문제다.

"그리고 결정적 문제는 바로 그들이 데스 나이트로 부리고 있는 자들이 한때 과거를 호령했던 자들이라는 사실입니다. 초대 마법사의 탑장, 창술의 시초라 불리는 자, 그리고 히드라라는 괴수를 부리는 소환술사까지."

상황을 전해 들은 민혁은 고개를 주억였다.

때론 강력한 기사 1명이 병사 100명보다 나은 법이다. 그리고 저곳의 데스 나이트들은 실제로 1만의 병사 몫을 해내고 있다. 그들의 검을 이곳의 이들이 견뎌낼 리 만무하다.

"일단은 우리 측의 병력도 부르도록 하겠습니다. 하지만 오는 데 얼마나 걸릴 진 알 수 없겠군요."

"병력이요?"

"예, 저 또한 영지를 다스리고 있는 영주이며 작위를 가지고 있습니다."

"귀, 귀족이셨군요!"

베드가 다소 놀란 표정을 지었다.

그러고는 말했다.

"병력이 당도하는 데는 걱정하지 않으셔도 됩니다."

"예?"

"우리 왕국에서 키우는 특산물 중 하나로 먹는 즉시 자신과 종속된 자들을 불러들이는 힘을 품은 '종속의 아몬드'가 있으니까요."

민혁과 알리가 동시에 경악했다.

농작물이 그러한 힘을 품는다? 일시적으로 '텔레포트'를 할 수 있게 도와주는 농작물이라는 거였다.

'이 왕국은 꼭 지켜내야겠어, 그리고 우리 먹자교 길드와 외교를 해야만 한다.'

로카드 왕국과 외교를 한다면 얻게 되는 이익은 측정 불가일 정도다. 심지어 이러한 특수한 힘을 가진 왕국이라면 더욱 더 외교를 해야만 한다.

그리고 민혁은.

"아몬드는 맛있죠."

"아, 예……."

베드는 고개를 갸웃했다가 곧 병사들에게 명령했다.

곧이어 병력이 서둘러 아몬드를 가져왔다. 아몬드는 일반적인 색이 아닌 황금색을 띠고 있었다.

"이 종속의 아몬드 자체는 많이 자라는 편은 아닙니다."

하지만 그 아몬드의 숫자 자그마치 200개가 넘어섰다.

확인해 보자 확실히 아군을 부를 수 있는 힘을 품은 아몬드였다.

오독-

입안에 넣고 씹자 고소한 맛이 풍긴다. 다소 딱딱한 식감의 아몬드였지만 씹을수록 입안에서 고소한 맛을 낸다.

오독오독-

"처, 천천히 드시죠."

오도독 오도독-

민혁의 턱뼈가 빠르게 움직인다.

맛있는 아몬드! 그는 지금 병력을 부르는 것보다 맛좋은 종속의 아몬드 맛에 빠져 있었다.

그리고 베드와 로카드 왕국의 백성들은 기대하고 있었다. 보르몬을 사냥한 영웅! 그가 소환할 자들은 어떠한 자들일까? 설마 현재 대륙 전체를 아우르는 최고의 존재들일까?

'그럴 수밖에 없을 것이다!'

그렇기에 보르몬을 사냥할 수 있었을 터일 거다.

그들이 묘한 흥분감을 내보일 때, 거대한 빛에 휩싸이며 한 존재가 나타났다. 바로 라면 소년 코니르였다.

"후루루룹, 쨉쨉 후루루룹 쨉쨉 맛 좋은 라면!"

앉은 자리에서 양은냄비 뚜껑에 라면을 먹고 있던 코니르! 그가 갑자기 이상한 곳에 와 있자 의아해하며 말한다.

"농부들! 라면 먹고 가라!"

그들이 고개를 갸웃했다.

베드가 작은 미소를 머금었다.

'참으로 인자한 분이시다. 전장에서 부모를 잃은 고아를 거두신 게 분명해.'

그렇게 생각하며 다른 이들을 기대할 때, 한 노인이 나타났다. 검은 머리카락의 테리우스 노인 밴! 그는 방금 전까지 루와 커피 추출을 위해 고양이의 항문을 확인하던 중이었다. 그리고 고양이도 뜻하지 않게 함께 워프되었다.

"킁킁, 커피 향이 항문에서 진동하는구나. 낄낄~"

"……?"

베드는 침착하기 위해 노력했다.

또 다른 자가 나타났다.

"모두 머리카락 자랄 수 있습니다! 믿습니까? 저를 믿으신다면 여러분의 머리카락 한 올 한 올! 자라나게 해드립니다!! 그러기에 단돈 500만 골드에 모십니다!! 아, 싸다, 싸!!"

그리고 웬 이상한 기사가 하늘 높이 양팔을 들어 올리고 외쳐댔다.

"……?"

이어서. 피부가 검은 마족이 나타났다.

'아, 아니…… 부리는 수하 중에 마족이 있다고?'

'세상에! 역시 우리 기대를 저버리지 않는구나!!'

그런데 그 마족은 요새 새로운 작품 집필을 위해 노력 중이었다. 제목 '왕자님의 마법 도구'였다.

그의 손에 채찍이 들려왔다.

찰싹찰싹-

"이런 소리가 나는구나, 이걸 이렇게 자세하게 적으면……!"

채찍을 휘두르던 그가 땅에 주저앉아 글을 적기 시작했다.

"으아아아, 영감이 떠오른다. 영감이! 왕자님의 마법 도구에 반해 버린 시녀 에르덴은, 끝내 그의 마법 도구를 훔치는 지경에 이르고!!"

"……?"

그리고 마지막.

"헥헥헥헥헥헥."

"크르르, 크르르."

"헥헥헥-"

머리가 세 개 달린 웬 거대한 개가 나타났다.

그 개는 방금 전까지 로크의 쓰다듬음에 배를 까고 '황홀한 표정' 그대로 누워 있던 그대로 나타났다. 그러면서 꼬리를 열심히 흔들고 있었다.

모두의 침묵 속 베드가 중얼거렸다.

"망했다……."

로카드 왕국의 백성들.

그들의 표정은 처음 라면 소년 코니르가 나타났을 때는 '아, 그럴 수도 있지, 하지만 다음 사람은 대단할 것이다!'라는 표정이었다. 그런데 웬 노인이 나타나 고양이의 항문을 확인했다.

기대감이 작게 식었지만, 그다음을 기대했다.

웬 정체 모를 성기사가 하늘 높이 양팔을 들어 올려 사이비 교주 행세를 하고 있었다. 그에 그들의 표정이 급격히 굳어졌다.

그다음은 또 누구인가? 웬 이상한 마족이 나타나 채찍을 휘두르며 '하아~ 하아~'라는 이상한 소리를 내지 않는가!

그뿐인가? 머리 세 개의 지옥 마수 켈베로스와 닮은 녀석!

그 녀석은 켈베로스와 닮기만 했지 배를 까고 누워서 만져달라고 애교를 피우는 강아지처럼 헥헥거리고 있지 않은가?

심지어 민혁을 보자마자 꼬리를 살랑살랑 흔들며 그 앞에 척 하고 앉았다.

"아이구, 우리 사랑이 행복이 소망이 형아 많이 보고 싶었쪄용?"

"크르!"

"크르르!"

"크르르르……!"

'시, 심지어 이름이 사랑이 소망이 행복이라니……!'

민혁이 정체 모를 반려견(?)의 머리를 쓰다듬어 준다.

베드는 어쩌면 왕국을 지킬 수 있을지도 모른다는 희망을 품었다. 블랙 드래곤 보르몬을 사냥한 자들이지 않던가?

한데, 이제야 알 수 있었다.

'블랙 드래곤 보르몬은 오랜 시간 봉인되어 있었다.'

실질적으로 로카드 왕국을 지배했던 건 그가 부리는 수족들이었다. 아이리스 여왕을 지배한 건 봉인당한 상태에서도 힘을 발현한 보르몬의 힘이었다. 분명 보르몬은 그 명성과 다르게 엄청나게 약해져 있던 게 분명하다.

'저 켈베로스를 닮은 존재는 지옥 마수를 표방해서 누군가 만들어낸 게 분명하다.'

로카드 왕국은 세상과 단절되어 있다. 어쩌면 바깥세상에서 위대한 지옥 마수 켈베로스의 외형을 본뜬 저러한 녀석들이 정말 반려견처럼 길러지고 있을지도 모를 노릇이다.

휴 하는 작은 한숨이 쉬어진다.

이어서 민혁이 병력을 불러들이기 시작했다. 죽음의 부대를 비롯해 이제까지 육성되어 왔던 강군들! 그들의 숫자 약 1천 5백에 이르렀다. 방금 전 나타난 이들과 확연히 다르게 그들은 제법 '정상'처럼 보였다.

베드는 조금 전의 실망감을 굳이 내비치지 않았다.

"든든하군요."

비록 기대했던 만큼의 힘을 갖춘 자는 없어 보였다. 그렇지만 베드는 이들이 자신들을 돕기 위해 이 자리에 있다는 사실은 변치 않는다는 걸 알았다.

"감사드립니다."

민혁이 그의 인사에 고개를 끄덕였다.

그는 이제 한 길드의 마스터였다. 남들에게 쉬이 고개를 숙여 보여선 안 되었다.

그리고 그런 그에겐 알림이 울렸다.

[밴이 창술의 시초 에븐과의 전투에서 승리할 시 한층 더 성장할 수 있게 됩니다.]

[코니르가 1만의 언데드들을 베어낸다면 한층 더 성장할 수 있게 됩니다.]

[사랑이, 소망이, 행복이가 히드라를 사냥한다면 한층 더 성장할 수 있게 됩니다.]

[베스트셀러 작가 아르벨이 적군들을 혼란에 빠뜨리며 뛰어난

전술 전략에 성공할 시, 언데드들로부터 영감을 얻어 성장할 수 있게 됩니다.]

　[성기사 코루가 언데드들을 정화시킨다면 한층 더 성장할 수 있게 됩니다.]

　[일반 병력의 경험치 획득률이 5배 증가합니다.]

　기쁜 알림이었다.

　왕국 건립 퀘스트. 그리고 부가적인 보상으로 얻게 되는 것들!

　민혁은 언데드의 총 숫자가 약 5만을 조금 넘어서는 수준이라는 사실을 알 수 있었다. 반대로 아군의 숫자는 자신이 불러들인 이들을 전부 합쳐서 약 1만이 될까 말까였다.

　"농부 기사나 마법사들. 그들의 숫자는 몇 정도입니까?"

　"약 500명 정도입니다."

　민혁이 고개를 주억였다. 그리고 그는 황급히 주변을 둘러보기 시작했다.

　그 틈에서 한 NPC를 발견했다.

　'식료품 상점 릴리'.

　그는 서둘러 릴리에게 다가갔다. 그에 로카드 왕국 백성들과 베드는 의문에 휩싸일 수밖에 없었다.

　민혁은 식료품 상점 릴리가 판매하고 있는 잡화 중에 이러한 것을 발견할 수 있었다.

　'특별한 라면 사리.'

　민혁은 그것을 클릭해서 확인해 봤다.

(특별한 라면 사리)

재료 등급: S

특수 능력:

- 공격력 및 방어력 상승 가능. 요리사의 실력에 따라 달라진다.
- 스킬 능력치 상승. 요리사의 실력에 따라 달라진다.
- 버프 전용 재료.
- 요리에 실패할 시 어떠한 효과도 얻을 수 없음.

설명: 농부의 왕국에서만 구할 수 있는 밀로 만들어진 라면 사리이다. 특별하게도 버프 전용 재료이다.

민혁이 잡화상점을 찾은 이유는 간단하다.

새로운 왕국의 개척. 그곳에서 유저들이 제일 처음으로 확인해 보는 건 상점들이다. 그 이유는 간단했다. 그 왕국만의 특별한 것들이 판매되고 있기 때문이었다.

민혁은 직감했다. 이 농부의 왕국에서 판매되는 재료들은 분명히 일반 것들과 차별화되었을 거라고.

그리고 이는 사실이었다. '버프 전용 재료'는 사실상 이제까지 한 번도 본 적이 없었다.

이어지는 하나의 의문.

"전부 요리 버프 받으셨습니까?"

"예, 받았습니다. 버프 전용 재료를 통해서 공격력 1%와 방어력 1%를 올렸죠."

민혁은 고개를 갸웃했다. 뭔가 이상하다는 생각이 들었기 때문이었다.

저 특별한 라면 사리가 'S'급인 이유가 무엇이겠는가? 바로 특수 능력에 적혀 있는 '요리사의 실력에 따라 달라진다'였다. 말 그대로 엄청난 힘을 품은 요리로 재탄생 시킬 수 있다는 의미였다. 그런데 1%라?

"혹시 평소에 무엇을 주식으로 드시나요?"

"초콜릿을 수프에 담가 먹거나 아니면 대부분 생으로 먹습니다."

"……!"

민혁은 알 수 있었다. 이 로카드 왕국에 이런 재료가 있다. 하지만 이들이 크나큰 혜택을 얻지 못하는 이유를!

이 농부들인 이브리드 종족은 농작물을 키우는 데 정말 특출난 힘을 가진 자들이다. 이 식료품 상점 릴리만 봐도 그 사실이 드러난다.

하나, 그 밸런스를 맞추기 위해 아테네 신께서는 그들에게 요리를 못하는 '똥손'을 내린 것이다. 그들은 대부분의 농작물을 생으로 먹는다고 한다.

그들이 요리하는 방법에 대해 들으니 가관이었다.

"그나마 먹을 만한 것이 브로콜리수프에 초콜릿을 조미료로 넣어 먹으면 좋더군요."

민혁은 순간 울컥했다. 이자들이 너무도 불쌍해 보였기 때문이다.

세상에! 이토록 뛰어난 재료와 천상이 내린 농부의 손을 가지고 있으면서도 요리 만들기에 이리도 무색한 자들이라니!

아니, 어쩌면 그들은 요리의 필요성을 크게 느끼지 못할지도 모른다. 사과를 먹어도, 일반 사과보다 더 뛰어난 맛이 나는 사과를 키워내는 게 그들이었으니.

"무엇을 하시려는 겁니까? 시간이 없습니다. 조금 있으면 또다시 총공격을 감행할 겁니다."

그 물음에 민혁이 휴 하는 한숨을 쉬더니 말했다.

"방금 언급한 정예병들을 모아주십시오."

"마법사와 기사들 말씀이십니까?"

"예."

베드는 고개를 끄덕였다.

현재 남아 있는 귀족 작위의 이가 없다. 부기사단장인 베드였으나 일단은 민혁을 믿어보기로 한 것이다.

그리고 그들이 모였을 때, 베드가 물었다.

"어떤 묘책이 생각나신 겁니까?"

"예."

"그게 무엇이죠?"

"밥 먹고 할 겁니다."

"……?"

오늘 유달리 물음표를 많이 띄우는 로카드의 백성들이었다. 그들은 고개를 갸웃했다.

"바, 밥 먹고요?"

베드는 이해할 수가 없었다.

지금의 상황은 언제 다시 적군들이 총공격을 감행할지 모르는 절체절명의 순간이었다. 그런데 이 상황에서 밥을 먹고 한다?

하지만 그는 차분히 설명하기로 했다.

"우리가 밥을 먹고 한다면 적군들은 누가 막겠습니까? 1시간도 채 되지 않아 성문이 뚫리고 함락당하게 될 것입니다."

그에 민혁이 말했다.

"적군은 우리 병사들과 기사들이 막을 겁니다."

베드의 미간이 찌푸려졌다.

그가 말하는 기사들이란, 라면 먹던 소년과 채찍 휘두르는 마족, 켈베로스를 모방한 반려견 등이다. 그 외의 그가 불러들인 1,500의 병력.

'1,500의 병력이 강한 건가?'

그런 생각을 하던 때였다.

"와아아아아아아!"

"백발백중!!"

"엄청 강하잖아!!"

성벽 위에서 환호성이 들렸다.

베드가 병력을 이끌고 성벽 위로 올라가 봤다. 그곳에서 민혁이 이끈 아틀라스의 병사들이 활을 쏘거나 혹은 마법 등을 사용하고 있었다. 한데, 활을 쏘면 백발백중이요, 마법을 쓰면 그 파괴력이 상상을 불허했다.

그뿐만이 아니었다. 그들의 틈에 껴 있는 다섯 명의 사제들!

그들이 성스러운 힘으로 밀려오는 언데드들을 녹여 버리고 있었다.

베드는 감탄했다.

"본래 아테네교의 사제들이었습니다. 하나, 이제 탈모르의 사제들이 되었지요."

"타, 탈모르라면?"

그가 옆을 돌아봤다. 사제들의 바로 옆에 사이비 교주 탈모르. 즉, 코루가 있었다.

베드 또한 아테네교에 대해 알고 있다. 가장 위대하고 뛰어난 사제들만이 모인 교! 그러한 아테네교의 이들이 지금 이 앞의 사기꾼 교주(?)를 섬기고 있다는 건가?

'허어!'

감탄이 절로 나온다.

그러나 이 정도로는 저들을 막기에는 역부족이었다.

"하지만……."

그 말이 채 끝나기 전이었다. 어느덧 민혁의 옆에 착 붙어서 머리를 비비고 있는 켈베로스에게 민혁이 말했다.

"사랑이, 소망이, 행복이. 형아가 쪼오기 머리 아홉 개 달린 못생긴 친구 혼내주면 간식으로 맛있는 육포를 줄 거예요. 할 수 있겠어요?"

"크르르르르!"

"크하아아아!"

"크라아아아악!"

갑자기 지옥 마수를 표방한 반려견이 포효를 터뜨렸다. 그와 함께 성벽 위에서 높게 도약해 올랐다.

히드라는 차츰 성벽 가까이 접근하고 있던 중이었다.

"자, 잠깐……! 다, 당신의 반려견(?)을 왜 사지로 내몹니까!!"

베드가 당혹하여 뱉어냈다. 하지만 민혁은 양 팔짱을 끼고 전장 전체를 주시하고 있었다. 그리고 이미 그 옆으로는 그의 기사들이 좌로, 우로 서 있었다.

"코니르! 못생긴 친구들 혼내준다!"

"허허, 우리 아들…… 아니, 영주님을 위해 서둘러 끝내고 커피 한 잔 타드려야지."

"쯧쯧, 저 언데드들을 보십시오. 모두가 대머리요! 내 저들의 머리에 한 줄기 머리카락을 피워주리다!"

"오호? 죽은 언데드와 인간의 뜨거운 사랑 이야기는 어떨까? 응? 근데 언데드는 그게 없지 않나……?"

그들이 전장 전체를 주시한다.

민혁이 말했다.

"기사들."

"예!"

그들이 방금 전과 확연히 다른 기세로 대답한다.

귀신창 밴이 스르르 창을 꺼내며 코니르가 검을 든다. 기사 코루가 뿔 투구를 착용하며, 아르벨 또한 자신의 검은 창을 집어 든다.

'기, 기세가 바뀌었어……?'

그들이 보여주는 기세, 위엄. 그는 전설 그 자체였다.

그 순간.

콰아아아아아앙-

"키헤에에에에에엑!"

"캬하아아아아아악!"

"크헤에에에에에엑!"

거친 비명이 어디선가 터져 나왔다.

베드, 그리고 온 백성의 고개가 돌아간 곳에 보인 것은.

사랑이, 소망이, 행복이라는 반려견이 자신보다 5배는 커다란 히드라의 목을 물어뜯고 있는 모습이었다.

"……!"

순간 베드의 숨이 덜컥 멎었다.

그리고 민혁이 자신의 좌로, 우로 도열해 있는 '전설'들에게 명령한다.

"멸하라."

특별 유저 관리팀.

워싱턴에서 돌아온 박민규 팀장과 이민화 사원이 함께 모니터를 주시하고 있었다.

두 사람은 애가 타고 있었다.

"드래곤 레어. 로카드 왕국은 민혁 유저 또한 세계전에서 더욱더 활약할 수 있는 힘을 실어줄 수 있는 곳이지."

"맞습니다."

이민화가 그 말에 고개를 주억였다.

지상 최대의 존재 드래곤! 그러한 드래곤을 사냥한 자들에게는 정말이지도 많은 보상이 주어지는 법이었다. 특히나 왕국 건립 퀘스트를 진행하는 유저는 더욱더 특별한 보상을 얻을 확률이 높았다.

하지만 문제는, 그 보상은 여왕 아이리스를 통해서 받을 수 있다는 것이었다.

"왕의 권능을 얻을 수 있을까."

왕의 권능! 오로지 왕이 될, 혹은 왕이 된 자들만이 얻을 수 있는 특별한 힘이었다. 그러나 그러한 힘을 줄 수 있는 자는 지금 미쳐 버린 여왕인 아이리스밖에 없다는 사실이었다.

그런데 식신 민혁이기에, 미쳐 버린 여왕 아이리스의 정신을 되돌릴 수 있는 방법이 존재한다. 과연 그가 그것을 알아채느냐가 관건이다.

그리고 이민화의 말.

"심지어 용병왕 브로드는 절대지존 NPC의 후보 중 한 명이잖아요."

박 팀장의 고개가 주억여졌다.

세계 온 대륙에 존재하는 절대지존 NPC의 숫자는 여덟. 그리고 그중에서 여섯 명이 확정된 상황이었다.

반대로 두 자리. 이 두 자리는 그 NPC들이 성장함으로써 얻어내야 한다.

그 후보 중 한 명이 바로 용병왕 브로드였다.

용병왕 브로드는 '신의 제국'이라 불리는 곳에서 활약했던 최강의 NPC이다. 혼자서 적군 약 7만을 베어냈다는 전설을 가진 사내. 그러한 브로드는 현재 여왕 아이리스의 명령이 아니라면 움직일 수 없게 되어 있다.

그러다 문득, 박 팀장은 생각했다.

'그러고 보니……'

로카드 왕국의 중요한 보상은 하나 더 있다. 아니, 있다는 말보다는 민혁이 잘해내야 얻을 수 있을 터다.

바로 '백성들'이다.

로카드 왕국은 이제 이 전쟁이 끝난다면 이 터전을 버리고 떠나야만 할 숙명이었다. 이곳에 있다면 언제든 그들을 노리는 무리가 공격을 감행할 터. 그 의미는 어쩌면 민혁의 힘이 되어줄지도 모른다는 의미였다.

대신에, 이것은 민혁이 풀어가야 할 숙제일 것이다.

"어떤 방식으로 그들의 마음을 얻을 수 있을까?"

그가 모니터 너머 민혁을 바라보며 궁금증을 품었다.

베드의 동공이 격하게 떨리고 있었다.

성벽 위에서 발을 박차고 날아가는 라면 소년 코니르! 그러한 코니르가 밑쪽에 배치되어 있는 수백의 언데드들을 향해 스킬을 전개한다.

"폭풍의 아이!"

코니르의 검에서 검기의 폭풍이 뻗어져 나간다.

그 거대한 폭풍 속에서 휘날리는 검기가 땅에 내려선 언데드들을 무참히 도륙해 내고 있었다.

코니르의 경우 '1만 언데드' 사냥에 따라 성장할 수 있는 조건을 갖추고 있다. 그뿐만이 아니었다.

콰자아아아아악-

큰 소리에 베드의 고개가 또 한 번 돌아갔다. 그곳에서 머리 세 개 달린 반려견(?)이 히드라의 한쪽 머리를 통째로 씹어 삼키고 있었다.

'미, 미친……!'

히드라는 독의 결정체의 몬스터였다. 그들의 몸만 스쳐도 온몸이 녹아내린다. 그런데 반려견은 히드라의 머리 한쪽을 뜯어 먹었다는 거다.

그뿐이 아니었다. 재빠르게 또 다른 머리가 뿜어낸 강력한 냉기가 머리를 재생할 수 없게끔 단숨에 얼려 버린다. 그리고 자신들을 공격하는 머리들을 피해 재빠르게 도약한 켈베로스의 입에서 거대한 화염이 분사된다.

쿠화아아아아아아악-

"키햐아아아아아악!"

"키이이이이이이익!"

"크라아아아아아아!"

놈들의 머리에 달려 있는 뱀의 머리들이 일제히 비명을 터뜨렸다.

켈베로스를 노린 스켈레톤 메이지들이 수백여 개의 마법을 발사했다.

하나, 곧 가운데의 머리가 입을 벌린다. 그의 입에서 하얀빛이 일렁이더니 뿜어져 오는 허공의 마법 수백여 개를 '디스펠'시켜 버렸다.

"가, 강하다…… 서, 설마?"

베드는 알 수 있었다. 저 녀석은 켈베로스를 모방한 반려견이 아니었다. 말 그대로 지옥의 수문장 켈베로스였다.

순간 오금이 저리며 숨이 턱 막혔다.

'지, 지옥 마수가 이, 인간을 따른다고?'

어찌 그러한 것이 가능하다는 것인가 하는 의문을 품고 있을 때였다.

팟-

그의 시선이 이번에는 고양이의 항문을 확인하던 노인이 도달한 곳에 이르렀다.

창술의 시초 에든! 그 에든과 귀신창 밴이 충돌했다.

에든의 창술이 노련하게 밴의 가슴을 향해 찔러 들어온다. 그를 몸을 비틀어 피해낸 밴이 창으로 놈의 창대를 내려찍는다.

탁! 타타타타타탁!

수십여 번의 빠른 공방!

베드는 숨이 턱 하고 막힐 지경이었다.

창술의 시초 에든의 창술 실력은 정말이지 발군이었다. 살면서 저리 창을 잘 쓰는 이는 본 적이 없다 하여도 믿을 정도! 한데, 그보다 더욱더 잘 쓰는 이가 나타났다. 바로 현재의 귀신창 밴이었다.

애초에 에든은 '시초'라는 말로 유명한 이였다. 반대로 오랜 시간이 지나면서 에든의 창술은 갈수록 부족한 부분이 보완되어 왔다. 그리고 그러한 보완된 창술의 최정점에 오른 인물. 바로 귀신창 밴이다.

그때 에든이 창의 스킬을 발현한다.

"에브리 창술 2장. 폭주의 창."

베드는 저 폭주의 창에 의해 왕국의 백성들 수십이 단숨에 죽어나가는 걸 목도했다. 피하기도 힘들며 막기도 힘든 공격.

수십여 개의 창들이 나타나 관통하듯 날아가 공격한다.

그 순간, 귀신창 밴이 힘을 발현.

"귀신의 쾌창."

[귀신의 쾌창]
[수십 개의 창이 단숨에 적들의 급소를 찌릅니다.]

비슷한 스킬을 발현하는 귀신창 밴! 허공에서 뻗어져 오는 에든의 폭주의 창을 격추시켜 버린다.

더 나아가 에든은 이 스킬을 사용하면 2초 동안 무방비 상태에 놓인다는 사실. 하지만 귀신창 밴은 달랐다.

언급했듯 에든의 창술은 시초이기에 단점도 그만큼 많았다. 그를 보완한 귀신창 밴은 단숨에 '귀신보'를 사용한다.

타아아아앗-

귀신보를 사용하자 그의 잔상이 남으며 어느덧 에든의 코앞에 이른다.

귀신창 밴의 창이 그의 미간을 꿰뚫었다.

퍼직-

"크하아아아아아아악!"

에든의 비명! 그리고 와지지직거리는 소리와 함께 에든이 무너져 내리기 시작했다.

그 순간 민혁에게 알림이 들려왔다.

[귀신창 밴이 창술의 시초라 불리는 데스 나이트 에든과의 전투에서 승리합니다.]

[데스 나이트 에든이 그를 인정하며, 그의 힘 일부가 흡수됩니다.]

그 순간 데스 나이트 에든의 몸속에 있던 검은 영혼이 하늘 높이 날아올랐다.

그리고 이내 귀신창 밴의 몸속으로 빨려 들어갔다.

[귀신창 밴이 한층 더 강력해집니다.]

[스킬 레벨이 2 상승합니다.]

[HP와 MP 보유량이 1.4배 상승합니다.]
[귀신창 밴이 지존 NPC에 가까워집니다.]

지존 NPC!

엘레가 힘을 각성하기 전에는 본래 지존 NPC였다. 하나 그 봉인을 풀어내고 나서야 절대지존 NPC로 자리매김한 것이다. 그렇다고 해도 지존 NPC는 어마어마한 힘을 발현하는 NPC임은 부정할 수 없다.

그리고 민혁이 출격시킨 기사들이 제각각의 뛰어난 힘을 발휘하고 있었다.

이상한 채찍을 휘두르며 '하아하아'거리던 변태 마족! 그 변태 마족이 자신의 앞에 도열한 채 귀를(?) 쫑긋거리고 있는 언데드들에게 말한다.

그의 목소리에 귀 기울이는 언데드 약 2천에 이른다.

"제국 기사단의 단장 아카펠은 수년 전 아내가 언데드들의 습격에 의해 사망하였다는 소식을 들었다네, 슬픔에 잠겼었던 그였으나 그는 제국을 위해 다시 딛고 일어서지, 그런데 어느 날 황제로부터 '임모탈의 여왕'이 나타났다는 명을 듣고 2만의 대군을 이끌고 출정한다네, 치열한 전쟁터! 인간과 언데드의 끊임없는 전쟁! 그 끝에서……."

해골들이 기대감 어린 표정을 짓는다. 똘망똘망한(?) 눈을 반짝이고 있는 것!

"임모탈의 여왕과 마주하게 되는데, 다름 아닌 수년 전 사망한 아내였던 것이었네. 아아아아, 이 어찌할꼬, 운명의 장난! 신의 농락!"

"크아아아아악!"

"키에에에엑!"

"크하아아아악!"

언데드들이 막장 드라마에 즐거워하며 자신들의 머리를 감싸고 비명을 지른다.

그들은 궁금했던 것이다. 아카펠의 선택은? 그리고 그녀가 임모탈의 여왕이 된 이유는?

"궁금하면 저들을 공격하라!"

아르벨의 그 말. 그 말에 언데드들이 갑자기 몸을 돌렸다. 그리고 아군들을 공격하기 시작했다.

"크아아아아악!"

"키헤에에에엑!"

퍼직퍼직!

그들은 꼭 결말을 듣고 말겠다는 강한 의지가 엿보였다. 언데드들마저도 끌어들이는 베스트셀러 작가의 힘!

그 외에도 코루가 빛에 휩싸인 검을 휘두르며 언데드 무리를 단숨에 도륙해 나가고 있었다.

언데드와 상대하면서 가장 큰 힘을 발휘하는 건 다름 아닌 코루였다.

코루는 성기사. 그것도 아테네교의 성기사였다. 그러한 코루는 당연하게도 언데드에 대한 공격력과 방어력이 추가적으로 상승하기 때문이다.

"허어……."

베드는 감탄했다. 그리고 감탄하다가 고개를 돌렸다.

"모두 잘하고 있다. 조금만 더 힘내라!"

"예!"

"감사합니다. 영주님!"

"하핫!"

민혁은 공격을 가하는 1,500명의 아틀라스의 병력에게 격려를 아끼지 않고 있었다.

그리고 곧 민혁이 말했다.

"이 전투가 끝나면 내가 만든 맛있는 걸 먹자!"

"와아아아아아아아!"

"와아아아아아아!"

그 말 한마디가 가지는 파장은 매우 컸다. 1,500명의 병력의 얼굴에 활기가 돌았다.

"영주님 최고십니다!"

"영주님 멋집니다!"

"오오오오오오!"

또한, 아틀라스 병사들은 계속해서 빠른 성장을 하고 있었다.

[백부장 파크가 레벨업 합니다.]

[병사 렌돌프가 레벨업 합니다.]

[병사 흑아인이 레벨업 합니다.]

[병사 일……]

"빠르게 강해지고 있어!"

"영주님께 더욱 큰 힘이 될 수 있겠군!"

"하하하하하, 좋군! 좋아!"

앞에서는 아틀라스의 뛰어난 기사들이 언데드들을 막아낸다. 그리고 성벽에 붙어 있는 언데드들을 활과 마법 등으로 사냥하면 되기 때문에 아틀라스의 병력은 '고속버스'를 탄 셈이었다.

이러한 순간에도 웃는 그들을 보며 베드와 로카드 왕국의 백성들은 알았다.

'모두가 그를 믿기 때문이다.'

베드는 민혁에 대한 새로운 생각이 피어나고 있었다. 이는 로카드 왕국의 백성들도 마찬가지였다.

'저런 통치자와 함께한다는 건 얼마나 행복한 일일까.'

'부러워, 어떻게 이 순간에도 웃을 수 있는 거지?'

'저자는 귀족임에도 자신의 영지민을 진심으로 아끼고 있다. 병사 한 명 한 명의 이름을 기억하고 있지 않은가!'

로카드 왕국의 백성들은 반대로 자신들의 귀족들을 떠올려 봤다.

'성문을 열라고 했지, 모두가 죽을 것을 알면서도.'

'후퇴하는 자들을 자신들의 손으로 베어냈다.'

'심지어 본인들은 후방의 가장 안전한 곳에 숨어 있었지.'

'다르다, 달라도 너무 달라!! 부럽다, 너무도 부러워!!'

그 순간, 민혁에게 알림이 들려왔다.

[로카드 왕국 백성들과의 친밀도가 상승합니다.]

[로카드 왕국 백성들과의 친밀도가 상승합니다.]

[로카드 왕국 백성들과의 친밀도가 일정 수치에 도달할 시 특별한 일이 일어날 것입니다.]

민혁은 그에 의아한 표정을 지어 보였다.

'일정 수치에 도달할 시 특별한 일이 일어난다?'

7장
최초의 신 등급 아티팩트

민혁은 이것이 일말의 힌트라는 사실을 알 수 있었다. 문제는 그 힌트의 답이 무엇인지 모른다는 거였다.

일정 수준의 친밀도. 재료의 천국을 순순히 내어주는가? 아니면 그들이 키워낸 최고의 농작물을 주는가?

또 아니면…….

'이들의 왕이 되는가……?'

의문은 잠시 뒤로했다. 지금은 그러한 생각을 오래 할 틈이 없었기 때문이다.

성벽 위에서 내려온 민혁.

그는 방금 전 베드에게 말하였던 것을 실현하기로 하였다.

"이제 밥 먹고 하시죠."

"아, 음…… 예…….."

베드는 민혁이 불러들인 이상한(?) 기사들을 보고 처음 의구심을 품었으나 이젠 그 의구심이 풀렸다. 오히려 그를 믿게 되었다.

하지만 이 상황에서 밥을 먹고 하자는 말에는 좋은 반응을 보일 수 없었다.

그렇지만 고심 끝에 그를 결국에 믿어보기로 한다.

"여기 있는 라면 사리 좀 주실 수 있습니까?"

"얼마나요?"

"500개 정도입니다. 그리고 달걀과 치즈도 있다면 좋을 것 같군요."

"알겠습니다."

베드는 서둘러 명령을 내렸다.

민혁이 요청한 이유는 굳이 자신의 돈을 들여 구매할 필요성이 없었기 때문이었다.

베드의 말에 따라 병사들이 자그마치 500개에 이르는 라면 사리와 계란, 치즈를 가져왔다.

민혁은 재료들을 곧바로 확인해 봤다.

(고대 닭의 달걀)

재료 등급: S

특수 능력:

- 방어력 대폭 상승. 요리사의 실력에 따라 달라진다.
- 자체 회복률 대폭 상승. 요리사의 실력에 따라 달라진다.
- 버프 전용 재료.

- 요리에 실패할 시 어떠한 효과도 얻을 수 없음.

설명: 물 좋고 공기 좋다는 농부의 왕국에서만 살 수 있다는 고대의 닭 중 하나인 싸움닭이 낳은 달걀이다.

〈환상의 슬라이스 치즈〉

재료 등급: S

특수 능력:

- 투기, 용기, 의지 등이 상승. 요리사의 실력에 따라 달라진다.
- 버프 전용 재료.
- 요리에 실패할 시 어떠한 효과도 얻을 수 없음.

설명: 물 좋고 고기 좋다는 농부의 왕국에서만 살 수 있다는 고대의 소의 우유로 만든 치즈이다.

민혁이 놀란 부분. 바로 '고대'라는 부분이었다.

고대종은 사실상 아주 극소수만이 남은 경우를 뜻하는 경우가 많은데, 이들은 억겁의 시간 동안 생존해 낸 놀라운 존재들이었다.

"닭과 소가 특별하군요."

"특별하다고요? 글쎄요."

하지만 부기사단장 베드는 이 사실을 알지 못하는 눈치다.

당연한 일이다. 로카드 왕국은 오랜 시간 동안 세상과 단절되었기 때문이다.

'이 왕국이 가진 힘, 꼭 얻어야 한다.'

그리고 민혁이 준비하는 요리. 바로 '짜파게띠'였다. 문제는 이 짜파게띠가 매우 대용량이라는 점이었으며 요리하기가 여간 까다롭지 않을 것이라는 점이었다.

그 가장 큰 이유가 바로 '면'이라는 데 있었다.

면은 불게 마련이다. 심지어 500인분의 면이라면 더할 것도 없었다. 그 때문에 그 위로 올려 먹을 계란프라이를 먼저 준비했다.

민혁이 프라이팬을 거대화시켰다. 거대화시킨 프라이팬으로 식용유를 크게 둘렀다.

"베드 님과 기사 여러분 아주 중요하게 해주실 일이 있습니다."

"예!"

로카드 왕국의 기사들이 민혁의 심각한 표정에 고개를 끄덕였다. 지금 민혁의 병력은 누구보다 활약하고 있지 않은가! 자신들 또한 활약하고 싶었다.

"계란을 까서 프라이팬 위에 올려주십시오! 아주 중요한 일입니다. 노른자 터뜨리면 큰일 날 것입니다."

그들이 잠시 이해하지 못한 표정이었다.

그리고 거기서 끝이 아니다.

"제가 지금 드리는 이 500봉지의 짜파게띠의 면을 한곳에 모아주세요. 후레이크와 과립 수프를 따로따로 그릇에도 담아주시고요."

짜파게띠를 끓이되 과립 수프와 후레이크, 올리브유는 각각의 그릇에 담는다. 그리고 면만 특별한 라면 사리를 사용한다. 짜파게띠에서 나오게 된 면은 민혁이 조만간 먹을 것이었다.

그들이 말문을 잃었다. 하지만 민혁이 다급히 말한다.

"어서요!"

"아, 예."

"파이어!"

민혁이 거대한 프라이팬 밑으로 마법인 파이어를 시전한다.

전설의 프라이팬에는 요리에 걸맞은 온도를 마법으로 조절하는 기능이 존재한다. 기름이 뜨거운 온도에 들어선 프라이팬 위로 후끈한 열기가 퍼진다.

'새로운 도전이다.'

전쟁터에서 만드는 500인분의 짜파게띠!

그리고 민혁도 계란 까기에 동참한다.

탁 탁-

정확히 두 개의 손에 계란 하나씩을 잡아준 후에 두들겨 금을 내어주고 그대로 프라이팬 위로 올린다.

촤르르르르르르륵-

촤르르르르르르륵-

계란프라이가 황홀한 소리를 내며 빠르게 익어나간다.

한 손으로 하나의 계란을 까버리는 민혁의 솜씨는 화려했다. 반면, 두 손으로 계란을 잡고 톡 까는 로카드 왕국의 기사들과 베드!

"아이참! 베드 님, 계란 노른자가 터졌잖습니까. 거참!"

'나 부기사단장인데…… 지금 계란 노른자 터뜨렸다고 혼나고 있다……'

"거기 기사분! 계란프라이에 껍질 들어갔잖아요! 그거 씹을 때 얼마나 거부감 드는지 알아요?"

"죄, 죄송합니다. 크흑! 죽음으로 이 죄를……"

어떠한 기사는 아차 했다. 마치 민혁의 표정이 나라를 판 부하를 보는 듯했기 때문에 자신도 모르게 큰 죄를 지었다 생각한 것!

그렇다. 로카드 왕국의 최고의 병력이 지금 사이좋게(?) 계란을 까고 있던 것!

그리고 민혁은 계란프라이의 형태를 나눈다. 계란프라이는 하나의 요리 같지만, 그 안에서 조금씩 다르다.

한 면만 익히고 계란 노른자가 탱글탱글 살아 있는 프라이. 양쪽 면 노른자까지도 익은 프라이와 그 노른자를 터뜨려 익힌 프라이.

노른자가 터진 부분을 좋아하는 이도 있으나 많진 않다고 생각하기에 민혁은 터진 것은 최대한 조금, 나머지의 것들은 균등하게 나눴다. 그리고 계란프라이를 끝내고 서둘러 그것을 커다란 쟁반 위에 옮겨 담았다.

프라이팬의 세척 기능으로 자동 세척한 후에, 다시 한번 크기를 키워 물을 콸콸콸 넣는다.

이제부터 고도의 집중력이 필요하다. 그 이유 500인분에 가까운 짜파게띠를 하기 때문이며 특수 능력에서 읽은 '요리에 실패할 시 어떠한 효과도 얻을 수 없음'을 고려하는 것이기도 하다.

자칫 무리한 요리로 인해 실패하면 낭패를 본다. 하지만 지금의 사태는 그 무리함을 도전해 볼 때였다.

어느덧 기사들이 전부 깐 후레이크를 먼저 프라이팬에 넣는다. 끓는 물로 500인분의 후레이크가 들어가자 그 안에서 춤을 춘다.

그다음 500개의 특별한 라면 사리를 투하한다.

그리고 민혁이 꺼내 든 것, 바로 삽이었다. 정확히는 요리용 삽으로 휘휘 저어준다.

대용량의 면이었기에 이마에서 송글송글 땀이 맺힌다.

"크으으으윽!"

"끄아아아아악!"

성벽 위에서는 병력의 비명이 들려오기도 하지만 집중한다.

'지금 화력은 나쁘지 않아.'

대용량 조리를 할 때의 문제점 중 가장 큰 하나는 화력이다.

실제로 500인분의 대용량 요리를 하는 경우가 심심치 않다. 취사반, 혹은 구내식당 등. 하지만 그 음식들의 대부분은 일반적인 화력에서 요리된 음식이 아니기에 맛이 조금 떨어지는 편이다.

화력은 요리에서 으뜸인 부분이다. 약한 불이 필요한 요리가 있기도 하지만, 강한 불로 빠르게 해야 하는 요리도 있다. 그중 하나가 바로 라면이다.

그리고 라면을 맛있게 먹기 위한 방법. 끓일 때 면을 들어 올려 줘야 한다는 사실이었다.

하나 500인분의 면을 어떻게 들어 올리는가? 간단하다.

마나 포션을 꿀꺽꿀꺽 먹고 있는 알리!

"알리 님, 면 좀 들었다 놨다 해주세요."

"아, 네……."

마법사 알리가 마법을 이용, 500인분의 면을 들었다 놨다 해준다. 세계 최고의 마법사 알리! 지금 그가 하는 일은 다름 아닌, 면 들어 올리기였던 것!

그렇게 면이 다 익었을 때, 알리의 도움을 계속 받는다.

500인분의 면을 옮겨 담긴 힘들다. 또한, 언제 불어버릴지 모른다.

"님, 증발 마법 좀요! 물 적당히 남기는 거 아시죠!"

황금 마법사 알리! 세계 최고의 마법사가 증발 마법을 사용한다.

촤아아아아아아-

물이 수증기가 되어 사라지고 적당한 양의 물이 남는다.

"나이쓰!"

그리고 그 위로 기사들이 까놓았던 과립 수프와 올리브유를 넣는다.

슥삭슥삭슥삭슥삭-

이 역시도 알리의 도움을 받는다. 그의 손의 움직임에 따라 면들이 과립 수프와 비벼진다. 그리고 올리브유의 그 특유한 향이 난다. 짜파게띠를 비빌 때 나는 냄새를 모르는 사람은 없을 것이다. 그 냄새에 자신도 모르게 군침이 돈다.

츄르르릅 침을 삼켜준다. 그리고 다 완성되었을 때, 민혁은 한 그릇을 퍼서 그 위로 치즈를 올린 후에, 그 위로 계란을 얹었다.

그에게 알림이 들려왔다.

알림을 들은 민혁의 얼굴에 희열이 자리매김한다.

그때 베드가 질문했다.

"……호오, 이 요리의 이름은 뭡니까?"

베드는 자신에게 먼저 건네지는 짜파게띠를 보았다.

요리의 똥손(?)들만 모아놓은 로카드 왕국. 그들이 라면 사리를 활용하는 방법이란?

"저희는 라면 사리를 그냥 뜨거운 물에 끓여서 소금에 찍어 먹곤 하는 편인데……."

"음……."

정말 최악의 요리법이었다.

그렇기 때문에 그들이 먹는 짜파게띠는 더욱 황홀할 터.

"이처럼 자신의 개인 그릇에 짜파게띠를 담고 그 위로 치즈, 그리고 계란프라이를 자신이 원하는 종류로 담으십쇼."

민혁의 빠른 지시에 자그마치 500인분의 짜파게띠임에도 불지 않았다.

기사들이 서둘러 움직인다.

민혁도 자신의 그릇에 짜파게띠를 받는다. 그는 한 면만 익힌 계란프라이를 선택했다. 노른자가 탱글탱글하게 살아 있다.

기사들의 시선이 그를 향한다. 그리고 그들의 앞으로 민혁은 '숙성의 항아리'에서 꺼낸 총각김치, 잘 익은 배추김치, 단무지 등을 나른다.

이것을 나르는 이 역시나 알리였다. 알리의 마법이 또 한 번 발현된다. 알리는 이제 포기하는 지경에 이르른 것!

'나 최고의 마법사인데 마법으로 김치 나른다……'

그리고 민혁이 먼저 시범을 보인다.

민혁은 자신의 앞에 놓인 짜파게띠의 노른자를 젓가락으로 콕 찔렀다. 그러자 천천히 노른자가 짜파게티를 적시기 시작한다. 그 상태에서 젓가락을 쑤욱 집어넣자 어느새 녹아내린 치즈와 면이 한껏 들어 올려진다.

그 상태에서 그 짜파게띠를 먹어본다.

"후루루루루룹!"

입안으로 달짝지근하고 올리브유의 향을 품은 짜파게띠가 들어온다. 또한, 슬라이스 치즈와 계란프라이의 노른자 맛이 난다.

흐뭇한 미소를 지으며 총각김치를 집어 든다.

아삭아삭-

총각김치는 아삭아삭한 식감이 끝내준다. 먹는 순간 매콤함이 입안을 잠식한다.

그리고 또 한 번 젓가락을 가져간다.

이번엔 계란프라이를 젓가락으로 꾹 갈라 면과 함께 집어 후루루루루룹 먹어본다. 입안 가득 넣고 우물우물거리자 행복의 미소가 피어오른다.

짜파게띠와 짜장면은 비슷하지만, 엄연히 다른 음식이다. 때론 짜장면보다 짜파게띠가 더 맛있을 때가 있는 법이기도 하니까.

또 한 번 민혁은 짜파게띠에 남은 계란을 면과 함께 들어 올려 후루루루루룹 먹어준다.

그리고 후레이크에 들어 있는 작은 고기! 그것들을 하나하나 골라 먹는 재미도 쏠쏠하다.

그렇게 마지막 한 가닥까지 다 먹어치웠을 때, 이미 그 주변에서 이런 웅성거림이 들려오고 있었다.

"세상에나, 이렇게 맛있는 음식은 처음이야!!"

"허어, 나는 무지했도다. 라면 사리를 끓여 소금에 찍어 먹다니!"

"이럴 수가…… 너무 맛있어…… 맛있어서 눈물이 나올 정도야. 흑!"

그렇다. 라면 사리를 끓여 소금에 찍어 먹는 그들! 그들에게 짜파게띠는 신세계의 경험일 수밖에 없었다.

그리고 다 먹어치운 그들에게 이러한 알림이 들려온다.

[전설 등급에 오른 짜파게띠를 드셨습니다.]

[버프 유지 기간 동안 다른 버프를 중복해서 받으실 수 없습니다.]

[전설의 짜파게띠.]

[20일 동안 농사 효율 17%, 공격력 및 방어력 39%가 상승하며, 자체 회복률 80%가 상승합니다.]

[20일 동안 스킬 쿨타임이 15% 감소합니다.]

[20일 동안 모든 스킬 레벨이 1 상승합니다.]

[전설 등급에 오른 대용량 조리된 짜파게띠는 나눠 먹을 시 효과를 볼 수 없다는 페널티를 무시합니다.]

"……!"

그들이 경악했다.

그리고 알림은 그들만이 들은 게 아니었다.

[부기사단장 베드와의 친밀도가 일정 수치를 넘어서 최고치에 도달합니다.]

[그가 당신의 백성이 되고 싶다는 꿈을 품습니다.]

[기사 하이든과의 친밀도가 일정 수치를 넘어서 최고치에 도달합니다.]

[그가 당신의 백성이 되고 싶다는 꿈을 품습니다.]

[병사 흑아인과의 친밀도가 일정 수치를 넘어서 최고치에 도달합니다.]

[그가 당신의 백성이 되고 싶다는 꿈을 품습니다.]

[병사 케이린과의 친밀도가 일정 수치를 넘어서 최고치에 도달합니다.]

[그가 당신의 백성이 되고 싶다는 꿈을 품습니다.]

500명의 이들 모두! 그들이 모두 민혁의 백성이 되고 싶다는 꿈을 품는다.

알림은 그치지 않았다.

[요리 하나로 왕국을 홀린 자 칭호를 획득합니다.]

그리고 이어서 들려온 알림.

[돌발 퀘스트: 미쳐 버린 여왕 아이리스]

등급: SSS

제한: 왕국 건립 퀘스트를 받은 자

보상: 왕의 권능

실패 시 페널티: 로카드 왕국을 구할 수 없음

설명: 당신은 500명의 이들의 마음을 사로잡았다. 하지만 이는 여왕 아이리스의 허락이 있어야지만 이주가 가능할 터. 지금 그녀는 보르몬의 정신 세뇌에 빠져 미쳐 있다. 그녀를 정신 세뇌에서부터 구출하라!

아이리스라는 여왕 구출하기 퀘스트의 발발!

민혁은 '왕의 권능'이라는 부분에서 의아했다.

아직까지 단 한 번도 들어보지 못한 힘이었기 때문이었다.

그리고 여왕 아이리스의 구출은 생각보다 매우 중요해 보였다. 그녀가 정신 세뇌에서 깨어나야지만 로카드 왕국의 백성들 상당수를 얻을 수 있을지도 몰랐기 때문이었다.

민혁은 일단 왕궁으로 걸음해야 한다고 여겼다.

알리에게 잠시 이곳을 맡기는 게 나을 것 같다.

거기에 짜파게띠를 먹은 정예들은 지금 의욕이 철철 넘쳐 흐르고 있었다. 자그마치 그들의 공격력이 39%가 상승했으며 자체 회복률이 80% 상승이었다. 사실상 이 정도라면 약 1.5배 강해졌다고 볼 수 있을 지경이었다.

그가 빠르게 걸음을 옮기기 시작했다.

용병왕 브로드. 그의 전설은 아스간 대륙뿐만이 아니라 모든 대륙 곳곳에 뻗어나가 있다.

그는 많은 대륙을 횡단하면서 업적을 남긴 인물이다.

그리고 용병왕 브로드 또한 이브리드족, 아니, 정확히는 반의 이브리드족이었다. 인간과 이브리드족 사이에서 태어난 사내! 그것이 바로 브로드였다.

애초에 이브리드족은 인간보다 훨씬 더 긴 수명을 살아간다. 브로드의 나이 올해 192세였다.

그리고 긴 수명을 가졌으나 그는 이브리드족의 '농사'에 관한 부분은 타고나지 않았으며, 본디 이 왕국에서 질타받아 왔다. 그가 반인 반이브리드족이었기 때문이었다.

농사에도 자질이 없었던 그는 이 왕국을 떠났다. 그리고 검한 자루로 세상을 유람하며 강해져 이곳에 돌아왔다.

세상 모든 것을 거머쥘 힘을 가졌던 그가 이곳에 돌아온 이유는 여러 가지가 있었다. 어쩌면 '도피'였다.

또 다른 하나는 바로 '여왕 아이리스'를 위해서였다. 여왕 아이리스와 용병왕 브로드가 태어난 해는 같았다. 그리고 두 사람이 같이 열다섯 살이 되던 해에, 용병왕 브로드는 누추한 차림새로 공주 아이리스의 행차를 보았다.

그 틈에서 이브리드족은 브로드를 소리 없이 비난했다.

'잡종 따위가 감히 공주님의 얼굴을 봐?'
'이놈!!'
'썩 꺼지지 못해?'

부모를 잃은 브로드는 누추하기 그지없었다. 남루한 행색의 그가 무리의 틈에서 돌을 맞고 도망치려던 때였다.

'뭣들 하는 것이냐!!'

어린 공주 아이리스가 소리쳤다.
그 아름다운 목소리, 브로드는 똑똑히 기억한다.

'저 아이 또한 짐의 백성이요, 소중한 사람이다.'

처음이었다. 누군가 자신을 '소중하다' 말하는 것은.
어쩌면 그것은 공주의 '가식'일지도 모른다 생각했다.
한데, 그날 저녁 그녀가 그의 쓰러져 가기 직전의 오두막에 찾아왔다. 검 한 자루를 가지고.

'너는 이브리드족 농사의 자질은 없으나 우리의 수명을 가졌고, 인간의 뛰어난 손재주 솜씨를 가졌지. 검을 휘둘러 보는 건 어떠냐.'

그 말에 브로드는 감격했다.

거지 같은 자신에게 유일하게 손을 내미는 이였다.

'저를 동정하십니까?'

'아니.'

그에 아이리스 공주는 단호했다.

'한낮, 한시. 같은 시간에 우린 태어났다 들었다. 또한, 너를 본 순간 필히 알았다. 우리는 깊은 연을 맺게 될 거라는 사실을.'

'이 은혜를 어떻게 갚아야 할지 모르겠습니다……'

'그럼 한 자루로 나를 지켜주면 된단다. 약속해라, 강해지겠다고.'

'약속합니다.'

당시 듣기로 아이리스 공주는 사람을 꿰뚫어 보는 힘이 있다고 들었었다.

그때부터 브로드는 검을 휘둘렀다.

공주와는 '친우'라는 이름이 되었고 브로드는 한편으로 사랑을 품었으나 내보이지 않았다.

그리고 공주가 브로드와 연인이라는 헛소문이 돌기 시작했다. 그에 브로드는 이 왕국을 떠나 세계로 나아갔다.

그곳에서 검을 휘둘렀다.

왕국 하나를 통째로 베어냈다는 소문! 사실이다. 7만 대군을 홀로 베었다는 소문! 사실이다. 세계의 온 대륙 용병들의 왕이 되었다는 소문! 사실이다.

무패의 신화. 검의 지존. 용병들의 왕. 신의 제국의 기사.

그에게 붙은 칭호는 무수히도 많았다.

그런데 어느 날, 그는 여왕 아이리스의 품으로 돌아왔다

여왕 아이리스는 보르몬의 정신 세뇌에 갇혀 서서히 자아를 잃어가고 있었다. 그리고 며칠 전, 보르몬이 죽은 후, 그 세뇌는 더욱더 그녀를 잠식해 나갔다.

그녀가 잠시 온전한 정신일 때 말하였다.

'브로드 경.'

'예, 전하.'

'나의 곁을 떠나지 마세요. 그리고 내가 이 로카드 왕국을 멸망으로 물들려고 한다면 나를 죽이세요.'

브로드는 경악했다.

그녀가 떨리는 입술로 말했다.

'당신이 해야만 해요. 그리고 제가 당신을 처음 보았던 날, 깊은 연을 맺게 될 거라 했죠? 저는 당신을 처음 보고 우리가 서로 사랑하게 될 거란 사실을 느꼈습니다.'

브로드는 말없이, 그저 그녀를 바라봤다.

'많이 사랑했어요. 그리고…….'

그 말이 끝이었다. 더 이상 그녀는 말을 잇지 못하고 정신을 났다. 그리고 지금, 그녀는 미쳐 있다.

"끼햐하하하하! 성문을 열어라!! 언데드 군단을 맞이해야 하지 않겠느냐? 응? 짐의 기사단장 브로드여! 뭐하는가!! 언데드들을 베지 아니하고. 꺄르르르륵!"

브로드는 미쳐 버린 여왕 아이리스의 앞에 한쪽 무릎을 꿇고 검 자루를 우측에 내려놓은 채 앉아 있다.

몇 날 며칠, 그는 움직이지 않고 이 자리를 지키고 있다.

여왕 아이리스 또한 막강한 힘을 품은 존재였다. 그러한 그녀가 로카드 왕국 내부에서 폭주하면 모두가 다 죽는다.

또한, 그녀가 마지막에 뱉으려고 했던 말이 '왕국을 지켜주세요'임을 모르지 않는다.

하지만 브로드는 이 왕국이 미웠다. 아이리스가 죽는다면 자신 또한 이 왕국과 함께 사라지리라.

흘끗하고 그의 시선이 잠깐 돌아갔다. 그곳에 보자기에 싸여 있는 상자가 놓여 있다.

'브로드. 바깥세상에는 우리 왕국의 조리법과 다른 맛있는 음식들이 넘쳐난다면서요? 정말 먹어보고 싶어요!'

브로드는 바깥세상에 대해 그녀에게 알려주었고 그녀는 항상 기대하곤 했다.

그녀가 미쳤을 때, 브로드는 아주 잠깐 그녀의 정신 세뇌를 막기 위해 '신들의 세상'에 다녀왔다.

신들의 세상에 갈 수 있는 길을 아는 몇 안 되는 이! 그가 바로 브로드였고, 그는 그곳에서 그녀가 그토록 먹고 싶어 했던 '스테이크'의 재료를 구해왔다.

신 아테네의 힘이 깃든 이 소고기는 놀라운 힘을 품은 재료였다. 그녀를 품은 보르몬의 세뇌조차도 물리치게 할 정도로.

하나, 너무도 예민한 재료였다.

때문에 브로드가 이 재료를 가지고 당도했을 때, 이 재료는 썩은 내가 풍겼고 그 힘을 잃고야 만다.

'나는 당신이 먹고 싶다던 스테이크 하나 입에 넣어주지 못했구려.'

씁쓸한 웃음을 지으며 그녀를 바라본다.

그때 아이리스가 눈을 부릅떴다.

"브로드! 내 명령하지 않았나요? 언데드 군단을 몰살시켜요. 그렇지 않다면 내 직접 가도록 하지요!"

그녀가 몸을 일으켰다.

"가시면 안 됩니다."

그녀는 로카드 왕국의 사랑했던 백성과 언데드 군단을 가리지 않고 학살할 것이다.

하지만 그녀는 걸음을 멈추지 않았다.

브로드가 그녀의 앞을 그가 막아섰다.

스르르르룽-

청아한 소리와 함께 검이 뽑혀 나온다. 100만 명 이상의 적군을 베어낸 검. 처음 아이리스가 그에게 건네주었던 그 검이다.

그 검은 100만 명 이상의 적군을 베어내면서 핏빛으로 물들게 되었으며 놀라운 힘을 가진 검이 되었다.

그러한 검이 이젠 그녀를 베어야 하는 검이 되어 있었다.

"나를 죽이겠다는 건가요?"

그녀가 콧방귀 뀌었다. 그리고 이내 광소를 터뜨렸다.

"꺄하하하하하, 나를 죽인다니 꺄르르르르륵! 나를 죽여봐요, 브로드!!"

바로 한 번. 검 한 번이면 그녀의 목을 베어낼 수 있다.

하지만 그의 손이 선뜻 움직이지 않는다.

그녀가 성문을 열라 명했을 때도 그녀의 명처럼 베었어야 했지만 그러지 못했다. 그녀를 베고 싶지 않았다.

그의 눈에서 한 방울의 눈물이 흘러내린다. 그리고 마지못해 검에 힘을 준다.

"곧 따라가겠소."

그가 그 검을 힘껏 휘두르기 위해 힘껏 젖혔다. 바로 그 순간.

촤르르르르르르륵!

정체 모를 쇠사슬이 연결된 낫이 쇄도해 왔다.

태에에에에엥-

"커허어어어억!"

브로드가 힘껏 그 낫을 쳐낸 순간, 정체 모를 사내가 뒤로 퉁겨져 날아갔다.

"멈추십시오! 여왕님을 구하기 위해 왔습니다!"

땅을 뒹구는 사내가 숨을 헐떡이면서도 외친다.

여왕을 구한다? 그 말에 브로드의 가슴이 진동한다.

그가 고개를 돌려 정체 모를 사내를 보며 질문했다.

"자넨 누군가?"

잠시 망설이던 사내, 그가 대답했다.

"식신입니다."

민혁은 디아블로의 낫을 쳐낸 브로드에 의해 자신의 팔이 진동하는 걸 볼 수 있었다. 살면서 느껴본 적 없는 엄청난 힘이었다.

그리고 그의 질문에 '식신'이라 대답한 이유. 지금의 상황에서 믿음을 주기 위해 자신이 '신'이라는 직업을 가졌음을 보이기 위함이다.

그에 브로드의 눈에 작게나마 이채가 떠올랐다.

"전하를 구하겠다고 하였는가?"

"예!"

브로드는 이방인들은 자신들과 다르게 특별한 힘으로 해낼 수 있는 것들이 있다고 들었다.

작은 희망.

그리고 그때, 민혁에게 또 다른 창이 떠올랐다.

[돌발 퀘스트: 아이리스 여왕 구하기가 변경됩니다.]

[돌발 퀘스트: 아이리스 여왕의 회광반조(回光返照)]

등급: SSS

제한: 국가 건립 퀘스트를 받은 자

보상: 왕의 권능, 그리고 로카드 왕국 수호

실패 시 페널티: 사망

설명: 아이리스 여왕은 지금 보르몬의 세뇌와 보이지 않는 싸움을 하고 있습니다. 어쩌면 당신의 요리는 그녀가 마지막 힘을 낼 수 있게 도와줄지도 모릅니다. 퀘스트에 성공 시 브로드와 아이리스 여왕이 로카드 왕국 수호에 함께할 것입니다.

회광반조(回光返照).

해가 지기 직전, 하늘이 밝아온다는 뜻. 사람으로 비유하자면 죽기 직전 마지막 힘을 발휘한다는 의미이다.

즉, 자신이 요리를 해서 그녀를 먹여도 그녀는 며칠 후 죽는다. 자신이 사랑하는 왕국을 구하고.

'이게 퀘스트의 끝……?'

민혁은 몰랐지만, 이 퀘스트는 본인의 직업에 따라 달라진다. 그랬기에 돌발 퀘스트가 당사자에 맞게 변경된 것이다.

기사였다면 보르몬의 레어 깊숙한 곳에 숨겨진 검은 지팡이를 부수라 할 것이며, 마법사라면 보르몬의 방에 들어가 보르몬의 수호기사에게 인정받아 '일시적인 해독제'를 받으라 할 것이다.

이처럼 다양한 방식으로 퀘스트는 진행되며 요리사가 주 직업인 민혁에겐 요리를 함으로써 잠시 그녀의 온전한 정신을 깨우라 말한다.

그렇지만 어떠한 직업으로 어떠한 퀘스트를 받든 한 가지 동일한 결과물이 있다.

바로 그녀가 죽게 될 거라는 사실이었다.

"어때, 방법이 있는가? 응? 방법이 있다면 말해보게. 그녀를 구할 수 있는가!"

오기 전, 베드에게 자초지종을 들었던 그였다.

브로드가 다급히 질문한다.

그리고 민혁은 머리가 하얘졌다.

잠깐 살아나는 그녀.

'이것은 아테네에서 시나리오상 여왕은 죽게 만드는 방향으로 잡은 거다.'

민혁은 아테네의 시나리오는 그저 시나리오일 뿐이라는 것을 안다. 결국에 이 시나리오는 유저가 만들어갈 수 있다. 그렇지만 지금 그 해답이 보이질 않는다.

지체되어선 안 된다. 차라리 잠깐 그녀가 깨어나는 길이라도 택해야 하는 건가?

고민하던 그가 말한다.

"잠깐 온전한 정신으로 돌릴 수는 있습니다."

"잠깐…… 이라고……?"

브로드는 숨을 삼켰다.

어쩌면 그는 더 고통스러운 일일지 모른다. 지금 정신을 놓은 그녀가 왕국을 구하기 위해 살아난다 한들, 더욱더 깊은 슬픔이 그의 심장을 파고들 것 같다.

바로 그때.

쿠우웅─

"부탁하네, 이 여인을 살려주시게."

용병왕 브로드.

그가 양쪽 무릎을 꿇는다. 그리고 자신이 한 손에 들고 있던 검을 양손으로 받쳐 올린다.

"내가, 내가 줄 수 있는 건 이것밖엔 없다네. 그러니 부디……."

100만 명 이상의 적들을 베어낸 검.

하지만 민혁은 그것에 욕심이 있는 건 아니었다. 단지, 그도 '소중한 사람'이 무엇인지 알기에 도와주고 싶을 뿐이었다.

민혁에게 아테네라는 세상은 단순히 인공 지능의 세상이 아니다. 자신 또한 이곳에서 맛있는 음식을 먹으며 새로운 인연을 쌓고 새로운 인생을 살아가고 있다. 그 때문에 그에게 이곳은 또 하나의 세상.

그런데 그때. 뜻밖의 알림이 들려왔다.

[용병왕 브로드의 검은 죽음의 신의 힘이 깃들어 있습니다.]

[용병왕 브로드의 대륙을 멸하는 검은 신 등급입니다.]
[네 번째 신 등급 아티팩트 퀘스트에 도전할 수 있게 됩니다.]
[이제까지 세 명의 도전자가 모두 실패하였습니다.]

"……신 아티팩트?"

그렇다. 100만의 적들을 베어낸 검. 그리고 브로드가 내미는 그 검.

그 검이 아직 세상에 모습을 드러내지 않은 신 등급 아티팩트였다.

㈜즐거움의 강태훈 사장. 그는 모니터에 떴던 붉은 깜빡임에 서둘러 특별 유저 관리팀으로 달려왔다.

특별 유저 관리팀 내에는 이미 여러 사람이 당도해 있었다. 주요 간부진들의 모니터도 강태훈 사장의 것처럼 붉은색으로 깜빡인 것이다.

그들의 관심사는 단 하나.

미국, 중국, 러시아. 세 개 국가에서 이제까지 총 세 사람이 신 아티팩트에 도전할 수 있는 기회를 얻었다.

하지만 모두가 실패하고야 말았다.

그리고 네 번째 신 등급 아티팩트를 얻는 길에 민혁 유저가 다가서고 있었다.

본래 이곳에서 네 번째 신 아티팩트 퀘스트는 나타나지 말 았어야 한다. 브로드는 아이리스 여왕을 잃은 후에, 절대지존 NPC에 도전하기 위한 행보에 들어서는 인물이었으니까. 애초에 시나리오 설정상, 그가 자신의 검을 누군가에게 건넨다는 것도 없었다.

　물론 아이리스를 살릴 수 있는 방법은 사실상 없다고 보는 게 맞았다.

　"방법이 없어."

　하지만 그와 다르게 박민규 팀장이 강태훈 사장을 돌아봤다.

　"방법은 본래 없으나, 민혁 유저는 그 방법을 가지고 있습니다."

　"뭐?"

　강태훈이 이해할 수 없다는 표정을 지었다. 제작팀 이석훈 팀장 또한 의아한 표정을 지었다.

　"무슨 소리야?"

　"민혁 유저가 초보 레벨일 때 얻었던 힘이, 여기에서 이런 변 수로 작용할 줄이야."

　"……음? 초보 레벨 때 얻었던 힘? 그게 뭔가."

　사실상 아이리스를 살릴 수 있는 방법은 지금 없는 게 맞다. 그 런데, 초보 레벨 때 얻은 힘으로 그 방법이 가능해질지도 모른다?

　박민규 팀장이 스킬의 정보를 띄웠다.

(재료 회복)

특혜 스킬

효과:

• 멍든 과일, 오랫동안 실온 보관된 고기, 상한 우유 등 오래되어 먹을 수 없는 것, 혹은 손상된 재료를 회복시킬 수 있다.

"……서, 설마!"

재료 회복 스킬! 붕대 감기 스킬에 포함된 '특혜'로써 민혁이 높은 손재주 스텟을 기록함으로써 얻어낸 스킬이다.

강태훈 사장은 용병왕 브로드가 신들의 세상에서 구해온 스테이크 고기가 있는 것 또한 알고 있었다.

하지만 지금 민혁 유저에게는 이런 알림이 울렸다.

[민혁 유저가 브로드의 퀘스트를 수락하고 실패할 시 국가 건립 퀘스트가 강제적으로 종료되며 사망 페널티를 받게 됩니다.]

지금 민혁은 선택해야 했다.

안전한 길로 가 아이리스 여왕을 잠깐이나마 살리거나 혹은 위험한 길로 가 최초의 신 등급 아티팩트에 도전하거나.

"제발……."

강태훈 사장이 간절히 바라며 모니터를 바라본다.

그가 실패했으면 바란다? 밸런스가 망가질지도 모른다?

아니, 신 아티팩트에 의한 밸런스 붕괴는 어떠한 이라도 함부로 거론할 수 없다. 오로지 인정받은 자만이 극악의 난이도를 깨고 신 아티팩트를 쟁취한다.

이전의 세 명의 도전자 또한 각 국가에서 내로라하는 인물이었다. 미국의 도전자는 미국의 대표라 할 수 있는 인물이자 다섯의 정상 중 한 명. 그조차 실패했던 일.

하지만 민혁이 성공했으면 하는 작은 바람을 그는 가진다.

그래야만.

'민혁 유저, 당신이 아테네:세계전을 열광시킬 수 있을 테니.'

그리고 모니터 속 민혁은 갈등하고 있었다.

국가 건립 퀘스트의 완전한 실패. 그리고 사망 페널티.

고레벨이 된 민혁의 사망 페널티는 무시 못 할 수준이 되었다. 또한, 지금까지 이곳 로카드 왕국에서 해냈던 모든 것이 수포로 돌아간다.

갈등하는 민혁을 보며 브로드가 씁쓸한 웃음을 지었다.

"미안하오."

그도 자신이 아이처럼 응석을 부렸다는 사실을 알았다. 누구라고 할지라도 그럴 수밖에 없는 상황이었다.

또한, 이방인이 이를 위해서는 자신들과 다르게 많은 위험을 무릅써야 한다는 사실 또한 그는 인지하고 있었다.

그가 위험을 무릅쓰고 그녀를 살리기 위해 고군분투할 일은 없을 것이다. 단지, 잠깐 살아난다면. 그걸로 기뻐해야 할 것이다.

그때, 민혁이 말했다.

"일어서세요. 브로드 경."

브로드는 그 목소리에 깃든 위엄을 느꼈다. 그는 지금 매우 중요한 결정을 내렸다.

민혁은 높은 카리스마 스텟과 아버지에게 배워왔던 성품으로 지금 그는 한 나라의 왕이라고 해도 될 정도로 위엄이 흘렀다.

브로드는 천천히 몸을 일으켰다. 그리고 사내의 눈과 마주했다.

총명하게 빛나는 그의 눈동자. 희생을 무릅쓰겠다는 표정.

그가 말한다.

"아이리스 여왕님을 구하기 위해 최선을 다하겠습니다. 그녀가 살 수 있게요."

자신의 응석. 그를 지금 민혁은 받아주고 있는 건가?

아니면······.

"이 검이 탐나서입니까?"

"물론입니다."

민혁이 이를 드러내 웃었다.

하지만 브로드는 알았다. 저리 당당히 말한다는 건 그 이유뿐만이 아니라는 사실이다.

"그리고 그녀를 구한다면 당신과 아이리스 여왕님의 아름다운 한 폭의 그림 같은 모습을 볼 수 있을 거라 생각해서요. 그것 또한 참 기분 좋은 일일 것 같군요."

브로드. 그의 가슴이 격동한다.

이방인의 무모한 도전.

'이는 다른 이방인들과 다르다. 그는 이 세상을 자신의 세상 자체로 생각한다. 나를 위해, 아이리스를 위해 위험을 감수한다.'

그에 브로드는 그에게 무한한 호감을 느꼈다.

민혁이 지금 이 자리에서 그를 수락한 이유?

첫 번째는 그와 아이리스를 위해서도 있다.

그리고 만약 실패한다고 할지라도 최선을 다하면 후회가 없을 것이며, 설령 실패한다 한들 브로드라는 이의 마음을 살 수 있음을 알았기 때문에 수락한 것이다.

민혁은 무모한 자가 아니다. 확률적 계산 또한 해보았다.

사실상 이곳에 힌트는 보이지 않았다.

민혁은 퀘스트 수락 전에 일부러 '재료 추적' 스킬을 사용하려 했다.

하나, 시스템 알림은 이러했다.

[퀘스트 수락 혹은 거절 전에는 어떠한 스킬도 사용 불가합니다.]

즉, 신 등급을 얻기 위해 그 무게를 견디라는 뜻.

그에 민혁은 고민 끝에 결단한 것이다.

설령 실패한다 해도 괜찮았다.

"하지만 어떻게……."

그의 용맹함에 감탄한 브로드.

하지만 곧 걱정이 밀려왔다. 도대체 어떻게?

그제야 민혁의 재료 추적 스킬이 발현된다.

'지금 내가 해볼 수 있는 건 이것밖에 없어.'

작은 가능성이라도 도전해 봐야 한다.

재료 추적은 10㎞ 내에서 해당 효과를 가진 재료를 추적한다. 설정으로 '어떠한 세뇌도 이겨낼 수 있는'을 선택 한 후에 추적을 시작한다.

[반경 10㎞ 내에서 재료를 탐색 중에 있습니다.]

[재료 탐색에 성공합니다.]

[아테네의 소고기 안심은 그 어떠한 저주도 이겨낼 수 있다고 알려져 있습니다.]

[추천하는 메뉴. 안심 스테이크.]

연이어 추가적인 알림이 강타한다.

[신들의 세상의 요리 재료. 특히나 소고기 안심은 신들의 세상에서 벗어나면 빠르게 상해 버리게 됩니다.]

[안심 스테이크는 현재 상한 상태로 먹을 수 없으며 먹을 시 복통과 상태 이상을 유발합니다.]

민혁은 의아한 표정을 지을 수밖에 없었다.

재료 추적의 화살표가 가리킨 방향. 브로드의 뒤쪽에 위치한 고급스러운 문양이 그려진 상자였다.

"설마……!"

민혁은 서둘러 다가가 그 상자를 열어젖혔다.

그 순간 그를 맞이한 것은 지독한 악취였다.

"크흡."

민혁이 코를 틀어막았다.

그에 브로드가 씁쓸한 웃음을 지었다.

"이미 상해 버렸네, 신들의 세상의 재료는 지상으로 내려오면 그처럼 되어버리는 것 같더군."

브로드 또한 마지막 희망을 품고 얻어온 것이었다.

'역시 방법은 없는 건가.'

브로드는 씁쓸한 표정으로 아이리스를 바라봤다.

그런데, 바로 그때.

"방법이 있습니다."

민혁의 얼굴에 희열의 미소가 생겨났다.

"재료 회복."

그 순간 민혁의 손끝에서 밝은 빛이 뿜어져 나가 거무튀튀한 빛깔을 띠는 안심에 뿜어졌다.

그리고 그 빛이 걷혔을 때, 브로드는 볼 수 있었다. 거무튀튀한 빛깔이 완전히 사라지고 방금 막 도륙한 것처럼 신선해 보이는 소고기를.

"어, 어찌……?"

브로드는 경악할 수밖에 없었다.

그리고 민혁의 앞으로 이 고기에 대한 설명이 떠올랐다.

(아테네의 소고기 안심)

재료 등급: 신

특수 능력:

· 어떠한 세뇌나, 상태 이상도 회복시킨다.

· 자신의 한계를 딛고 한 단계 더 성장할 수 있다.

· 레어, 미디엄 레어, 미디엄, 미디엄 웰던, 웰던. 다섯 가지의 굽기 중 하나를 선택하여야 하며 일반 스테이크보다 굽기가 훨씬 더 까다롭다.

설명: 아직 인간들은 갈 수 없는 신들의 세상에서만 얻을 수 있는 특별한 소고기 안심이다. 아테네의 신성력을 머금고 무럭무럭 자라난 소는 그 자체로 성스러운 존재가 되어 있다.

요리에 성공한다면 먹은 자는 한계를 딛고 일어설 것이며 어떠한 세뇌나, 상태 이상도 물리칠 수 있다. 또한, 신의 재료라는 이름만큼 요리에 성공한 자는 그에 합당하는 보상을 얻을 것이다.

신의 재료.

민혁은 전율했다. 그리고 그는 곧바로 요리를 하기 위한 준비에 나섰다.

설명에 따르면 일반 스테이크보다 굽기가 훨씬 더 까다롭다고 한다. 실패한다면, 모든 것을 얻을 수 없다.

그리고 성공한다면.

'로카드 왕국. 그리고 여왕, 브로드. 신 등급 검을 얻을 수 있다.'

세계 커뮤니트 사이트.

코앞으로 다가온 아테네:세계전에 대해서 무수히도 많은 사람의 의견이 분분히 나오고 있었다.

[아테네:세계전은 당연히 미국이 우승하지 않을까요? 미국은 세계에서 가장 강력한 우승 후보국이니까요.]

[그 또한 부정할 순 없는 사실이네요. 하지만 우리 중국 또한 만만치는 않을 겁니다. 메이웨이가 출전하기 때문이죠. 메이웨이의 버프 능력과 뛰어난 공격력은 두 마리 토끼를 잡고 더 나아가 팀전에서 큰 활약을 펼칠 테니까요.]

[중국도 워낙 강력한 우승 후보국이니 그 사실은 변함이 없네요.]

[일본은요?]

[일본은 다섯의 정상급 랭커라 불리는 켄타로가 출전하는군요. 그가 금메달 하나쯤은 딸 것 같습니다. 하지만 우승 후보국에 들기에는 다소 아쉽지 않나 싶습니다.]

[그렇다면 한국은……?]

[현실적으로 한국도 꽤 활약할 것으로 보여집니다. 식신 민혁 유저가 있으니까요.]

[그가 보르몬 사냥 때 보여준 저력이라면 꽤 선전할 겁니다. 금메달 한두 개쯤은 딸 수 있을지도 모릅니다.]

[하지만 아테네:세계전은 혼자 하는 게임이 아닙니다. 결국에 메달 횟수에 따라 종합 순위가 결정되니까요.]

[한국의 검은 마법사 알리는 몰락하여 지금 초보 사냥터에서 열렙 중이라 알려져 있죠. 실제로 식신 말고 활약할 유저가 크게 없네요.]

[그리고 아무리 식신이 뛰어난 유저라 해도 참가하는 분야마다 모두 금메달을 딴다는 건 말이 안 되기도 하고요.]

이는 애석하지만 사실이었다. 실제로 개인이 모든 금메달을 딴다는 것은 거의 불가능에 가깝기 때문이었다.

[변수가 생기지 않는 이상 한국의 활약은 크게 없을 것 같군요.]

[변수라, 도대체 어떤 변수가 생겨야지만 마법사 알리도 잃은 한국이 활약할 수 있을지 의문이군요.]

그렇게 그들이 열띤 이야기를 하고 있을 때였다.

동시에 그들에게 경악스러운 알림이 강타했다.

[인간의 영역을 초월한 무언가를 획득한 유저가 아테네에서 두 번째로 탄생했습니다.]

[이 메시지는 모든 대륙에 울려 퍼집니다.]

세계 커뮤니티 사이트가 다시 뜨거워졌다.

[누구일까요? 미국의 알렉산더? 아니면 프랑스의 장폴?]
[와, 누군지는 모르지만 대단합니다. 두 번째 신 등급의 무언가가 또 나타났군요.]
[아마 미국이나, 러시아겠죠. 아마 한국에선 그 누구도 영원히 얻지 못하겠죠.]
[아닙니다. 아테네가 서비스 종료할 때쯤이면 얻을지도 모르죠, 앞으로 50년쯤 후쯤이요. 후후후.]

하지만 그들은 몰랐다. 이제까지 세계를 울린 두 개의 신 등급이 모두 한국에서 나타났다는 것을.
그렇다.
민혁. 지금 그는 혼자서 다 해 먹고 있는 중이었다.
배부르게 말이다.

꺼어억~

-1부 완결-